- 四川师范大学影视与传媒学院播音与主持艺术专业国家级一流本科专业建设点建设成果
- 四川师范大学2021年"校级规划教材"项目成果

新文科建设·影视传媒类专业系列教材

中国经典
新闻作品选录

ZHONGGUO JINGDIAN
XINWEN ZUOPIN XUANLU

潘理娟 ◎ 编著

图书在版编目（CIP）数据

中国经典新闻作品选录 / 潘理娟编著． — 成都：四川大学出版社，2024.2
新文科建设·影视传媒类专业系列教材
ISBN 978-7-5690-6705-7

Ⅰ．①中… Ⅱ．①潘… Ⅲ．①新闻－作品集－中国－当代－高等学校－教材 Ⅳ．① I253

中国国家版本馆 CIP 数据核字（2024）第 038980 号

书　　名：	中国经典新闻作品选录
	Zhongguo Jingdian Xinwen Zuopin Xuanlu
编　　著：	潘理娟
丛 书 名：	新文科建设·影视传媒类专业系列教材
总 主 编：	王　博

丛书策划：侯宏虹　罗永平
选题策划：侯宏虹　罗永平
责任编辑：罗永平
责任校对：毛张琳
装帧设计：墨创文化
责任印制：王　炜

出版发行：四川大学出版社有限责任公司
　　地址：成都市一环路南一段 24 号（610065）
　　电话：（028）85408311（发行部）、85400276（总编室）
　　电子邮箱：scupress@vip.163.com
　　网址：https://press.scu.edu.cn
印前制作：四川胜翔数码印务设计有限公司
印刷装订：四川省平轩印务有限公司

成品尺寸：170 mm×240 mm
印　　张：16
插　　页：2
字　　数：282 千字

版　　次：2024 年 3 月 第 1 版
印　　次：2024 年 3 月 第 1 次印刷
定　　价：48.00 元

本社图书如有印装质量问题，请联系发行部调换

◆ 版权所有 ◆ 侵权必究

扫码获取数字资源

四川大学出版社
微信公众号

前　言

"讲好中国故事，传播好中国声音"是习近平总书记关于当代新闻事业的重要论述，也是时代赋予当代新闻人的期望与责任。近年来，一些西方媒体按照自身的价值标准和政治需求从不同方面质疑中国，甚至刻意抹黑中国，国际社会中不乏一些受众对中国产生误解和对立想象，从而影响中国的整体形象。因此，真正地化解中国国际传播中的困境，需要当代媒体人的优秀作品，需要媒体人拥有"讲好中国故事，传播好中国声音，展示真实、立体、全面的中国"的能力。媒体人要用具有说服力的优秀新闻作品讲好中国故事，改进与提升新闻传播工作，同时回应西方媒体的质疑，这是选择，也是责任。

完成一篇优秀的新闻作品很难，不仅需要博学、见识、智慧、执着和耐心，还需要优秀的作品作为参考。《中国经典新闻作品选录》为新闻传播专业学生提供可资借鉴、参考的新闻范本，以杰出的、经典的新闻报道树立新闻传播学专业学生的学习标杆。学生可以通过阅读与分析经典新闻作品，理解优秀新闻作品的内在品质，尤其是认识新闻作品在记录时代动向、反映社会生活、推动民主政治、促进经济发展、普及文化教育、改良社会秩序、激发人类精神等方面的内在价值，从而继承先辈新闻遗产，重温新闻理想与历史使命，重塑职业精神与社会责任。

本书包含五个章节，经过反复甄选与修订，最终收录了自 1949 年新中国成立至今的 29 篇经典的新闻作品。第一章重点呈现"新中国成立初期的政治报道与典型人物报道"，分为"围绕新中国成立的经典报道"和"新中国成立初期的典型人物报道"两大主题，以便读者围绕同一主题的作品展开相关的思考与分析。第二章为"社会主义建设探索和曲折发展时期的外交报道"，所选取的 3 篇与外交相关的优秀报道在今天仍然具有重要的借鉴意义。第三章为

"改革开放后的探索与超越",选录了改革开放初期的 7 篇经典报道,分三大主题呈现,分别是"改革开放初期拨乱反正、如履薄冰的艰难探索""20 世纪 80 年代青年的人生道路与人生观大讨论与典型人物报道"以及"新闻界舆论监督的尝试与经济建设报道"。第四章为"社会转型期的深度报道",选取了 1996 年至 2017 年间 6 篇具有重要社会影响力的深度报道,分"社会问题与深度报道"和"围绕灾难事件的深度报道"两大主题。第五章为"融媒体时代的经典报道",选取了 2017 年至今[①]的 6 篇优秀的融合新闻作品,凸显新时代优秀新闻作品的新特征。在本书的统稿与编写过程中,我们对这些新闻作品的内容进行了适当修订,以符合当前汉语表述规范。

《中国经典新闻作品选录》为新闻专业学生提供了一本可供参考与借鉴的教材用书,但是要写出真正优秀的新闻作品,还需要我们在实践中、生活中不断地观察与发现,并运用知识与积累将其客观、真实、有效地讲述出来。

潘理娟
2023 年 10 月

---

① 2018 年中国新闻奖首次设立了"融合创新"奖项,并评选出了 2017 年中国新闻奖"融合创新"类获奖作品,在国家层面上再次推动了融合报道的快速发展。

目 录

1 新中国成立初期的政治报道与典型人物报道/1

主题1-1 围绕新中国成立的经典报道 （3）
"中国人从此站立起来了"——中国人民政协第一届会议特写 （3）
给上海人的一封信——毛主席和我们在一起 （6）
在伟大爱国主义旗帜下巩固我们的伟大祖国 （10）
学习思考题 （15）

主题1-2 新中国成立初期的典型人物报道 （16）
当你们熟睡的时候 （16）
毛主席的好战士——雷锋 （19）
大庆精神 大庆人 （26）
县委书记的榜样——焦裕禄 （35）
学习思考题 （51）

附录1 （52）
中国人从此站立起来了（庆祝新中国成立五十周年专论） （52）
雷锋被树为典型始末 （61）

2 社会主义建设探索和曲折发展时期的外交报道/72

联合国大会以压倒多数通过恢复我在联合国合法权利、驱逐蒋帮的阿尔巴尼亚、阿尔及利亚等国的提案 （74）
毛泽东主席会见尼克松总统 （78）
战后谅山 （79）
学习思考题 （80）

2 | 中国经典新闻作品选录

附录2……………………………………………………………………（81）
 联合国大会通过恢复我在联合国合法权利、驱逐蒋帮的阿尔巴尼亚、阿尔及利亚等国提案……………………………………（81）
 尼克松来访，与日德澳新等18国建交，毛泽东1972是如何下这盘外交大棋的？……………………………………………………（83）

3 改革开放后的探索与超越/95

主题3-1 改革开放初期拨乱反正、如履薄冰的艰难探索………（97）
 实践是检验真理的唯一标准……………………………………（97）
 分清主流与支流 莫把"开头"当"过头"………………………（105）
 学习思考题………………………………………………………（108）

主题3-2 20世纪80年代青年的人生道路与人生观大讨论与典型人物报道…………………………………………………………（109）
 生命的支柱——张海迪之歌……………………………………（109）
 乔安山的故事……………………………………………………（120）
 学习思考题………………………………………………………（130）

主题3-3 新闻界舆论监督的尝试与经济建设报道………………（131）
 渤海2号钻井船翻沉事故说明了什么？………………………（131）
 改革开放缩小了我国城乡人民的生活差距……………………（135）
 真正的"秘密武器"——齐鲁纪行之一…………………………（137）
 学习思考题………………………………………………………（142）

附录3……………………………………………………………………（143）
 《实践是检验真理的唯一标准》主要作者胡福明：我只是跟上了时代和国家的需要………………………………………………（143）
 范敬宜：莫把"开头"当"过头"…………………………………（151）
 献给人生意义的思考者…………………………………………（154）
 乔安山：离不开雷锋的日子……………………………………（168）
 东方风来满眼春——邓小平同志在深圳纪实…………………（171）

4 社会转型期的深度报道 /185

主题 4-1 社会问题与深度报道 (187)
昆明在呼喊：铲除恶霸 (187)
被收容者孙志刚之死 (194)
举重冠军之死 (201)
学习思考题 (207)

主题 4-2 围绕灾难事件的深度报道 (208)
直击中国军事史上最悲壮空降 (208)
灾后北川残酷一面 (215)
一个灾区农村中学校长的避险意识 (223)
学习思考题 (227)

附录 4 (228)
谁为一个公民的非正常死亡负责？ (228)
永不抵达的列车 (230)

5 融媒体时代的经典报道 /239

天渠：遵义老村支书黄大发 36 年引水修渠记 (241)
习近平：我将无我，不负人民 (242)
新中国密码：15665，611612！ (243)
2021，送你一张船票 (244)
新千里江山图，来了！ (245)
您认识这位年轻人吗？ (246)
学习思考题 (247)

参考文献 /248

1 新中国成立初期的政治报道与典型人物报道

> 由于历史和现实的各种因素,新中国不得不选择"一边倒"的外交路线,同苏联及社会主义阵营建立全面的战略合作关系,《人民日报》学《真理报》,新华社学塔斯社也成为一时的风尚。
>
> ——李彬《中国新闻社会史》

新中国成立伊始,国内外形势异常复杂。新闻事业的使命发生了急剧转变,从过去为革命战争、夺取政权服务,转向为治理国家、建设国家服务。[①] 新中国成立之初,党和政府建立起一个以北京为中心,遍布全国的公营新闻事业网,引导民心,凝聚力量。本章选取了新中国成立初期的7篇报道,分为"围绕新中国成立的经典报道"和"新中国成立初期的典型人物报道"两大主题。

《"中国人从此站立起来了"——中国人民政协第一届会议特写》多角度地反映了中国人民政治协商会议第一届全体会议的全貌,用细节诠释了"占人类总数四分之一的中国人从此站立起来了"。1949年中华人民共和国开国大典举行,《大公报》记者杨刚撰写了通讯《给上海人的一封信——毛主席和我们在一起》,从普通群众视角反映人民的喜悦,形象地呈现毛主席和人民一起庆祝的场面。《在伟大爱国主义旗帜下巩固我们的伟大祖国》由胡乔木撰写、毛泽

---

① 陈昌凤:《中国新闻传播史:传媒社会学的视角》,北京:清华大学出版社,2009年版,第271页。

东审改,发表于 1951 年 1 月 1 日的《人民日报》,这篇社论是在全国开展抗美援朝运动进入关键时刻所发表的一篇重要社论,被认为对在全国范围内推动抗美援朝运动,兴起爱国主义热潮起到了重要作用。①

1956 年党中央提出"百花齐放、百家争鸣",新华社要求记者改进报道方式,创新新闻写作。新华社北京分社决定采写从未进入报道视野的夜间一线工作者,于是记者按照预先报道方案,选择一个夜间,分头进行采访,写成了《当你们熟睡的时候》。这篇通讯报道从普通人、平常夜和身边的小事入手,报道普通人辛勤工作、服务人民的故事,被认为 20 世纪 50 年代首都生活最真实的写照。

作为具有鲜明中国特色的报道形态之一,典型人物报道自 20 世纪 40 年代从延安解放区发展而来,"以典型引路指导工作,成为一种基本的报道模式"②。新中国成立初期国内百废待兴,作为"理想个体"的典型人物服务于社会主义建设,《毛主席的好战士——雷锋》《大庆精神 大庆人》《县委书记的榜样——焦裕禄》就是这一时期的代表报道。这一时期的报道所塑造的典型人物身上带有浓烈的农业社会印记,具有强烈的道德伦理色彩,全心全意为他人服务,具有强烈的奉献精神。③

---

① 王爱民:《毛主席审改的第一篇〈人民日报〉元旦社论》,《百年潮》2015 年第 2 期。
② 陈力丹:《新中国成立 60 年来典型报道演变的环境与理念》,《当代传播》2009 年第 5 期。
③ 朱清河、林燕:《典型人物报道的历史迁延与发展逻辑》,《当代传播》2011 年第 4 期。

1 新中国成立初期的政治报道与典型人物报道

主题 1-1 围绕新中国成立的经典报道

"中国人从此站立起来了"——中国人民政协第一届会议特写

作者：李庄

《人民日报》1949 年 9 月 22 日

"占人类总数四分之一的中国人从此站立起来了。"毛主席在中国人民政治协商会议的开幕词中说："我们团结起来，以人民解放战争和人民大革命打倒了内外压迫者，宣布中华人民共和国的成立了。"

这是人民民主新中国开基立业的盛典。这个盛典是一九四九年九月二十一日，在人民首都北平举行的。毛主席宣布这个盛典正式开幕，乐队立即奏起"人民解放军进行曲"，礼炮在会场外隆隆齐鸣。中国共产党成立了廿八年，人民解放军建立了廿二年，从开始到现在，一直领导全国人民，和国内外的敌人艰苦地战斗着。这二十多年，使青年变成中年，中年变成老年，多少烈士为革命而英勇牺牲了，但是，人民终于胜利了，打出了一个人民民主的新中国。于是全国人民表示竭诚拥护共产党、毛主席和解放军，全场代表也毫无例外地热爱、尊敬共产党、毛主席和解放军。中共代表团在大会上成为党派代表的首席；毛主席进入会场时，全场起立鼓掌达两分钟之久。他的开幕词经常为热烈的掌声所打断。人民解放军的代表——战斗英雄李国英、魏小堂、魏来国、刘梅村被选入主席团，他们登上主席台时，全体代表热烈鼓掌欢迎。陈毅将军讲话时，"代表中国人民解放军全体指战员表示无条件拥护人民政协大会，"他说："中国人民解放军随时准备着，听候中央人民政府的调用，为消灭残余敌人和保卫新中国的独立自由而奋斗到底。"人们狂热的鼓掌，感谢新中国的坚强保卫者，骄傲于人民政协得到了这个可靠的柱石。

宋庆龄先生在会上讲话，她说人民政协的成立"是一个历史的跃进"。真的,从去年"五一"中共提出召开没有反动分子参加的政治协商会议的号召以来,到现在只有一年又四个多月的工夫,时间不长,中国的情势却大变了。人民解放军神速的胜利进军。全中国的优秀人物都涌向解放区,涌向中共中央所在地的北平。中共的领导加上全国民主力量的团结,使得革命胜利了,人民政治协商会议召开了。会场的一切,都反映了这种真实的情况。

宋庆龄、何香凝、张澜、黄炎培、高岗、李立三、赛福鼎、张治中、程潜、司徒美堂等先生讲话时,一致赞扬中共与毛主席的英明领导,坚信全体人民一致团结,共同奋斗,人民新中国一定建设成功。看吧!在主席台上,悬挂着孙中山、毛泽东的巨幅画像,画像中间是人民政治协商会议的会徽。会徽正面为一地球,地球中间是一幅红色的中国地图。地图上面有四面红旗,象征四个朋友,地球左右饰以麦穗,地球上面饰以车轮,麦穗与车轮表示着农民和工人,车轮中间缀一红色五角星,象征着工人阶级的领导。整个会场是这个会徽的具体表现。六百多位代表,包含了中国人民民主统一战线中各阶级、各民族的代表人物。党派代表的席位在主席台右前方,中共代表位第一排,毛主席为首席。主席台左前方为部队代表的席位,人民解放军总部位第一排,朱总司令为首席。解放军后面是特邀代表,区域代表和团体代表的席位在党派与部队代表的两旁。大会济济一堂,真是空前的民族大团结。阶级的团结、民族的团结已经从人民政治协商会议的共同纲领上充分地表现出来了,即以年龄而论,也同样说明了这种情况。何香凝和廖承志母子二人,都是政协的代表;萨镇冰已经九十二岁了,中华全国学生联合会的代表晏福民只有二十一岁,还不及前者的四分之一。大家团结起来一起奋斗,这就保证了在怀仁堂举行人民新中国开基立业的大典,变封建帝王和蒋家小朝廷的宫殿为人民的议事厅。

人民把会场布置得朴素而壮丽。会徽后面衬着杏黄色的幕布,在中国,这种颜色是象征庄严与伟大的。会场照明全用水银灯,一个接着一个,两廊下排着红色宫灯。新华门油漆一新,鲜红夺目,两边竖着八面红旗。门下挂着巨大宫灯。这一切,都给人们一种富有生命力的印象。中华民族本来是富有生命力的民族,过去被帝国主义、封建主义、官僚资本主义束缚着不能发展,现在真正解放了,相信不要很多时候,新中国就会建设得很好。在各方面送给大会的贺幛中,充满了这种赞美与自信。朝鲜全体华侨送给大会的贺幛上,精致地绣着彩色的毛主席像,绣像的背景是中国共产党的党旗,还有一座工厂和几部拖拉机。旗上还绣着"庆祝新中国诞生,在毛泽东旗帜下前进"的字。这幅画案表示:工业的中国,独立、自由、富强的新中国在向我们招手了。

全世界的进步人士都在注意着我们,向我们欢呼庆祝。国内外的敌人也许在阴暗的角落里正对我们诅咒着。但是,我们有力量,有信心,"让那些内外反动派在我们面前发抖吧!"(毛主席在大会开幕词中话)

给上海人的一封信——毛主席和我们在一起

作者：杨刚

《大公报》（上海版）1949 年 10 月 6 日

亲爱的上海兄弟姐妹们：

我必须把这篇通讯直接写给你们，才能够把这一次首都人民庆祝中央人民政府成立大会上的一切尽可能真实地传达给你们。说尽可能真实是容易的，要做到，可是很难。因为十月一日这一天是太伟大，太丰富了。甚至在今天，二十四个小时之后，它的余风还在。街上还是红红绿绿的跳舞队、秧歌队、游行队。二十四个小时之后，依然满街都是红旗，都是锣鼓。从湖北来的老先生、老太太摇头赞叹，说昨天那一场大会是"从来没有过！从来没有过！"从上海来的老先生说："啊，总算活到了这一天，见到了！"从华北来的人激动得发不出声音，只是连续地，低低地赞叹："呵，好伟大呀，好伟大呀！"从华南来的人也说，"这是有生以来没有见过的呵！"上海的兄弟姐妹们，你们晓得陈毅市长。昨天，陈市长望着天安门前红旗的大海激动地说，"看了这，总算是此生不虚了！"这是确实的，昨天天安门广场的大会完全具体地表现了一个初诞生的新国家的气象和本质：伟大，庄严，团结，民主，尤其是领袖与人民的融合一致。它使人人相互亲爱，使人人要求向上，要求自己学好。

广场是南北从中华门到天安门，东西从太庙到中山公园的一个大十字。全场容量有的说是二十万人，有的说是三十万人，新造的旗杆在广场内正对天安门。人民英雄纪念碑的奠基地点在旗杆以南。在开会以前向筹委会登记要参加庆祝大会的人数太多，筹委会怕广场不能容纳，再三限制下来的结果，光是从旗杆到中华门，即十字形垂直线的下半截、那一部分所登记的人数已经是二十万人。十字形的横臂那一部分，除了一条马路，御河内外以及马路外边全是队伍。军队还不算在内，因为军队是四个师，根本就不在广场里面，广场外面两边街道上还有没能入场的群众队伍，即便是经过了限制，广场果然还是容不下这么多人。群众要求带锣鼓音乐队也不能办到。因为如果是几十万人都在场上打起锣鼓，扭起秧歌来，大会也就无法开了，事实上到后来，群众自己的呼喊已经大大地补足了锣鼓的声音。

队伍从早上六七点钟就到了广场，按照预定的地点排列。农民队伍是四五点钟就从乡下动身来到天安门，参加这个他们第一次能够参加的大会，远远望去，整个广场上红旗翻卷像红海奔腾。在红旗下面，一片片的是穿了各种颜色（衣服）的队伍，有的是深蓝色，有的是浅蓝色，有的是浅黄色，有的是灰色，清清楚楚好像是精工规划的花圈一样，丝毫不相混杂，广场前面，白玉桥两边搭起了两座台。一座指挥，一座是昨日早上刚刚到北京的苏联代表团，再前面就是天安门楼上毛主席和中央人民政府的领导们。

红旗飘卷，队伍静候，正在这时，城楼上面主席台前忽然发出了洪钟一样的吼声，山鸣谷应，四处都响起雄吼，中华人民共和国的创国者、中央人民政府主席毛泽东主席宣布中华人民共和国中央人民政府成立了：于是广场上的欢呼声立刻翻江倒海地爆发，与城楼上互相呼应。这时候，按照预定程序，主席亲自升起了中华人民共和国的五星红旗！这是经过电流来办到的，在城楼上有一个电钮开关，按相反方向写好了"升降"二字。主席把电钮拨向"升"字，我们的红旗就顺了旗杆自己向上飞升。主席看着旗子，说："升得好！"主席说出了我们千千万万翘首瞻仰旗子的人心里的话。我们的旗子从此是端严而稳重地向上升了，它升得好！

接着礼炮惊天动地震响起来。每一炮所发出的巨大震响，据说都是由五十四尊大炮同时发出来的。这五十四尊炮的数目据说是用以代表政协五十四个单位。五十四炮同时发出二十八响礼炮，那声音真是山摇地动，象征全国人民坚强而雄伟的团结力量。正在大炮鸣震的时候，忽然有一条狗惊恐地亡命飞奔，逃出广场。看见了它，人民立刻想起了蒋介石在人民力量面前拼命逃窜的模样，大家都这样叫起来。这虽然是偶合，却也是极端现实的。

掌握着人民坚强而雄伟的力量，主席向人民，向全世界宣读了政府第一号公告，确定的指出中央人民政府是代表中国人民的唯一合法政府，它愿意与任何遵守平等、互利及互相尊重领土主权等项原则的外国政府建立外交关系，这对于帝国主义国家，尤其是整天想封锁中国、控制我们的美帝国主义，将是难题，会使它头痛又头痛。

转眼就是阅兵了。四个师的部队全在广场外面东边等候，总司令下令阅兵时，四位野战军的将领分列左右，站在总司令旁边。第一野战军的将领是贺龙将军,第二野战军是刘伯承将军,第三野战军是陈毅将军,第四野战军是罗荣桓将军。阅兵令下,就由原来在广场东端站在指挥车上的聂荣臻将军导引,四个师以连为单位,由东而西,缓缓入场,一个接一个地从主席台下向(白)玉桥边走过去。队伍的服装、颜色、队形、行动完全整齐一致,每一个方阵都像一个人一样行动。甚至于连马队里所有马的腿脚都是一出一进完全一致的。所有成排的坦克、大炮、汽车,都是比齐了一字形的前进,绝无任何参差,使一字显出(没有)丝毫歪曲。当阅兵进行的时候,整个人山人海,红旗飘扬的广场屏息无声,只有军乐队演奏《人民解放军进行曲》,雄壮的乐声和整齐的步伐声配合,在大地上动荡。正在这时,十四架飞机飞临上空,广场爆发了如雷的掌声。飞机里除了我们的空军,还有诗人马凡陀。

当广场上的人民队伍分队出发时,已经开始黄昏。星星点点,灯笼火把接二连三地燃了起来,很快整个广场在夜色中透明了,并且颤跃着红的星星,黄的星星,紫红的,大红的,金黄的,橙黄的,愈向夜,广场愈益像土地自身活了一样,遍地灯笼火把颤颤跳荡,像人民无边无际的欢乐和希望化身在我们面前跳跃。队伍分东西两个方向,向外出动。蓝色的拿着紫色灯笼的队伍,黄色的拿着大红灯笼的队伍,灰色的拿着金红火把的队伍,浅蓝的拿着深桃红灯先的队伍,还有黑色的拿着黄色灯笼的队伍,蜿蜿蜒蜒,交互环绕,像一幅巨大的活动的织锦,各按各的方向走出会场,丝毫也不发生混淆或者紊乱的状态。队伍行动时唱着歌,但更多的是喊口号而且时常是连续不断地喊着:

"毛主席万岁!"

这使得广场不但是以颜色和光辉活跃着,同时它还在连续不断地发出巨吼!地面这时又从许多角落放起了无数五彩照明灯球,像整个开了灿烂的光明的花朵。

毛主席一直是和人民在一起的。从下午三点到晚上十点,主席一直是站在城楼边上盯着眼睛望着下面的群众。他的脸上时而庄严,时而微笑,他的手几乎永远是高举起来,向群众有力而迅速地摆动,时时刻刻听见他向着群众高呼,也不一定是呼喊什么,就是一种人民共同的呼声。他的半个身子时常是伸出栏杆外面去举手招呼群众。在这里完全看出主席是怎样全心全意地热爱人民,他的这些动作,完全是由于他内心深处对人民强烈的、阶级的爱,使他自然就会这样随时不断满含着召唤地高呼,使他的手老是要举起来招呼人民,使他像母亲一样地向人民把身子伸出栏杆外面去，要把他们看得更清楚一点。

广场上川流不息的群众最初似乎没有看到城墙上他们的领袖在招呼他们。因为城楼上的灯光并不是很强的。他们一面呼着口号，一面走到面对城楼的时候，就要站住，更高地呼喊。当他们呼喊"毛主席万岁！"的时候，主席就从播音器里面高呼："同志们万岁！"并且时时用无字的从丹田里发出来的呼声和群众的呼喊相应合。很快，群众就发现了他们的领袖还在他们中间，并且用高呼和他们说着最亲切的言语，他们立刻就要求改变原来向东西分走的路线，而要一直朝北过白玉桥向天安门城楼走来，然后再由白玉桥上转出去。他们的要求成功了。于是一条条红色的火龙似的群众都向主席走来，他们挤在桥上，拼命从肺腑里发出声音呼喊："毛主席万岁！"主席从楼上回答他们，楼上楼下一呼一应。群众是欢呼跳跃，主席温厚而慈祥的手在空中摇动不停，累了便另换一只手，他的全身凝聚着力量，他的脸上发出庄严而慈祥的光辉。有人害怕主席会疲倦，但主席丝毫也不觉得，放了椅子在他背后，他也不肯坐下去。这时候，领袖和人民的完全融合一致是具体显现出来，一种伟大的、严肃的、温柔的幸福之感贯穿着人们的全身，有人哭了。有人暗暗地赞叹不已，说："怎么知道中国还有这一天呢！"

这时候，原来已经出了广场的许多人听到这样情形，又回来了。他们是很早就出了广场参加了游行的。他们的队伍已经散了，但是又集合了走回广场来。是队伍，就自己在广场上重新摆起方阵，奏起军乐。是一般人民，就集合了走到桥上来大声喊口号，大声唱歌，尽情欢乐地跳跃舞蹈。大会指挥在播音台上再三地劝告他们回家去休息，才逐渐地散去。

亲爱的上海兄弟姐妹们，我不能不把这个伟大的日子这样繁琐地报告给你们。这是由于我无能的笔没有法子把像昨天，乃至于毛主席领导建立国家的这十天以来的历史时间恰如其分地向你们转述。但是我确信有一点是真的，那就是：我们几千年来的希望，我们几千年来的要求，要一个独立、民主、和平、统一、富强五者俱备的国家的要求——在过去常常使人称为是白日大梦，或者是唱高调。现在这个几千年的大梦一定会实现了。昨天我亲眼看见的庆祝大会，就是保障。（本报北京专信，十月一日）

在伟大爱国主义旗帜下巩固我们的伟大祖国

社论 《人民日报》1951年1月1日

中国人民在伟大的胜利中度过了一九五〇年而进入一九五一年。

在一九五〇年内,中国人民以自己的经验答复了在战胜蒋介石以后所存在的三个根本问题,这些问题是:第一,我们能够不依靠资本主义国家的"援助"而进行自己的建设吗?第二,资本主义国家中的帝国主义者在他们的走狗蒋介石失败以后,会自动放弃对于中国的侵略,而让我们"埋头"建设吗?第三,我们能够战胜帝国主义者的侵略,以保障我们祖国的安全吗?

我们在过去一年中的经济战线上的伟大成就,答复了第一个问题。与那些断定中国离不了美国"援助"的帝国主义分子们的论断完全相反,中央人民政府迅速实现了全国财政的统一,平衡了财政的收支,保障了物资的供应,因而制止了长期战争和长期反动统治所遗下的、为美国"援助"所永远无法解决的通货膨胀物价高涨的现象。中央人民政府以空前的规模和速度解决了恢复交通、兴修水利、救济灾荒、发展贸易、调整工商业、减轻人民负担等复杂的问题,从而使一九五〇年的工农业生产迅速恢复,其中钢铁和纱布的产量已经超过抗日战争前的一九三六年的水平,粮食和棉花的产量也已经接近抗日战争前的水平。国家经济逐步地巩固了自己的领导地位,并正在逐步地减少生产中的无政府状态。生产和国内外贸易的恢复,物价的调节,工人福利工作的发展,减租和土地改革工作的进行,农业税的减轻,灾荒和失业的救济,使中国劳动人民的生活有些得到了显著的改善,有些得到了初步的改善,有些则正在完成着改善生活的条件。

所有这一切都不是依靠任何资本主义国家"援助"的结果,而是拒绝和反对这种所谓"援助"的结果,而是我国伟大的人民在伟大的中国共产党领导之下自力奋斗,并得到伟大的社会主义国家苏联慷慨援助的结果。我国人民既然能在一九五〇年得到如此丰富的收获,那么就不能怀疑我们在今后数年内必将得到更丰富的收获,使我国进入经济建设的高潮。这难道还不明白吗?

紧接着,美帝国主义者以他们的行动给我们答复了第二个问题。美帝国主义者提醒中国人民:中国的革命与反革命之间的战争还没有完结。美帝国主者看到胜利了的中国人民逐步走上经济恢复的大道，于是就不以命令蒋介石轰炸和封锁东南沿海为满足（事实上这些轰炸和封锁也逐步被中国人民所战胜了），而在一九五〇年六月发起了对于接近中国大陆的跳板朝鲜和中国的领土台湾的冒险侵略。所有这些侵略都是毫无理由的，都是完全破坏国际信义和联合国宪章的强盗行为。美帝国主义者在朝鲜遭受了朝鲜人民的痛击以后，又在九月间纠合其可能纠合的最大兵力在仁川登陆，占领平壤，并向我国东北边境汹涌前进，直至鸭绿江边。美国空军连续侵入我国东北领空轰炸扫射。这种对于中国领土的放肆的霸占和对于中国安全的放肆的威胁，迫使中国人民不能不积极加强我们的国防力量，以便解放台湾，抵抗任何可能的新侵略，并且不能不以志愿行动援助朝鲜人民驱逐美国侵略军，以便保障我国的大陆的安全。

这样，就证明了在帝国主义侵略势力威胁着中国，压迫着东方的时候，我们不可能设想中国人民可以不问外事，"埋头"建设。中国人民革命战争还没有完结，而美帝国主义者对台湾和朝鲜的侵略，正是他们对中国革命的干涉行动的延长和扩大。帝国主义者是不会自动放弃干涉和侵略的，只有被革命的人民所击退以至不能不自认失败的时候，才会被迫放弃这种干涉和侵略。这样，就证明了中国人民必须把巩固国防力量，发展反帝国主义斗争当作首要的任务，并使这个任务与经济建设的任务互相帮助，互相结合。

那么，我们能否战胜帝国主义的侵略呢？伟大的中国人民志愿军答复道：完全能够！人民志愿军在朝鲜两个多月的英勇作战，证明了甚至在没有飞机坦克和很少大炮的条件下，最"强大"的帝国主义军队也是可以击败的。人民志愿军证明了中国人民力量和世界人民力量永远不能被战胜的真理，证明了美帝国主义和一切帝国主义都是纸老虎的真理，因而大大地扫除了一部分中国人和一部分外国人中间的恐美病。

因此，当我们进入一九五一年的时候，帝国主义对于我们的侵略虽然还没有停止，我们却是满怀信心地面向着光明的将来。

中国人民在一九五一年的中心任务，应当是用极大的努力，在军事上、政治上、经济上、文化上巩固我们的伟大祖国，使帝国主义者及其走狗没有可能来破坏我们的伟大革命事业和伟大建设事业。

这就是说，中国人民在一九五一年必须继续支援在朝鲜的中国人民志愿军和朝鲜人民的正义斗争，并且用最大的力量来加强我们伟大的国防军，以便最后完成全中国的解放,并击退任何可能的新的外国侵略。经过认真的努力,使我国和苏联一样地成为世界第一流军事强国,这将不但保障我们伟大祖国的安全,使我们的经济建设和社会改革的工作得以顺利进行,并且将有力地加强东方和世界的和平。

这就是说,中国人民必须在一九五一年努力发展土地改革工作,坚决消灭潜伏的反革命分子和少数地区残余的土匪,认真加强全国工人阶级的组织工作和政治教育工作,继续加强各民族、各民主阶级、各民主党派的团结。在一九五〇年冬至一九五一年春,全国已有一亿三千万人口的新解放区在进行着土地改革,而在一九五一年冬至一九五二年春,全国除少数民族地区外,将基本上完成土地改革工作。这将使中国人民民主专政的政治基础和经济基础大为加强。

这就是说,中国人民必须在一九五一年巩固已经取得的经济阵地,认真地恢复和有重点地发展全国的工业生产和农业生产,并为进一步的发展生产作有系统的准备工作。为此,必须发展最重要的和有关国防的工业和交通事业,继续兴修为发展农业生产所必需的水利事业,用大力发展为工农业生产所必需的国内贸易和合作事业,这些将构成一九五一年经济建设工作的重点。而认真改善工人、农民和其他劳动人民的物质生活,则是顺利进行这一切经济工作的重要条件之一。

这就是说,中国人民必须在一九五一年继续发展抗美援朝的思想教育,铲除帝国主义首先是美帝国主义在中国长期侵略所遗留的政治影响,并将这种思想斗争引导成为热爱祖国的高潮。

为什么恰恰是现在必须兴起爱国主义的高潮呢?什么是今天中国人民的爱国主义的内容,它对于中国人民的军事、政治、经济任务有什么意义呢?

中国人民今天的爱国主义并不是什么抽象的东西,它的内容,就是反对帝国主义侵略和封建主义压迫,就是保卫中国人民民主革命的果实,就是拥护新民主主义,就是拥护进步,反对落后,就是拥护劳动人民,就是拥护中国与苏联和人民民主国家的以及全世界劳动人民的国际主义联盟,就是争取社会主义的前途。兴起这种爱国主义,就是总结中国人民的斗争经验,完成中国人民反帝国主义的思想解放,用中国人民对于自身伟大力量和光明前途的信心,来消灭帝国主义侵略者及其走狗买办资产阶级所制造、散布、借以瓦解中国人民革命斗争的殖民地人民的自卑心。中国人民在许多年中间特别是一九五〇年的斗争经验，证明这种爱国主义的教育是完全合乎真理的；因此，进行这种教育，对于完成中国人民在军事、政治、经济各方面的光荣任务，将是一个经常起作用的动力。

　　帝国主义者及其走狗们许多年来曾经千方百计地宣传所谓中国人民是落后的，中国的一切都不行，都必须依赖帝国主义外国的"教化"和"援助"，与帝国主义斗争必然受遭失败，等等。难道这一切谬论还没有被中国人民革命的胜利，被中国人民在经济恢复过程中的胜利，被中国人民志愿军在朝鲜的胜利所证明为完全破产吗？中国人民难道不是已经证明了自己是世界上最重要的政治力量、军事力量、经济力量和思想力量的一部分了吗？中国劳动人民和帝国主义国家的资产阶级相比较：究竟是谁高尚？是谁优越？是谁由于聪明勇敢团结奋斗而得到了胜利并将继续得到胜利？对于这样的问题，难道现在还不应当作出确定无疑的结论来吗？

　　帝国主义者及其走狗曾经狂妄地企图抹煞约占全人类四分之一的中国人民在世界上的地位，并且进而抹煞中国历史在世界历史上的地位。但是这是徒劳无功的。我们反对拒绝学习外国和轻视其他民族的国粹主义者和民族主义者，反对妄自尊大，但是也反对妄自菲薄。按照客观的事实，中国的悠久历史和悠久文化，不但使四亿七千五百万人团结为一个伟大国家，而且是东方的悠久历史和悠久文化的中心，而且曾经并继续以自己的重要贡献影响全世界。任何人有什么权利来抹煞客观的事实呢？毛泽东同志在他和其他同志合著的《中国革命与中国共产党》一书中写道：

　　　　我们中国是世界上最大国家之一，他的领土超过了整个欧洲的面积。在这个广大领土之上，有广大的肥田沃地，给我们以衣食之源；有纵横全国的大小山脉、大小高原、平原，给我们生长了广大的森林，贮藏了丰富的矿产；有很多的江河湖泽，给我们以舟楫与灌溉之利；有很长的海岸线，给我们以交通海外各民族的方便。从很早的古代起，我们中华民族的祖先就劳动、生息、繁殖在这块广大土地之上。……

　　　　我们中国现在拥有四亿七千五百万人口，差不多占了全世界人口的四分之一。……在中华民族主要地是汉族的开化史上，有素称发达的农业和手工业，有许多伟大的思想家、科学家、发明家、政治家、军事家、文学家和艺术家，有丰富的文化典籍。在很早的时候，中国就有了指南针的发明。还在一千七百年前，已经发明了造纸法。在一千二百年前，已经发明了刻板印刷。在八百年前，更发明了活字印刷。火药的应用，也在欧洲人之前。所以，中国是世界文明发达最早的国家之一。中国已有了将近五千年的有文字可考的历史。

中华民族不但是以刻苦耐劳著称于世，同时又是酷爱自由富于革命传统的民族。以汉族的历史为例，证明中国人民是不能忍受黑暗势力的统治的，他们每次都用革命手段达到推翻与改造这种统治的目的。在汉族的数千年的历史上，有过大小几百次的农民战争，反抗地主贵族的黑暗统治；而每次朝代的更换，都是由于农民战争的力量才能得到成功的。中华民族的各族人民对于外来民族的压迫都是不愿意的，都是要用反抗的手段解除这种压迫。他们赞成平等的联合，而不赞成互相压迫。在中华民族的几千年的历史中，产生了很多的民族英雄与革命领袖。所以，中华民族又是一个有光荣革命传统和优秀历史遗产的民族。

这就是历史上的中国。中国人民在几千年中经常居于世界文化的前列，只是在近一百多年间才落于欧洲人之后，并遭受资本主义和帝国主义国家的残酷压迫。优秀的中国爱国者不甘心于这种落后和被压迫状态，因此进行了前仆后继的斗争，终于在斗争中找到了马克思列宁主义的真理作为解放自己的武器。伟大的中国劳动人民与马克思列宁主义相结合的事实，使中国人民迅速地在思想上、政治上以至军事上超过了已经腐朽的西方资本主义国家，而这就造成了中国人民革命的伟大胜利。胜利了的中国人民和苏联人民的联合，这不但是欧亚两洲两个人口最多领土最广的国家的联合，而且是两个最先进最巩固的国家的联合，这个联合，因此而无敌于天下。

所有这些，就是我们伟大祖国的简单图画。难道我们不应当为我们的祖国而骄傲，而欢呼吗？难道我们对于自己的力量和前途，应当有丝毫的怀疑吗？无论是在军事、政治或经济的战线上，我们都已经得到了伟大的胜利，在今后必将得到更伟大的胜利。让我们高举爱国主义的旗帜，为巩固和扩大我们的胜利而勇敢地奋斗吧！我们的事业是先进的，正义的，是与全人类的利益相一致的，渺小的脆弱的反动的帝国主义如果不停止它对于中国和东方的侵略，就只有加速它自己的灭亡，而我们的伟大祖国，却将永远不可动摇地前进，再前进。

百倍地巩固和热爱我们的祖国！我们的伟大祖国万岁！

学习思考题

1. 什么是新闻特写？

2. 《"中国人从此站立起来了"——中国人民政协第一届会议特写》着重描写了会议中的哪些人，哪些地方，以及哪些事？按照怎样的顺序展开？

3. 结合附录1中的作品《中国人从此站立起来了（庆祝新中国成立五十周年专论）》，分析其与《"中国人从此站立起来了"——中国人民政协第一届会议特写》的异同。

4. 《给上海人的一封信——毛主席和我们在一起》通过哪些细节凸显了"毛主席和我们在一起"？你认为采用写信的方式是否合适？请根据文中的信息和材料重写这篇报道。

5. 《在伟大爱国主义旗帜下巩固我们的伟大祖国》评述了哪些问题？针对每个问题，提供了哪些论据？如果由你来撰写这一主题的评论，你会从哪几个方面入手？

6. 请分析上述三篇作品在叙述方式和写作方式上的异同。

主题 1-2　新中国成立初期的典型人物报道

当你们熟睡的时候

《人民日报》1956 年 7 月 21 日

亲爱的读者，你知道吗？当你们熟睡的时候，全国有多少人为了你们幸福的生活和明天的工作，在通宵紧张地劳动着。看吧！下面就是在 18 日夜里北京很多夜间工作着的人们。

守候在孩子床边

柔弱的灯光笼罩着南魏胡同托儿所孩子们的卧室。保育员们穿着白色的工作服挨着每个小床轻轻地来回走动。两岁半的女孩子曾珊珊在睡梦里把白色的小被揉做一团，像抱洋娃娃似的把它抱在怀里。保育员房黎轻轻松开了她的小手，又把被子替她盖好。甜睡着的孩子们有的把小腿跷在床栏杆上，有的把小手垂在床沿下，有的趴在小床上睡觉。保育员们都把这些不大好的姿势纠正了，使孩子们睡得更舒适。

深夜两点多钟，保育员宋作芳发觉一岁半的男孩康宏陆大便在衣服上，她立刻细心而又熟练地给他换去了脏衣服，而这个孩子并没有醒。宋作芳在记录孩子生活情况的本子上作了记录："康宏陆夜间大便一次，发现消化不好，请白班的阿姨注意他的饮食，其他的孩子睡得很好。"

为了明天的乘客

夜里把最后一批乘客送回家休息以后，北京市电车公司、汽车公司的检修工人、调度员、司机、售票员……还在紧张地劳动着。他们中有的在检修回厂的车辆，有的在收集车上的抹布、水壶等清洁用具，准备清洗。电车公司第一保养厂调度员万世俊在登记售票员从车上收集的乘客遗失物：扇子、雨伞、手帕……准备天明招领。

深夜两点以前，公共汽车的调度员，已经把市内和通往郊区的 25 条线路的几百辆汽车调配好了。汽车司机和售票员们已经等候在各个街头,在三点钟他们就乘着接班汽车来到保养场,准备在四点三十分出车把人们送往工作、学习的地点。在夜间工作已经4年的保养场车间主任张锡恩说,夜间工作是辛苦,可是当我们知道一天没出任何机件事故的时候,快乐就代替了一切。

黎明时的电报

四点二十七分,北京市电报局报务室收到了一份山东滋阳发报人徐燮4点钟交发来的一份电报,这份电报在十一分钟以后缮译完毕,交给送报员,四点五十分就送到了北京市第二十六中学。收报人徐焌拆开电报喜形于色地说:"这下可好了!"原来他一连三天到车站去接他的八岁的妹妹,都没有接着。这份电报上写着:"今天下午四时接妹。"

这是这一个夜里很多电报中的一份。如果不是经过了静悄悄的东长安街才走进灯火通明、大门敞开的北京市电报局的话,你真会忘记这时已经是午夜以后了。营业员们依然在柜台里随时等待着交发电报的人。报务室里电传打字机嗒嗒地响着,报务员们全神贯注地收发着电报。传送带一份接一份地把收来的电报送到来报室缮译,送报员们随时都在准备出发。

零点二十八分接婴儿

北京医学院第一附属医院产院的住院处六十四岁的服务员王志,已经上了二十二年夜班了。十八日夜里他在给产妇张美德办完住院手续的时候,像一个有经验的大夫一样地判断说:今晚你一定会生的!

在产房里,五六个值班大夫和助产士轮流在张美德旁边守护着,不时地听听胎心的跳动。他们对产妇说:"你放心,孩子顶好!"

零点二十八分,婴儿"哇"的一声诞生了。助产士小心地扎好了脐带,擦好微红的小身体。当年轻的妈妈看到自己胖胖的儿子后,脸上露出了幸福的微笑。

当产妇张美德正在喝红糖茶的时候,大夫亲切地对她说:"好好地睡觉吧,天明我们就给孩子的爸爸打电话,告诉他大人、婴儿都很好!"

通宵运蔬菜

当天快亮的时候,菜市场和副食店的营业员们已经结束通宵的劳动,把供给首都人民的二百多万斤蔬菜准备好了。

在全市最大的广安门菜站,郊区农民赶着满载蔬菜的马车来了,他们把刚从田地上摘割下的新鲜蔬菜连夜送进城来。菜站的收购人员经常从深夜忙到白天，一收就是一百多车菜。早晨五六点钟，交易员就同时向九百个左右的零销点和机关团体批发调运。全市二十一个菜站每个夜晚也都是这样的紧张地劳动着。

洒扫全城

深夜，清洁工人们驾驶的一百多辆汽车，穿行在全城的大街小巷，把八千多个垃圾集中站里的两千多公方垃圾，运到城外七个垃圾处理场。

在这个时候，五辆大型的洒水车在宽阔的东西长安街上，冲刷灰尘。四百个扫街工人，在打扫着王府井、南河沿等二百多条街道。

东方发亮，各条街道上又出现了二十多辆洒水汽车。人们通过这些干净、湿润的柏油马路，走向他们工作、学习的岗位。

为了千百万读者

午夜，在沉寂的王府井大街上，人民日报社大楼的许多房间里依然灯光通明。三楼上夜班编辑组的电话铃不断地响，经常打断了编辑们赶编最后几条重要消息的思考。忽然，驻在云南、安徽等地记者用电报发来了急稿，总编辑室主任看看表已过截稿时间——十二时，只好把这些消息割爱。一点多钟，编辑们带着苦心设计出来的版面样跑到排字车间，和工人们商量拼版。工作的高潮由办公室卷向印刷车间。这里，在紧张拼版的老排字工人都有十多年的工龄，他们正在和时间战斗。他们用十分熟练的技术，根据改稿三番五次地改换排字，争取尽早把版送去打纸型。同时，在检查室和校对科里，一批头脑清醒的人们正在拿着红笔细心核对每篇稿件和每一个字，他们为消灭报纸上的每一个错误而努力。

两点五十九分，四部高速度轮转机转动了。一分多钟后，工人们争先拿起了今天的报纸，检验自己和编辑们彻夜劳动的成果。邮政局的汽车从这里装满了新出的报纸，立即送到火车站和全市去。

和这同时，报纸的纸型又赶送到西郊飞机场，由专机和班机送往上海、昆明、重庆、兰州、乌鲁木齐和沈阳等八大城市，让这些地方的千百万读者也能当天看到北京的《人民日报》。

（此文为新华社北京分社记者集体采写完成，参与者有任志樵、任家骥、赵谦、周定舫、孙世恺、丁宝芳、喻惠如等人。）

毛主席的好战士——雷锋

作者：甄为民　佟希文　雷润明

《人民日报》1963年2月7日

> 每个人每时每刻都在写自己的历史，每个共产党员和共青团员都应好好地想一想，怎样来写自己的历史。……我要永远保持自己历史鲜红的颜色。
>
> ——摘自雷锋日记

在沈阳，在辽宁的每个城市，在中国人民解放军沈阳部队每个连队里，人们都在谈论着一个普通战士的名字——雷锋。这位被誉为毛主席的好战士、无产阶级革命战士的解放军某部班长，正当生命火花四射的时刻，竟与世永诀了。他的整个生命还不到二十二年，可是，他却给人们留下了一部鲜红鲜红的历史。

雷锋——这个贫苦农民的儿子，从小生活在非人的极端贫困和饥饿里，直到解放，他才第一次感到人间的温暖。党从死亡中救了他，他热爱党，热爱毛主席，热爱解放军，而对旧社会的压迫者和剥削者怀着无比的仇恨。十岁，他参加了对敌人——地主阶级的斗争，十六岁起，投入了建设社会主义祖国的行列，当过国营农场的拖拉机手，参加过鞍钢的建设，一九六○年，他又成了保卫祖国的中国人民解放军的一员。在革命部队里，他光荣地参加了中国共产党。在党的教育培养下，他坚定地树立了终身为共产主义事业奋斗的伟大理想。在日常生活中，他一直把革命利益放在第一位，他听党的话，他努力学习毛主席的著作，他关心别人胜过自己，他英勇顽强而又艰苦朴素。这些年来，他为党和人民做了许多有益的事情。雷锋的历史是一部深受民族压迫、封建剥削和资产阶级压榨的劳动人民的血泪史，是一个工农兵群众自觉的革命斗争的历史。

牢记阶级敌人杀亲之仇

雷锋生在湘江畔望城县安乐乡的一个雇农家里。当他刚刚懂得想念爸爸的时候，爸爸因为参加抗日斗争，被日本强盗活埋了。扔下母子四人，饥饿难当，妈妈让刚满十二岁的哥哥进工厂当了童工。可是，机器把哥哥的小胳臂轧断了，资本家一脚把他踢出了工厂。哥哥回家没钱医治，活活疼死在妈妈的怀里。接着，小弟弟也饿死在床上。苦命的妈妈为了保全这最后一条命根，忍气吞声地给一家姓谭的地主帮工。哪知道，妈妈在这地主家里，竟被少东家强奸了。这位饱受摧残的善良妇女，终于在一九四六年七月十五日的晚上，含恨悬梁自尽了。她留给了雷锋两句遗言：愿老天保佑你自长成人，给全家报仇！

这时，雷锋还不满七岁。他在失掉一切亲人之后，地主又强迫这个孤苦伶仃的儿童放猪。住的是猪栏，吃的是霉米。冬天，衣不遮寒，他挤在猪仔窝里，偎着母猪肚皮取暖。一天，地主的狗偷吃了他的饭，雷锋打了这条狗一下，不料惹出大祸，地主谭老三挥起一把剁猪草的刀，朝雷锋左手连砍三刀，把他赶了出来。

小小年纪的雷锋并没有因此而失去生活的勇气。他记着妈妈死前的话，一心要活下去，为全家报仇。他用泥土糊住刀伤，逃进深山，拾野果，喝山水，有时用手攀些树条，到村中换饭吃。夏天让蚊虫咬烂了全身，冬天在山庙里冻得难熬，但他还是顽强地生活着。不过，经过两年非人生活的折磨，他已经枯瘦不堪了。

正在雷锋濒于死亡的时刻，他的故乡解放了。人民政府的乡长彭德茂，从深山破庙里找到了遍体鳞伤的雷锋，送他进了医院，治好了满身的脓疮。当彭乡长拿着给他做的新衣裳，接他出院的时候，雷锋双膝跪在彭德茂的脚下，喊着"救命恩人哪！"从妈妈死后，他第一次流下热泪，也是第一次下跪。彭德茂急忙扶起他，抚摸着他的头说："我们的救命恩人，是毛主席，是共产党，是解放军，现在，可以给你的父母兄弟报仇了！"从此，雷锋苦尽甜来。他怀着对压迫者和剥削者的深仇大恨，十岁那年（一九五〇年）便手执红缨枪，投入了反封建的斗争。当时他是儿童团长，和一队同命运的小伙伴，押着恶霸地主游街。在斗争大会上，他用被砍伤的手，揪着害死妈妈的地主问罪。他亲眼看到人民政府枪决了那地主，为他，为千百万穷人报了仇。

人民政府免费供这个苦孩子上了小学。他最先学会了"毛主席万岁"五个字。他默默地对死去的妈妈说："老天没有保佑我，是毛主席，是共产党救了我的命。"他用六年时间便学完了从小学到初中的九年功课；尽管人民政府决定供他念完大学，他却迫不及待地要为祖国社会主义建设添砖加瓦。这时，他才十六岁。

发无产阶级之愤

雷锋从十岁就想当兵为亲人报仇。可是，当时他年纪太小，解放他的家乡的一位解放军连长对他说："你的仇，大家替你报！等你长大了，建设咱们的新中国吧！"雷锋长大了，果然献身于祖国的社会主义建设。不论参加农业生产，当国营农场拖拉机手，还是从温暖的南方来寒冷的东北鞍钢开推土机，他都恨不得把自己的手臂变成顶天立地的钢梁，把祖国的社会主义大厦赶快支撑起来。

在一九五八年秋天，在党中央发出大办钢铁的号召不久，鞍钢派人到雷锋所在的团山湖农场招收青年工人。因为雷锋懂得钢铁同祖国建设的关系，便毅然报名应招。到了鞍山，他驾起了推土机。他驾驶的"斯大林80号"推土机，车体高大，一位老师傅怕累坏了他，要给他换个小型的机车。他说："开大车干大活，再困难，我也能够克服。"不久，鞍钢为了发展钢铁生产，化工总厂要在弓长岭建一个化工分厂，动员一批工人去搞基本建设，雷锋第一个报了名。有人对他说，那里吃没好吃，住没好住，劝他不要去。雷锋听了非常生气，他说："正因为那里是这样，我才情愿去！"他去了，什么活重干什么活，不管多么艰苦，他都毫不畏惧地迎上前去。

这个贫苦农民的儿子，经过工人阶级队伍的锻炼，视野更加宽阔了，革命责任感更加强烈了。在一九五九年十二月三日，他听了征兵报告之后，第二天一大早，就到征兵站报名应征。他知道自己的身材太矮，很担心身体检查不及格。在兵役局量身高的时候，他偷偷地跷起了脚，军医发现了，笑了笑，让他再量一次，结果只有一百五十二厘米高；量体重时，尽管他站在磅秤上用力往下压，也只有四十七公斤；身高、体重都不合格。医生又发现他身上有许多伤疤。提起这伤疤，他立刻流下了泪水，跟医生讲述了自己的苦难童年。他说："记起过去的仇恨，我非参军不可。"医生很同情他，让他去找兵役局再谈谈。他跑到兵役局找到了来接新战士的荆营长，他拉着荆营长的手，诉说了自己过去的一切。他说："想起过去，想到咱们国家周围还有美帝国主义，我的心就催促我拿起武器保卫祖国……"他讲着讲着哭了，荆营长也流下了热泪。荆营长以老战士的名义，收下了这个新兵。

作为一个战士，雷锋深知战士的责任。这里有一段与洪水搏斗的故事，可以感到这个革命战士的责任感是多么强烈：

一九六〇年八月，当百年不遇的大洪水袭击抚顺的时候，雷锋所在连队接受了参加抗洪抢险的命令。当时，雷锋身体不好，连长让他留下来休息。他却找到连长恳求说："洪水正威胁人民的生命财产的安全，我在家待不住，我请求和连队一块儿去！"由于他百般要求，连长和指导员最后同意了。

情况很紧张，昼夜不停的大雨，倾满了上寺水库，中共抚顺市委决定开掘溢洪道以防万一，并把这个艰巨任务交给了部队。雷锋同他的战友们，顶着大雨，踏着泥浆，连夜挖掘溢洪道。他挥锹猛挖，突然锹板脱落了，天黑看不见，找不到，他就甩掉手中的锹把，用手挖泥。时间长了，手指磨破了，鲜血掺着稀泥，溅满了他的军装。卫生员让他下去上点药，他说："眼前的洪水，岂不和万恶的敌人一样，哪能为点轻伤误了大事！"

天快亮了，当部队集合被换下要去休息时，雷锋突然晕倒在地。连长立刻命人把他扶到老乡家去。打针，服药，护理了一天，雷锋觉得轻松了许多。傍晚，外边一响起集合的哨音，他趁卫生员没留神，拔腿就跑，又闯进了夜雨蒙蒙的工地。

在这以后不久，在部队党组织的教育下，他光荣地参加了中国共产党。

活着就是为了使别人过得更美好

共产党员雷锋，在他的一言一行中，都闪耀着灿烂的共产主义光辉。

他在日记中曾经写道："我觉得要使自己活着，就是为了使别人过得更美好。我要以黄继光、董存瑞、方志敏等同志为榜样，做一个热爱祖国、热爱人民，永远忠实于党、忠实于人民革命事业的人。"

这就是他的人生观，这就是他的生活目的。他是个运输兵，是个班长，但他不满足于仅仅完成自己的本职工作，总想多做些事。连队各项活动他几乎全部参加了。连队俱乐部的学习委员是他，他热心地帮助大家学习毛主席著作，买书、借书给大家看，给大家读报，宣传党的方针政策和国内外大事。开展文化学习时，他主动请求担任兼职教员，在业余时间里，给大家讲课，批改作业。他是技术学习小组长，也是连队的教歌骨干，他还担任了部队驻地附近小学少年先锋队的辅导员。对他来说，事情越多越好，为党为人民工作，他有无限的热情和精力。和他生前一起相处的战友告诉我们，什么个人打算呀，情绪不高呀等等，根本和雷锋沾不上边，他整天笑容满面，心里想的除了工作就是学习。他认为那些"闹名誉，闹地位，闹出风头"的人一个个都是"没出息"！

这里记述的是雷锋的一些小事：

有一次，他到安东去参加军区体育运动大会，从抚顺一上火车，就主动做了义务列车员，擦地板、擦玻璃，帮妇女抱孩子，给老人找座位，冲茶倒水，忙个不停，稍一有空，又拿出报纸，给旅客读报。

另一次，他外出在沈阳换车时，看见一个从山东来的中年妇女，急着要到吉林去探亲，可是车票在中途丢了。他看她情真意切，二话没说，就领着这位大嫂到售票口，自己掏钱买了张车票，又带着她上了车。

一个星期天，他肚子疼，到医务所去看病，经过一个建筑工地，那火热的劳动场面，立刻吸引了他。他忘了自己是个病号，奔到推砖场，操起一辆小车就推起砖来了，心想：能为社会主义建设添一块砖也是好的。这个来历不明的解放军战士，越干越欢，车子推得飞快，脸上流着汗水，使全工地的建设者受了很大的鼓舞，不久工地广播站传出了"向解放军学习"的声音。最后当工人们知道他是个病号时，都万分感动，大家写了表扬他的大字报，敲锣打鼓把他送回营房。

雷锋每月的津贴除了交党费、买肥皂、理发和买书而外，全部存入银行。班里有的新战士问他："你就是一个人，何必这样熬苦自己呢？"雷锋回答说："谁说我熬苦自己，现在的生活比我过去受的苦真是好上天了。"雷锋存那些钱准备干什么用呢？谜底到底揭开了：部队领导机关先后收到了中共辽阳县委办公室、抚顺望花区和平人民公社的来信，感谢雷锋在辽阳遭受特大洪水灾害和城市人民公社刚成立的时候，分别寄来了一百元钱。雷锋同志的一位同班战友更接到一封奇怪的家信，这位战友的父亲在信中说：寄来的二十元钱已经收到，我的病已经好转，望你在部队安心。后来一打听，又是雷锋做的。为什么要这样做？雷锋在日记上写道："有些人看我平时舍不得花一个钱，说我是'傻子'。其实，他们是不知道我要把这些钱攒起来，做一点有益于人民、有利于国家的事情。如果说这就是傻子，我甘愿做傻子，革命需要这样的傻子，建设祖国也需要这样的傻子，我就是长着一个心眼：我一心向着党，向着社会主义，向着共产主义。"

雷锋这样处处表现出毫不利己、专门利人的高尚风格，是为了夸耀于人，求得领导的表扬和同志们的称赞吗？不是。运输连的指导员高士祥同志告诉我们说，雷锋丝毫也没有这样的思想，他做了好事从来也不对人讲。那次抱病在工地运砖，人们再三问他的名字，他始终不说，只说是附近部队的。人们握着他的手对他表示感谢时，他却说"这是我应该干的"。在沈阳车站给那位山东大嫂买了车票，她问他在哪个部队、叫什么名字时，他却幽默地说："叫解放军，住在中国。"

严格要求自己，努力锻炼自己

雷锋同志的革命品质所以可贵，就可贵在"自觉"这两个字上。在毛主席发出迎接合作化高潮的伟大号召的时候，他响应号召，参加合作社当了一个有文化的农民；当祖国号召要建设社会主义新农村的时候，他当上了第一批拖拉机手；当祖国号召大办钢铁的时候，他又报名投入了鞍钢工人的先进行列；当祖国处在帝国主义、反动派、现代修正主义的进攻之下，他又积极争取当上了一名祖国的保卫者、人民解放军的战士。入伍那天，他在自己的日记上写道："我要坚决发扬革命部队里的优良传统，向董存瑞、黄继光、安业民等英雄们学习，头可断，血可流，在敌人面前决不屈服。我一定要做毛主席的好战士！"参军以后，他又以自己的行动，实践自己的诺言。虽然旧社会留给他三条刀痕和一个有胃病的身体，但他严格地要求自己，努力锻炼自己。当他刚入伍投掷手榴弹不及格的时候，在全班同志帮助下，他以勤学苦练来弥补，终于在正式演习时达到"优秀"的水平。党的艰苦朴素的优良传统，他时刻牢记在心头。按规定，部队每年夏天发两套军装，他却领一套。他说："我一套就够穿，破了可以补一补，给国家能省一点是一点。"他用的搪瓷脸盆、口杯，上面的瓷几乎全脱落了，像是用黑铁做的。他穿的袜子补了又补，完全改变了原来的模样。他看到有的人吃饭时掉了一粒米在地上，乱花了一分钱，他都善意地提出批评，耐心地进行帮助。

革命的自觉性决不同于盲目的自发性。雷锋的自觉性是建立在活学活用毛主席思想的基础上的。参军后的这几年，他响应部队党组织的号召，在人民解放军这个大学校里抓紧了一切学习时间，读完了《毛泽东选集》一至四卷，其中有些文章更反复阅读过好多遍。在学习中，他深深体会到学习得越多越深，思想越开朗，胸怀越开阔，立场越坚定，理想越远大。

在雷锋同志一生的前进道路上，并不是没困难的，他是在不断克服困难的过程中，依靠党和群众，自觉地锻炼自己的革命意志。农业战线上的治水模范，工业战线上的先进生产者、红旗手，解放军中的五好战士，团组织中的模范团员，抚顺的人民代表等光荣称号，就是雷锋以自觉的主观努力，克服各种客观困难的最好证明。

雷锋在一九六二年八月十日的日记中写道："今天我又认真学习了毛主席在中国共产党第八次全国代表大会上的开幕词，其中有两句话：'虚心使人进步，骄傲使人落后。'这是千真万确的真理。过去按毛主席的教导做了，所以进步了；现在，我仍要牢记毛主席的这一教导，更好地做到这一点，永远做群众的小学生，做人民的勤务员。"

就在写出这些思想，并准备更加奋发为党工作后的第五天——一九六二年八月十五日，雷锋同志在执行勤务中，不幸牺牲了。

雷锋同志的生命的火花是熄灭了，然而他的思想的火花将永远放射光芒。正如中国人民解放军总参谋长罗瑞卿和中共中央东北局第一书记宋任穷同志题词中说的："伟大的战士——雷锋同志永垂不朽！""革命精神永垂不朽！"

大庆精神　大庆人

作者：袁木　范荣康

《人民日报》1964 年 4 月 20 日

延安革命精神发扬光大

列车在祖国广阔的土地上奔驰着。它掠过一片片田野，越过一条条河流，穿过一座座城市，把我们带到了向往已久的大庆。

大庆，不久前人们对她还很陌生。如今，人们在各种会议上，在促膝谈心时，怀着无比兴奋的心情谈论着她，传颂着她。有机会去过大庆的人，绘声绘色地描述着这个几年前还是一个未开垦的处女地，现在已经建设起一个现代化的石油企业；描述着大庆人那一股天不怕、地不怕的革命精神和英雄气概。没有经受过革命战争洗礼和艰苦岁月考验的年轻人说，到了大庆，更懂得了什么叫作革命。身经百战的将军们，赞誉大庆人"是一支穿着蓝制服的解放军"。在延安度过多年革命生涯的老同志，怀着无限欣喜的心情说：到了大庆，好像又回到了延安，看到了延安革命精神的发扬光大。

我们来到大庆时，这里还是严冬季节。迎面闯进我们眼底的，是高耸入云的钻塔，一座座巨大的储油罐，一列列飞驰而去的运油列车，一排排架空电线，和星罗棋布的油井。这一切，构成了一幅现代化石油企业的壮丽图景。同它相对衬的，是一幢幢、一排排矮小的土房子。它们有的是油田领导机关和各级管理部门的办公室，有的是职工宿舍。夜晚，远处近处的采油井上，升起万点灯火，宛如天上的繁星；低矮的职工宿舍里，简朴的俱乐部里，不时传出阵阵欢乐的革命歌曲声，在沉寂的夜空中回荡。到过延安的同志们，看着眼前的一切，想到大庆人在艰苦的条件下为社会主义建设立下的大功，怎么能不联想起当年闪亮在延水河边的窑洞灯火哩！

但是，对于大庆人说来，最艰苦的，还是创业伊始的年代。

那时候，建设者们在一片茫茫的大地上，哪里去找到一座藏身的房子啊！人们有的支起帐篷，有的架起活动板房，有的在不知道什么时候被丢弃了的牛棚马厩里办公、住宿。有的人什么都找不到，他们劳动了一天，夜晚干脆往野外大地上一躺，几十个人扯起一张篷布盖在身上。

霪雨连绵的季节到了。帐篷里，活动板房里，牛棚马厩里，到处是外面大下，里面小下，外面雨住了，里面还在滴滴嗒嗒。一夜之间，有的人床位挪动好几次，也找不到一处不漏雨的地方。有的人索性挤到一堆，合顶一块雨布，坐着睡一宿。第二天一早，积水把人们的鞋子都漂走了。

几场萧飒的秋风过后，带来了遮天盖地的鹅毛大雪。人们赶在冬天的前面，自己动手盖房子。领导干部和普通工人，教授和学徒工，工程技术干部和炊事员，都一齐动起手来，挖土的挖土，打夯的打夯。没有工具的，排起队来用脚踩。在一个多月的时间里，垒起了几十万平方米土房子，度过了第一个严冬。

就在那样艰苦的岁月里，沉睡了千万年的大地上，到处可以听到向地层进军的机器轰鸣声，到处可以听到建设者们昂扬的歌声："石油工人硬骨头，哪里困难哪里走！"夜晚，在宿营地的篝火旁，人们热烈响应油田党委发出的第一号通知，三个一群，五个一伙，孜孜不倦地学习着毛泽东同志的《实践论》和《矛盾论》。他们朗读着，议论着，要用毛泽东思想来组织油田的全部建设工作。没有电灯，没有温暖舒适的住房，甚至连桌椅板凳都没有，但是，人们那股学习的专注精神，却没有受到一丝一毫影响。

为了全国人民的远大理想

时间只过去了短短四年，如今，这里的面貌已发生根本变化。我们访问了许多最早来到的建设者，每当他们谈起当年艰苦创业的情景，语音里总是带着几分自豪，还带着对以往艰苦生活的无限怀念。他们说，大庆油田的建设工作，是在困难的时候，困难的地方，困难的条件下开始的，如果不是坚信党的奋发图强、自力更生的号召，如果没有一股顶得住任何艰难困苦的革命闯劲，今天的一切都将是空中楼阁。许多人还说，他们过去没有赶上吃草根、啃树皮的二万五千里长征，也没有经受过抗日战争和解放战争的战火考验，今天，到大庆参加油田建设，也为实现六亿五千万人民的远大理想吃一点苦，这是他们的光荣，是他们的幸福！

深深懂得发扬艰苦奋斗、自力更生这个革命传统的伟大意义，心甘情愿地吃大苦，耐大劳，临危不惧，必要时甚至不惜牺牲个人的一切，而能把这些看作是光荣，是幸福！这，不正是大庆人最鲜明的性格特征吗？

有着二十多年工龄的老石油工人王进喜，大庆油田上有名的"铁人"，就是大庆人这种性格的代表人物。当年，这里有多少生活上的困难在等待着人们啊！但是，四十来岁的王进喜在一九六〇年三月奉调前往大庆油田时，他一不买穿的用的，二不买吃的喝的，把被褥衣物都交给火车托运，只把一套《毛泽东选集》带在身边。到了大庆，他一不问住哪里，二不问吃什么样的饭，头一句就问在哪里打井？接着，他马上就去查看工地，侦察线路。

钻机运到了，起重设备还没有运到。怎么办？他同工人们一起，人拉肩扛，把六十多吨重的全套钻井设备，一件件从火车上卸下来。他们的手上、肩上，磨起了血泡，没有人叫过一声苦。开钻了，一台钻机每天最少要用四五十吨水，当时的自来水管线还没有安装好。等吗？不。王进喜又带领全体职工，到一里多路以外的小湖里取水，保证钻进，这样艰苦地打下了第一口井。

无语的大地，复杂的地层，对于石油钻井工人来说，有时就好像难于驯服的怪物。王进喜领导的井队在打第二口井的时候，出现了一次井喷事故的迹象。如果发生井喷，就有可能把几十米高的井架通通吞进地层。当时，王进喜的一条腿受了伤，他还拄着双拐，在工地上指挥生产。在那紧急关头，他一面命令工人增加泥浆浓度和比重，采取各种措施压制井喷，一面毫不迟疑地抛掉双拐，扑通一声跳进泥浆池，拼命地用手和脚搅动，调匀泥浆。两个多小时的紧张搏斗过去了，井喷事故避免了，王进喜和另外两个跳进泥浆池的工人，皮肤上都被碱性很大的泥浆烧起了大泡。

那时候，王进喜住在工地附近一户老乡家里。房东老大娘提着一筐鸡蛋，到工地慰问钻井工人。她一眼看到王进喜，三脚两步跑上去，激动地说："进喜啊进喜，你可真是个铁人！"

像王"铁人"这样的英雄人物，在大庆油田岂止一人！马德仁和段兴枝，也是两个出名的钻井队长。他们为了保证钻机正常运转，在最冷的天气里，下到泥浆池调制泥浆，全身衣服被泥水湿透，冻成了冰的铠甲。

薛国邦，油田上第一个采油队长。在祖国各地迫切需要石油的时候，他战胜了人们想象不到的许多困难，使大庆的首次原油列车顺利外运。

朱洪昌，一个工程队队长。为了保证供水工程赶上需要，他用双手捂住管道裂缝，堵住漏水，忍着灼伤的疼痛，让焊工在自己的手指边焊接。

奚华亭，维修队队长。在一次油罐着火的时候，他不顾粉身碎骨的危险，跳上罐顶，脱下棉衣，压灭猛烈的火焰，避免了一场严重事故。

毛孝忠和萧全法，两个通信工人，在狂风怒吼的夜晚，用自己的身体连接断了的电线，接通了紧急电话。

管子工许协祥等二十勇士，在又闷又热的炎夏，钻进直径只比他们肩膀稍宽一点的一根根钢管，把总长四千八百米的输水管线，清扫得干干净净。

……………

大庆人都贯注了革命精神，他们的确是特殊材料制成的。历年来，在大庆油田，每年都评选出这样的英雄人物一万多名。

请想想看！在这样一支英雄队伍面前，还有什么样的困难不能征服！

岩心和赤胆忠心

但是，大庆人钢铁般的革命意志，不仅表现在他们能够顶得住任何艰难困苦，更可贵的是，他们能够长期埋头苦干，把冲天的革命干劲同严格的科学态度结合起来。这正是他们在同大自然作战的斗争中，战无不胜、攻无不克的法宝。

在油田勘探和建设中，大庆人为了判明地下情况，每打一口井都要取全取准二十项资料和七十二个数据，保证一个不少，一个不错。

一天，三二四九钻井队的方永华班，正在从井下取岩心。一筒六米长的岩心，因为操作时稍不小心，有一小截掉到井底去了。

从地层中取出岩心来分析化验，是认识油田的一个重要方法。班长方永华，当时瞅着一小截岩心掉下井底，抱着岩心筒，一屁股坐在井场上，十分伤心。他说："岩心缺一寸，上级判断地层情况，就少了一分科学根据，多了一分困难。掉到井里的岩心取不上来，咱们就欠下了国家一笔债。"

工人们决心从极深的井底，把失落的岩心捞上来。队长劝他们回去休息，他们不回去。指导员把馒头、饺子送到井场，劝他们吃。他们说："任务不完成，吃饭睡觉都不香。"他们连续干了二十多个小时，终于把一筒完整的岩心取了出来。

这从深深的井筒中取上来的，哪里是什么岩心，简直是工人们对国家建设事业高度负责的赤胆忠心啊！

几年来，就是用这样的精神，勘探工人、钻井工人和电测工人们，不分昼夜，准确齐全地从地下取出了各种资料的几十万个数据，取出了几十里长的岩心,测出了几万里长的各种地层曲线。地质研究人员和工程技术人员,根据大量的第一性资料,进行了几十万次、几百万次、几千万次的分析、化验和计算。

想一想吧,是几十万次,几百万次,几千万次啊!那时候大庆既没有像电子计算机这一类先进的计算设备,又要求数据绝对准确,如果没有高度的革命自觉,没有坚韧不拔的革命毅力,没有尊重实际的科学精神,这一切都可能做到吗?

正是因为有了这种自觉,这种毅力,这种实事求是精神,这种以毛泽东思想武装起来的新作风,在几万名大庆建设者的队伍中,形成了一种非常值得珍贵的既是继承了我党的优良传统,又是在社会主义建设时期的全新的风气:他们事事严格认真,细致深入,一丝不苟。大庆人不论做什么工作,他们的出发点都是:"我们要为油田建设负责一辈子!"

大庆的钻井工人们有一个永远不能忘记的"纪念日"——"难忘的四一九"。那是指一九六一年的四月十九日。这一天以前,大庆人封掉了一口新打的油井。这口井,如果同老矿区的井比起来,已经不错了,照样可以出油,只是因为井斜度超过了他们提出的标准,原油采收率和油井寿命可能受到影响,建设者们含着泪,横着心,把它填死了。"四一九"这天,大庆人召开万人大会总结经验教训,展开了以提高打井质量为中心的群众运动。

"四一九"以后,这里的油井都打得笔直。最直的井,井斜只有零点六度,井底位移只有零点四米。打个比方说,这就等于一个人顺着一条直路走,走了一公里,偏差没有超过半米。

一二八四钻井队有一次打的一口油井,发生了质量不合格的事故。这个队的队长王润才和工友们,把油井套管从深深的地层中拔出来,逐节检查,研究发生事故的原因。他们终于发现,有一处套管的接箍因为下套管前检查不严变了形。后来,队长王润才就背上沉重的套管接箍,走遍广阔的油田,到每一个钻井队去现身说法,给全体钻井工人介绍发生质量事故的教训。

对油田建设负责一辈子的大庆人,用科学精神武装起来的大庆人,就是这样对待自己工作中的缺点的。从那时以后,油田上打井因为套管接箍不好而造成质量事故的情况,再也没有发生过。

"好作风必须从小处培养起"

不仅对待关系到整个石油企业命运的大事情如此严格，即使对待一些看来"微不足道"的小事情，也同样一丝不苟。大庆人说："好作风必须从最小处培养起。"

今年春天，油田上召开了一次现场会。会场中央，端端正正放着十根十米长的钢筋混凝土大梁。这些大梁表面光滑平整，根根长短粗细一致，即使最能挑剔的人，也找不出它们有什么毛病。但是，油田建设指挥部的负责人却代表全体干部在会上检讨说，由于他们工作不深入，检查不严，这些大梁的少数地方，比规定的质量标准宽了五毫米。

五毫米，宽不过一个韭菜叶，值得为它兴师动众地开一次几百人的现场会吗？不，值得！大庆人性格的可贵之处正在这里。会上，工程师们检查了他们没有严格执行验收标准，关口把得不好；具体负责施工的干部和工人，检查了他们作风不严不细，操作技术不过硬。人们纷纷检查以后，干部、工程技术人员和工人们，抄起铁铲，拿起磨石，把大梁上宽出五毫米的地方，一一铲掉，磨光。人们说："咱们要彻底铲掉磨掉的，不只是五毫米混凝土，而是马马虎虎、凑凑合合的坏作风！"

这种一丝不苟的作风，在工程技术人员中也形成了风气。几年来，他们不分昼夜，风里雨里，奔波万里，为的是找到一个合理的科学参数；他们伴着摇曳的烛光，送走了多少个不眠之夜，为的是算准一个技术数据。

青年技术员谭学陵和另外四个年轻人，花了整整十个月时间，累计跑了一万二千多里路，从一千六百多个测定点上测得五万多个数据，找到了大庆油田最正确的传热系数，为整个油田输油管道的建设提供了科学根据。

技术员蔡升和助理技术员张孔法，在风雪交加的冬季，身揣窝窝头，怀抱温度计，五次乘坐没有餐车、没有卧铺、没有暖气的油罐列车，行程万余里，在挂满冰柱的守车上实地探测原油外运时的温度变化。

技术员刘坤权，一个普通高中毕业的学生，一连几个严冬，冒着风雪从几百个不同的地方挖开冻土，进行分析化验，终于研究出这里土层的冻涨系数，为经济合理地进行房屋基础建筑提供了可靠数据。

亲爱的读者，你们看到这些事例会想些什么？当我们听到这一切时，都被大庆人这种可贵的性格深深地感动了。

永不生锈的万能螺丝钉

在大庆，我们访问过不少有名的英雄人物，也访问过许多在平凡的岗位上忠心耿耿的"无名英雄"。从他们身上，我们发现，大庆人不论做什么工作，心里都深深地铭刻着两个大字："革命"。

电测中队现任副指导员张洪池，就是大批"无名英雄"中的标兵。四年前，张洪池是人民解放军这个伟大集体中的"普通一兵"。来到大庆以后，他当过电测学徒工，当过炊事员，样样工作都做得很出色。在长期的平凡劳动中，他显示了一个自觉的革命战士的优秀品质。他在自己的日记上曾经写道：

"共产党员要像明亮的宝珠一样，无论在什么地方，都要发光发亮。"

"我要像个万能的螺丝钉一样，拧在枪杆上也行，拧在农具上也行，拧在汽车上，机器上，锅台上……凡是拧在对党有利的地方都行，都要起一个螺丝钉的作用，而且要永远保持丝扣洁净，不生锈。"

做一粒到处发亮的宝珠！当好一颗永不生锈的万能螺丝钉！这就是大庆人对待生活的态度。

一天夜晚，在一间低矮的土房子里，我们见到了油田的一个修鞋工人。他的名字叫黄友书，三十来岁年纪，也是个复员军人。他到大庆以后，当过瓦工、勤杂工、保管工，磨过豆腐，喂过猪。后来，领导上又派他去给职工们修鞋。

修鞋！在轰轰烈烈的社会主义建设战线上，去当一个"修鞋匠"？对这种平凡而又琐碎的劳动，你是怎样看待的？

黄友书二话没说，愉快地接受了任务。他说："战士没鞋穿打不了仗，工人没鞋穿也搞不好生产，谁离得了鞋啊？给工人们修好鞋，这也是革命工作！"

他跑遍附近好几个城镇去找修鞋工具。他每天挑着修鞋担子下现场。他经常收集废旧碎皮，捡回去洗净揉好，用它来给职工们掌鞋。

黄友书看到职工们穿着他修好的鞋踏遍油田，心里乐开了花。就是这个并非油田主要工种的修鞋工人，每年都被职工们选为全矿区的标兵，被誉为忠心耿耿为人民服务的"老黄牛"。

在大庆，这样的事例是举不胜举的。从大城市的大工厂调来不久的老工人何作年，自豪地说："在咱们大庆，人人都懂得他们做的工作是革命。扫地的把地扫好了，是革命；烧茶炉的把开水烧好了，又省煤，也是革命。一个人懂得了这个道理,做啥也浑身是劲。大家都懂了这个道理,就能排山倒海,天塌下来也顶得住!"

一切工作都是革命,所有的同志都是阶级兄弟。人们精神世界的升华,渗透到人与人之间的关系中去,谱成了多少扣人心弦的乐曲!在大庆这个革命的大家庭中,人们时刻铭记着毛主席在《为人民服务》这篇文章中的教导:"我们都是来自五湖四海,为了一个共同的革命目标,走到一起来了。""一切革命队伍的人都要互相关心,互相爱护,互相帮助。"

关心别人胜过自己

在大庆,干部们对工人的关心,关心到了一天的二十四小时。每天深夜,干部都要到工人的集体宿舍中去"查铺盖被",看一看工人兄弟休息得可好,睡得是否香甜。

一场暴风雪过后,气温骤然下降了十多度。年轻的单身工人张海青,被子又薄又脏,还没有来得及拆洗,没有添絮新棉。支部书记李安政"查铺盖被"时,发现了这个情况,他趁工人们上班,悄悄把张海青的被子抱回家,让自己的爱人拆洗得干干净净,又把自家的一床被拆开,扯出一半棉花,絮到张海青的被子里。张海青发现他的被子变得又洁净又厚实,到处查问是谁干的,李安政在一旁一声没吭。新从一个大城市调到大庆的老工人王文杰,把这一切看在眼里,暗暗掉下了眼泪。

一二○二钻井队的十几户家属,听说技术员李自新的妻子死了,遗下两个孩子,争着把孩子抱到自己家里看养。她们说:"孩子没妈了,我们就是她俩的妈。"前任队长王天其的爱人李友英,天天把奶喂给李自新一岁的女儿小英,却让自己正在吃奶的孩子小香吃稀饭。有人为这件事写了一份材料给钻井指挥部党委书记李云,李云把这份材料转给李自新,同时含着泪给李自新写了一封意味深长的信:"等两个孩子长大了,告诉她们:在新社会里,在革命大家庭里,人们是怎样关怀她们,养育她们长大成人的。叫她们永远记住,任何时候都要听党的话,跟着党走。"

在地质研究所、设计院、矿场机械研究所这些知识分子干部集中的"秀才"单位,人与人之间的关系也发生了根本变化。有一次,地质研究所女地质技术员陈淑苏,看到同一个单位的地质技术员张寿宝的被面破了,就把一床准备结婚时用的新缎子被面从箱底翻出来,偷偷缝在张寿宝的被子上。张寿宝发现了，怎么也不肯要。陈淑荪对他说："你说说，我们是不是阶级兄弟？是不是革命同志？是，你就把被面留下。不是，你就还我。"这几句话，说得张寿宝感动极了。他含着两眶激动的眼泪，再也说不出不要被面的话了。

为了实现六亿五千万人民的远大理想，心甘情愿地吃大苦，耐大劳；为了对国家建设事业负责一辈子，事事实事求是，严格认真，一丝不苟；为了革命的需要，全心全意地充当一颗永不生锈的万能螺丝钉；在革命的大家庭中，人人关心别人胜过关心自己……这些，就是大庆人经过千锤百炼铸造出来的可贵性格。在我们伟大祖国的社会主义建设事业中，是多么需要这样的性格啊！

也许有人要问：大庆油田的辉煌成就和建设者们身上的巨大变化，这一切是怎样得来的？大庆人的回答很简单："这一切都是毛泽东思想的胜利！"

一个晴朗的早晨。我们去访问油田的一个工程队，想进一步了解毛泽东思想在大庆是怎样的深入人心。同路的一位年轻工人说："那里今天开会，不好找人。"我们问他开什么会，他说："冷一冷。"冷一冷，这是什么意思？年轻工人解释说："我们大庆经常开这样的会，找一找自己的缺点，找一找工作中还存在的问题。找准了，就能迈开更大的步伐前进。"

在大庆人已经为祖国建设立下奇功的时候，在全国都学习大庆的时候，他们还要冷一冷，继续运用毛主席提出的"两分法"，从自己的不足处找出不断前进的动力。这不正是我们想了解的问题的答案，也是大庆人更可贵的性格吗？

县委书记的榜样——焦裕禄

作者：穆青　冯健　周原

《人民日报》1966年2月7日

一九六二年冬天，正是豫东兰考县遭受内涝、风沙、盐碱三害最严重的时刻。这一年，春天风沙打毁了二十万亩麦子，秋天淹坏了三十多万亩庄稼，盐碱地上有十万亩禾苗碱死，全县的粮食产量下降到了历年的最低水平。

就是在这样的关口，党派焦裕禄来到了兰考。

展现在焦裕禄面前的兰考大地，是一幅多么苦难的景象呵！横贯全境的两条黄河故道，是一眼看不到边的黄沙；片片内涝的洼窝里，结着青色的冰凌；白茫茫的盐碱地上，枯草在寒风中抖动。

困难，重重的困难，像一副沉重的担子，压在这位新到任的县委书记的双肩。但是，焦裕禄是带着《毛泽东选集》来的，是怀着改变兰考灾区面貌的坚定决心来的。在这个贫农出身的共产党员看来，这里有三十六万勤劳的人民，有烈士们流鲜血解放出来的九十多万亩土地。只要加强党的领导，一时有天大的艰难，也一定要杀出条路来。

第二天，当大家知道焦裕禄是新来的县委书记时，他已经下乡了。

他到灾情最重的公社和大队去了。他到贫下中农的草屋里，到饲养棚里，到田边地头，去了解情况，观察灾情去了。他从这个大队到那个大队，他一路走，一路和同行的干部谈论。见到沙丘，他说："栽上树，岂不是成了一片好绿林！"见到涝洼窝，他说："这里可以栽苇、种蒲、养鱼。"见到碱地，他说："治住它，把一片白变成一片青！"转了一圈回到县委，他向大家说："兰考是个大有作为的地方，问题是要干，要革命。兰考是灾区，穷，困难多，但灾区有个好处，它能锻炼人的革命意志，培养人的革命品格。革命者要在困难面前逞英雄。"

焦裕禄的话，说得大家心里热乎乎的。大家议论说，新来的县委书记看问题高人一着棋，他能从困难中看到希望，能从不利条件中看到有利因素。

"关键在于县委领导核心的思想改变"

连年受灾的兰考，整个县上的工作，几乎被发统销粮、贷款、救济棉衣、烧煤所淹没了。有人说县委机关实际上变成了一个供给部。那时候，很多群众等待救济，一部分干部被灾害压住了头，对改变兰考面貌缺少信心，少数人甚至不愿意留在灾区工作。他们害怕困难，更害怕犯错误。……

焦裕禄想："群众在灾难中两眼望着县委，县委挺不起腰杆，群众就不能充分发动起来。'干部不领，水牛掉井'，要想改变兰考的面貌，必须首先改变县委的精神状态。"

夜，已经很深了，焦裕禄躺在床上翻来覆去睡不着。他披上棉衣，找县委副书记张钦礼谈心去了。

在这么晚的时候，张钦礼听见叩门声，吃了一惊。他迎进焦裕禄，连声问："老焦，出了啥事？"

焦裕禄说："我想找你谈谈。你在兰考十多年了，情况比我熟，你说，改变兰考面貌的主要问题在哪里？"

张钦礼沉思了一下，回答说："在于人的思想的改变。"

"对。"焦裕禄说："但是，应该在思想前面加两个字：领导。眼前关键在于县委领导核心的思想改变。没有抗灾的干部，就没有抗灾的群众。"

两个人谈得很久，很深，一直说到后半夜。他们的共同结论是，除"三害"首先要除思想上的病害；特别是要对县委的干部进行抗灾的思想教育。不首先从思想上把人们武装起来，要想完成除"三害"斗争，将是不可能的。

严冬，一个风雪交加的夜晚，焦裕禄召集在家的县委委员开会。人们到齐后，他并没有宣布议事日程，只说了一句："走，跟我出去一趟。"就领着大家到火车站去了。

当时，兰考车站上，北风怒号，大雪纷飞。车站的屋檐下，挂着尺把长的冰柱。国家运送兰考灾民前往丰收地区的专车，正从这里飞驰而过。也还有一些灾民，穿着国家救济的棉衣，蜷曲在货车上，拥挤在候车室里……

焦裕禄指着他们，沉重地说："同志们，你们看，他们绝大多数人，都是我们的阶级兄弟。是灾荒逼迫他们背井离乡的，不能责怪他们，我们有责任。党把这个县三十六万群众交给我们，我们不能领导他们战胜灾荒，应该感到羞耻和痛心。"

他没有再讲下去，所有的县委委员都沉默着低下了头，这时有人才理解，为什么焦裕禄深更半夜领着大家来看风雪严寒中的车站。

从车站回到县委，已经是半夜时分了，会议这时候才正式开始。

焦裕禄听了大家的发言之后，最后说："我们经常口口声声说要为人民服务，我希望大家能牢记着今晚的情景，这样我们就会带着阶级感情，去领导群众改变兰考的面貌。"

紧接着，焦裕禄组织大家学习《为人民服务》《纪念白求恩》《愚公移山》等文章，鼓舞大家的革命干劲，勉励大家像张思德、白求恩那样工作。

以后，焦裕禄又专门召开了一次常委会，回忆兰考的革命斗争史。在残酷的武装斗争年代，兰考县的干部和人民，同敌人英勇搏斗，前仆后继。有一个区，曾经在一个月内有九个区长为革命牺牲。烈士马福重被敌人破腹后，肠子被拉出来挂在树上……焦裕禄说："兰考这块地方，是同志们用鲜血换来的。先烈们并没有因为兰考人穷灾大，就把它让给敌人，难道我们就不能在这里战胜灾害？"

一连串的阶级教育和思想斗争，使县委领导核心，在严重的自然灾害面前站起来了。他们打掉了在自然灾害面前束手无策、无所作为的懦夫思想，从上到下坚定地树立了自力更生消灭"三害"的决心。不久，在焦裕禄倡议和领导下，一个改造兰考大自然的蓝图被制订出来。这个蓝图规定在三五年内，要取得治沙、治水、治碱的基本胜利，改变兰考的面貌。这个蓝图经过县委讨论通过后，报告了中共开封地委，焦裕禄在报告上，又着重加了几句：

"我们对兰考的一草一木都有深厚的感情。面对着当前严重的自然灾害，我们有革命的胆略，坚决领导全县人民，苦战三五年，改变兰考的面貌。不达目的，我们死不瞑目。"

这几句话，深切地反映了当时县委的决心，也是兰考全党在上级党组织面前，一次庄严的宣誓。直到现在，它仍然深深地刻在县委所有同志的心上，成为鞭策他们前进的力量。

"吃别人嚼过的馍没味道"

焦裕禄深深地了解，理想和规划并不等于现实，这涝、沙、碱三害，自古以来害了兰考人民多少年呵！今天，要制伏"三害"，要把它们从兰考土地上像送瘟神一样驱走，必须进行大量艰苦细致的工作，付出高昂的代价。

他想，按照毛主席的教导，不管做什么工作，必须首先了解情况，进行调查研究。"没有调查就没有发言权。"要想战胜灾害，单靠一时的热情，单靠主观愿望，事情断然是办不好的。即使硬干，也要犯毛主席早已批评过的"闭塞眼睛捉麻雀""瞎子摸鱼"的错误。要想战胜灾害，必须照毛主席的指示办事，详尽地掌握灾害的底细，了解灾害的来龙去脉，然后作出正确的判断和部署。

他下决心要把兰考县一千八百平方公里土地上的自然情况摸透，亲自去掂一掂兰考的"三害"究竟有多大分量。

根据这一想法，县委先后抽调了一百二十个干部、老农和技术员，组成一支三结合的"三害"调查队。在全县展开了大规模的追洪水、查风口、探流沙的调查研究工作。焦裕禄和县委其他领导干部，都参加了这场战斗。那时候，焦裕禄正患着慢性的肝病，许多同志担心他在大风大雨中奔波，会加剧病情的发展，劝他不要参加，但他毫不犹豫地拒绝了同志们的劝告，他说："吃别人嚼过的馍没味道。"他不愿意坐在办公室里依靠别人的汇报来进行工作，说完就背着干粮，拿起雨伞和大家一起出发了。

每当风沙最大的时候，也就是他带头下去查风口、探流沙的时候，雨最大的时候，也就是他带头下去冒雨涉水，观看洪水流势和变化的时候。他认为这是掌握风沙、水害规律最有利的时机。为了弄清一个大风口、一条主干河道的来龙去脉，他经常不辞劳苦地跟着调查队，追寻风沙和洪水的去向，从黄河故道开始，越过县界、省界，一直追到沙落尘埃，水入河道，方肯罢休。在这场艰苦的斗争中，县委书记焦裕禄简直变成一个满身泥水的农村"脱坯人"了。他和调查队的同志们经常在截腰深的水里吃干粮，有时夜晚蹲在泥水处歇息……

有一次，焦裕禄从杞县阳垌公社回县的路上，遇到了白帐子猛雨。大雨下了七天七夜，全县变成了一片汪洋。焦裕禄想："嚄，洪水呀，等还等不到哩，你自己送上门来了。"他回到县里后，连停也没有停，就带着办公室的三个同志出发了。眼前只有水，哪里有路？他们靠着各人手里的一根棍，探着，走着。这时，焦裕禄突然感到一阵阵肝痛，时时弯下身子用左手按着肝部。三个青年恳求着说："你回去休息吧。把任务交给我们，我们保证按照你的要求完成任务。"焦裕禄没有同意，继续一路走，一路工作着。

他站在洪水激流中，同志们为他张了伞，他画了一张又一张水的流向图。等他们赶到金营大队，支部书记李广志看见焦裕禄就吃惊地问："一片汪洋大水，您是咋来的？"焦裕禄抡着手里的棍子说："就坐这条船来的。"李广志让他休息一下,他却拿出自己画的图来,一边指点着,一边滔滔不绝地告诉李广志,根据这里的地形和水的流势,应该从哪里到哪里开一条河,再从哪里到哪里挖一条支沟……这样,就可以把这几个大队的积水,统统排出去了。李广志听了非常感动,他没有想到焦裕禄同志的领导工作,竟这样的深入细致!到吃饭的时候了,他要给焦裕禄派饭,焦裕禄说:"雨天,群众缺烧的,不吃啦!"说着就又向风雨中走去。

送走了风沙滚滚的春天,又送走了雨水集中的夏季,调查队在风里、雨里、沙窝里、激流里度过了一个月又一个月,方圆跋涉了五千余里,终于使县委抓到了兰考"三害"的第一手资料。全县有大小风口八十四个,经调查队一个个查清,编了号、绘了图;全县有大小沙丘一千六百个,也一个个经过丈量,编了号,绘了图全县的千河万流,淤塞的河渠,阻水的路基、涵闸……也调查得清清楚楚,绘成了详细的排涝泄洪图。

这种大规模的调查研究,使县委基本上掌握了水、沙、碱发生、发展的规律。几个月的辛苦奔波,换来了一整套又具体又详细的资料,把全县抗灾斗争的战斗部署,放在一个更科学、更扎实的基础之上。大家都觉得方向明,信心足,无形中增添了不少的力量。

"榜样的力量是无穷的"

夜已经很深了,阵阵的肝痛和县委工作沉重的担子,使焦裕禄久久不能入睡。他的心在想着兰考县的三十六万人和二千五百七十四个生产队。抗灾斗争的发展是不平衡的,基层干部和群众的思想觉悟也有高有低,怎样才能把毛泽东思想红旗高高举起?怎样才能充分调动起群众的革命积极性?怎样才能更快地在全县范围内开展起轰轰烈烈的抗灾斗争?……

焦裕禄在苦苦思索着。

他披衣起床,重又翻开《毛泽东选集》。在多年的工作中,焦裕禄已养成了学习毛主席著作的习惯,他从毛主席的著作中汲取了无穷的智慧和力量。县委开会,他常常在会前朗读毛主席著作中的有关章节。无论在办公室,或下乡工作,他总要提着一个布兜儿,装上《毛泽东选集》带在身边。每次遇到工作中的困难,他都认真地向毛主席的著作请教,严格地按照毛主席的指示去办。他曾对县委的同志们介绍自己学习毛主席著作的方法,叫作"白天到群众中调查访问,回来读毛主席著作,晚上'过电影',早上记笔记"。他所说的"过电影",主要是指联系实际来思考问题。他说:"无论学习或工作,不会'过电影'那是不行的。"

现在,全县抗灾斗争的情景,正像一幕幕的电影活动在他的脑海里,他带着一连串的问题,去阅读毛主席《关于领导方法的若干问题》那篇文章。目光停在那几行金光闪耀的字上:

> 我们共产党人无论进行何项工作,有两个方法是必须采用的,一是一般和个别相结合,二是领导和群众相结合。
>
> 从群众中集中起来又到群众中坚持下去,以形成正确的领导意见,这是基本的领导方法。

毛主席的话给了他很大的力量,眼前一下子豁亮起来。他决定发动县委领导同志再到贫下中农中间去。他自己更是经常住在老贫农的草庵子里,蹲在牛棚里,跟群众一起吃饭,一起劳动。他带着高昂的革命激情和对群众的无限信任,在广大贫下中农间询问着、倾听着、观察着,他听到许多贫下中农要求"翻身"、要求革命的呼声。看到许多队自力更生、奋发图强对"三害"斗争的革命精神。他在群众中学到了不少治沙、治水、治碱的办法,总结了不少可贵的经验。群众的智慧,使他受到极大的鼓舞,也更加坚定了他战胜灾害的信心。

韩村是一个只有二十七户人家的生产队。一九六二年秋天遭受了毁灭性的涝灾,每人只分了十二两红高粱穗。在这样严重的困难面前,生产队的贫下中农提出,不向国家伸手,不要救济粮、救济款,自己割草卖草养活自己。他们说:摇钱树,人人有,全靠自己一双手。不能支援国家,心里就够难受了,绝不能再拉国家的后腿。就在这年冬天,他们割了二十七万斤草,养活了全体社员,养活了八头牲口,还修理了农具,买了七辆架子车。

秦寨大队的贫下中农社员,在盐碱地上刮掉一层皮,从下面深翻出好土,盖在上面。他们大干深翻地的时候,正是最困难的一九六三年夏季。他们说:"不能干一天干半天,不能翻一锹翻半锹,用蚕吃桑叶的办法,一口口啃,也要把这碱地啃翻个个儿。"

赵垛楼的贫下中农在七季基本绝收以后,冒着倾盆大雨,挖河渠,挖排水沟,同暴雨内涝搏斗。一九六三年秋天,这里一连九天暴雨,他们却夺得了好收成，卖了八万斤余粮。

双杨树的贫下中农在农作物基本绝收的情况下，雷打不散，社员们兑鸡蛋卖猪，买牲口买种子，坚持走集体经济自力更生的道路，社员们说："穷，咱穷到一块儿；富，咱也富到一块儿。"

韩村，秦寨，赵垛楼，双杨树，广大贫下中农自力更生的革命精神，使焦裕禄十分激动。他认为这就是在毛泽东思想哺育下的贫下中农革命精神的好榜样。他在县委会议上，多少次讲述了这些先进典型的重大意义，并亲自总结了它们的经验。他说："榜样的力量是无穷的，我们应该把群众中这些可贵的东西，集中起来，再坚持下去，号召全县社队向他们学习。"

一九六三年九月，县委在兰考冷冻厂召开了全县大小队干部的盛大集会，这是扭转兰考局势的大会，是兰考人民自力更生、奋发图强的一次誓师大会。会上，焦裕禄为韩村、秦寨、赵垛楼、双杨树的贫下中农鸣锣开道，请他们到主席台上，拉他们到万人之前，大张旗鼓地表扬他们的革命精神。他把群众中这些革命的东西，集中起来，总结为四句话："韩村的精神，秦寨的决心，赵垛楼的干劲，双杨树的道路。"他说：这就是兰考的新道路！是毛泽东思想指引的道路！他大声疾呼，号召全县人民学习这四个样板，发扬他们的革命精神，在全县范围内锁住风沙，制伏洪水，向"三害"展开英勇的斗争！

这次大会在兰考抗灾斗争的道路上，是一个伟大的转折。它激发了群众的革命豪情，鼓舞了群众的革命斗志，有力地推动了全县抗灾斗争的发展。它使韩村等四个榜样的名字传遍了兰考；它让毛泽东思想的伟大红旗，在兰考三十六万群众的心目中，高高地升起！

从此，兰考人民的生活中多了两个东西，这就是县委和县人委发出的"奋发图强的嘉奖令"和"革命硬骨头队"的命名书。

"当群众最困难的时候，共产党员要出现在群众面前"

就在兰考人民对涝、沙、碱三害全面出击的时候，一场比过去更加严重的灾害又向兰考袭来。一九六三年秋季，兰考县一连下了十三天雨，雨量达二百五十毫米。大片大片的庄稼汪在洼窝里，溃死了。全县有十一万亩秋粮绝收，二十二万亩受灾。

焦裕禄和县委的同志们全力投入了生产救灾。

那是个冬天的黄昏。北风越刮越紧，雪越下越大。焦裕禄听见风雪声，倚在门边望着风雪发呆。过了会儿，他又走回来，对办公室的同志们严肃地说："在这大风大雪里，贫下中农住得咋样？牲口咋样？"接着他要求县委办公室立即通知各公社做好几件雪天工作。他说："我说，你们记着。第一，所有农村干部必须深入到户，访贫问苦，安置无屋居住的人，发现断炊户，立即解决。第二，所有从事农村工作的同志，必须深入牛屋检查，照顾老弱病畜，保证不许冻坏一头牲口。第三，安排好室内副业生产。第四，对于参加运输的人畜，凡是被风雪隔在途中的，在哪个大队的范围，由哪个大队热情招待，保证吃得饱，住得暖。第五，教育全党，在大雪封门的时候，到群众中去，和他们同甘共苦。最后一条，把检查执行的情况迅速报告县委。"办公室的同志记下他的话，立即用电话向各公社发出了通知。

这天，外面的大风雪刮了一夜。焦裕禄的房子里，电灯也亮了一夜。

第二天，窗户纸刚刚透亮，他就挨门把全院的同志们叫起来开会。焦裕禄说："同志们，你们看，这场雪越下越大，这会给群众带来很多困难，在这大雪拥门的时候，我们不能坐在办公室里烤火，应该到群众中间去。共产党员应该在群众最困难的时候，出现在群众的面前，在群众最需要帮助的时候，去关心群众，帮助群众。"

简短的几句话，像刀刻的一样刻在每一个同志的心上。有人眼睛湿润了，有人有多少话想说也说不出来了。他们的心飞向冰天雪地的茅屋去了。大家立即带着救济粮款，分头出发了。

风雪铺天盖地而来。北风响着尖厉的哨音，积雪有半尺厚。焦裕禄迎着大风雪，什么也没有披，火车头帽子的耳巴在风雪中忽闪着。那时，他的肝痛常常发作，有时痛得厉害，他就用一支钢笔硬顶着肝部。现在他全然没想到这些，带着几个年轻小伙子，踏着积雪，一边走，一边高唱《南泥湾》。他问青年人看过《万水千山》这个电影没有？他说："你们看，眼前多么像《万水千山》里的一个镜头呵！"

这一天，焦裕禄没烤群众一把火，没喝群众一口水。风雪中，他在九个村子，访问了几十户生活困难的老贫农。在梁孙庄，他走进一个低矮的柴门。这里住的是一双无依无靠的老人。老大爷有病躺在床上，老大娘是个盲人。焦裕禄一进屋，就坐在老人的床头，问寒问饥。老大爷问他是谁？他说："我是您的儿子。"老人问他大雪天来干啥？他说："毛主席叫我来看望您老人家。"老大娘感动得不知说什么才好，用颤抖的双手上上下下摸着焦裕禄。老大爷眼里噙着泪说："解放前，大雪封门，地主来逼租，撵得我串人家的房檐，住人家的牛屋。"焦裕禄安慰老人说："如今印把子抓在咱手里，兰考受灾受穷的面貌一定能够改过来。"

就是在这次雪天送粮当中，焦裕禄也看到和听到了许多贫下中农极其感人的故事。谁能够想到，在毁灭性的涝灾面前，竟有那么一些生产队，两次三番退回国家送给他们的救济粮、救济款。他们说：把救济粮、救济款送给比我们更困难的兄弟队吧，我们自己能想办法养活自己！

焦裕禄心里多么激动呵！他看到毛泽东思想像甘露一样滋润了兰考人民的心，党号召的自力更生、奋发图强的精神，在困难面前逞英雄的硬骨头精神，已经变成千千万万群众敢于同天抗、同灾斗的物质力量了。

有了这种精神，在兰考人民面前还有什么天大的灾害不能战胜！

"县委书记要善于当'班长'"

焦裕禄常说，县委书记要善于当"班长"，要把县委这个"班"带好，必须使这"一班人"思想齐、动作齐。而要统一思想、统一行动，就必须用毛泽东思想挂帅。

他是这样想的，也是这样做的。

县人委有一位从丰收地区调来的领导干部，提出了一个装潢县委和县人委领导干部办公室的计划。连桌子、椅子、茶具，都要换一套新的。为了好看，还要把城里一个污水坑填平，上面盖一排房子。县委多数同志激烈地反对这个计划。也有人问："钱从哪里来？能不能花？"这位领导干部管财政，他说："花钱我负责。"

但是，焦裕禄提了一个问题：

"坐在破椅子上不能革命吗？"他接着说明了自己的意见：

"灾区面貌没有改变，还大量吃着国家的统销粮，群众生活很困难。富丽堂皇的事，不但不能做，就是连想也很危险。"

后来，焦裕禄找这位领导干部谈了几次话，帮助他认识错误。焦裕禄对他说：兰考是灾区，比不得丰收区。即使是丰收区，你提的那种计划，也是不应该做的。焦裕禄劝这位领导干部到贫下中农家里去住一住，到贫下中农中间去看一看。去看看他们想的是什么，做的是什么。焦裕禄作为县委的班长，他从来不把自己的意见，强加于人。他对同志们要求非常严格，但他要求得入情入理，叫你自己从内心里生出改正错误的力量。不久以后，这位领导干部认识了错误，自己收回了那个"建设计划"。

有一位公社书记在工作中犯了错误。当时，县委开会，多数委员主张处分这位同志。但焦裕禄经过再三考虑，提出暂时不要给他处分。焦裕禄说，这位同志是我们的阶级弟兄，他犯了错误，给他处分固然是必要的；但是，处分是为了达到治病救人的目的。当前改变兰考面貌，是一个艰巨的斗争，不如派他到最艰苦的地方去，考验他，锻炼他，给他以改正错误的机会，让他为党的事业出力，这样不是更好吗？

县委同意了焦裕禄的建议，决定派这个同志到灾害严重的赵垛楼去蹲点。这位同志临走时，焦裕禄把他请来，严格地提出批评，亲切地提出希望，最后焦裕禄说："你想想，当一个不坚强的战士，当一个忘了群众利益的共产党员，多危险，多可耻呵！先烈们为解放兰考这块地方，能付出鲜血、生命；难道我们就不能建设好这个地方？难道我们能在自然灾害面前当怕死鬼？当逃兵？"

焦裕禄的话，一字字、一句句都紧紧扣住这位同志的心。这话的分量比一个最重的处分决定还要沉重，但这话也使这位同志充满了战斗的激情。阶级的情谊，革命的情谊，党的温暖，在这位犯错误的同志的心中激荡着，他满眼流着泪，说："焦裕禄同志，你放心……"

这位同志到赵垛楼以后，立刻同群众一道投入了治沙治水的斗争。他发现群众的生活困难，提出要卖掉自己的自行车，帮助群众，县委制止了他，并且指出，当前最迫切的问题，是从思想上武装赵垛楼的社员群众，领导他们起来，自力更生进行顽强的抗灾斗争，一辆自行车是不能解决什么问题的。以后，焦裕禄也到赵垛楼去了。他关怀赵垛楼的两千来个社员群众，他也关怀这位犯错误的阶级弟兄。

就在这年冬天，赵垛楼为害农田多年的二十四个沙丘，被社员群众用沙底下的黄胶泥封盖住了。社员们还挖通了河渠，治住了内涝。这个一连七季吃统销粮的大队，一季翻身，卖余粮了。

也就在赵垛楼大队"翻身"的这年冬天，那位犯错误的同志，思想上也翻了个个儿。他在抗灾斗争中，身先士卒，表现得很英勇。他没有辜负党和焦裕禄对他的期望。

焦裕禄，出生在山东淄博一个贫农家里，他的父亲在解放前就被国民党反动派逼迫上吊自杀了。他从小逃过荒，给地主放过牛，扛过活，还被日本鬼子抓到东北挖过煤。他带着家仇、阶级恨参加了革命队伍，在部队、农村和工厂里做过基层工作。自从参加革命一直到当县委书记以后，他始终保持着劳动人民的本色。他常常开襟解怀，卷着裤管，朴朴实实地在群众中间工作、劳动。贫农身上有多少泥，他身上有多少泥。他穿的袜子，补了又补，他爱人要给他买双新的，他说："跟贫下中农比一比，咱穿的就不错了。"夏天，他连凉席也不买，只花四毛钱买一条蒲席铺。

有一次，他发现孩子很晚才回家去。一问，原来是看戏去了。他问孩子："哪里来的票？"孩子说："收票叔叔向我要票，我说没有。叔叔问我是谁？我说焦书记是我爸爸。叔叔没有收票就叫我进去了。"焦裕禄听了非常生气，当即把一家人叫来"训"了一顿，命令孩子立即把票钱如数送给戏院。接着，又建议县委起草了一个通知，不准任何干部特殊化，不准任何干部和他们的子弟"看白戏"。

"焦裕禄是我们县委的好班长，好榜样。"

"在焦裕禄领导下工作，方向明，信心大，敢于大作大为，心情舒畅，就是累死也心甘。"

焦裕禄的战友这样说，反对过他的人这样说，犯过错误的人也这样说。

他心里装着全体人民，唯独没有他自己

县委一位副书记在乡下患感冒，焦裕禄几次打电话，要他回来休息；组织部一位同志有慢性病，焦裕禄不给他分配工作，要他安心疗养；财委一位同志患病，焦裕禄多次催他到医院检查……焦裕禄的心里，装着全体党员和全体人民，唯独没有他自己。

一九六四年春天，正当党领导着兰考人民同涝、沙、碱斗争胜利前进的时候，焦裕禄的肝病也越来越重了。很多人都发现，无论开会、作报告，他经常把右脚踩在椅子上，用右膝顶住肝部。他棉袄上的第二和第三个扣子是不扣的，左手经常揣在怀里。人们留心观察，原来他越来越多地用左手按着时时作痛的肝部，或者用一根硬东西顶在右边的椅靠上。日子久了，他办公坐的藤椅上，右边被顶出了一个大窟窿。他对自己的病，是从来不在意的。同志们问起来，他才说他对肝痛采取了一种压迫止疼法。县委的同志们劝他疗养，他笑着说:"病是个欺软怕硬的东西,你压住他,他就不欺侮你了。"焦裕禄暗中忍受了多大痛苦,连他的亲人也不清楚。他真是全心全意投到改变兰考面貌的斗争中去了。

焦裕禄到地委开会,地委负责同志劝他住院治疗,他说:"春天要安排一年的工作,离不开!"没有住。地委给他请来一位有名的中医诊断,开了药方,因为药费很贵,他不肯买。他说:"灾区群众生活很困难,花这么多钱买药,我能吃得下吗?"县委的同志背着他去买来三剂,强他服了,但他执意不再服第四剂。

那天,县委办公室的干部张思义和他一同骑自行车到三义寨公社去。走到半路,焦裕禄的肝痛发作,痛得骑不动,两个人只好推着自行车慢慢走。刚到公社,大家看他气色不好,就猜出是他又发病了。公社的同志说:"休息一下吧。"他说:"谈你们的情况吧,我不是来休息的。"

公社的同志一边汇报情况,一边看着焦裕禄强按着肚子在做笔记。显然,他的肝痛得使手指发抖,钢笔几次从手指间掉了下来。汇报的同志看到这情形,忍住泪,连话都说不出来了,而他,故意做出神情自若的样子,说:"说,往下说吧。"

一九六四年的三月,兰考人民的除"三害"斗争达到了高潮,焦裕禄的肝病也到了严重关头。躺在病床上,他的心潮汹涌澎湃,奔向那正在被改造着的大地。他满腔激情地坐到桌前,想动手写一篇文章,题目是:《兰考人民多奇志,敢教日月换新天》。他铺开稿纸,拟好了四个小题目:一、设想不等于现实。二、一个落后地区的改变,首先是领导思想的改变。领导思想不改变,外地的经验学不进,本地的经验总结不起来。三、榜样的力量是无穷的。四、精神原子弹——精神变物质。

充满了革命乐观主义的焦裕禄,从兰考人民在抗灾斗争中表现出来的英雄气概,从兰考人民一步一个脚印的实干精神中,已经预见到新兰考美好的未来。但是,文章只开了个头,病魔就逼他放下了手中的笔,县委决定送他到医院治病去了。

临行那一天,由于肝痛得厉害,他是弯着腰走向车站的。他是多么舍不得离开兰考呵!一年多来,全县一百四十九个大队,他已经跑遍了一百二十多个。他把整个身心,都交给了兰考的群众,兰考的斗争。正像一位指挥员在战斗最紧张的时刻，离开炮火纷飞的前沿阵地一样，他从心底感到痛苦、内疚和不安。他不时深情地回顾着兰考城内的一切，他多么希望能很快地治好肝病，带着旺盛的精力回来和群众一块战斗呵！他几次向送行的同志们说，不久他就会回来的。在火车开动前的几分钟，他还郑重地布置了最后一项工作，要县委的同志好好准备材料，当他回来时，向他详细汇报抗灾斗争的战果。

"活着我没有治好沙丘，死了也要看着你们把沙丘治好！"

开封医院把焦裕禄转到郑州医院，郑州医院又把他转到北京的医院。在这位钢铁般的无产阶级战士面前，医生们为他和肝痛斗争的顽强性格感到惊异。他们带着崇敬的心情站在病床前诊察，最后很多人含着眼泪离开。

那是个多么阴冷的日子呵！医生们开出了最后诊断书，上面写道："肝癌后期，皮下扩散。"这是不治之症。送他去治病的赵文选同志，绝不相信这个诊断，人像傻了似的，一连声问道："什么，什么？"医生说："你赶紧送他回去，焦裕禄同志最多还有二十天时间。"

赵文选呆了一下，突然放声痛哭起来。他央告着说：

"医生，我求求你，我恳求你，请你把他治好，俺兰考是个灾区，俺全县人离不开他，离不开他呀！"

在场的人都含着泪。医生说：

"焦裕禄同志的工作情况，在他进院时，党组织已经告诉我们。癌症现在还是一个难题，不过，请你转告兰考县的群众，我们医务工作者，一定用焦裕禄同志同困难和灾害斗争的那种革命精神，来尽快攻占这个高峰。"

这样，焦裕禄又被转到郑州河南医学院附属医院。

焦裕禄病危的消息传到兰考后，县上不少同志曾去郑州看望他。县上有人来看他，他总是不谈自己的病，先问县里的工作情况，他问张庄的沙丘封住了没有？问赵垛楼的庄稼淹了没有？问秦寨盐碱地上的麦子长得怎样？问老韩陵地里的泡桐树栽了多少？……

有一次，他特地嘱咐一个县委办公室的干部说：

"你回去对县委的同志说，叫他们把我没写完的文章写完；还有，把秦寨盐碱地上的麦穗拿一把来，让我看看！"

五月初，焦裕禄的病情进一步恶化了。在这种情况下，他的亲密战友、县委副书记张钦礼匆匆赶到郑州探望他。当焦裕禄用他那干瘦的手握着张钦礼，两只失神的眼睛充满深情地望着他时,张钦礼的泪珠禁不住一颗颗滚了下来。

焦裕禄问道:"听说豫东下了大雨,雨多大?淹了没有?"

"没有。"

"这样大的雨,咋会不淹?你不要不告诉我。"

"是没有淹!排涝工程起作用了。"张钦礼一面回答,一面强忍着悲痛给他讲了一些兰考人民抗灾斗争胜利的情况,安慰他安心养病,说兰考面貌的改变也许会比原来的估计更快一些。

这时候,张钦礼看到焦裕禄在全力克制自己剧烈的肝痛,一粒粒黄豆大的冷汗珠时时从他额头上浸出来。他勉强擦了擦汗,半晌,问张钦礼:"我的病咋样?为什么医生不肯告诉我呢?"

张钦礼迟迟没有回答。

焦裕禄一连追问了几次,张钦礼最后不得不告诉他说:"这是组织上的决定。"

听了这句话,焦裕禄点了点头,镇定地说道:"呵,那我明白了……"

隔了一会儿,焦裕禄从怀里掏出一张自己的照片,颤颤地交给张钦礼,然后说道:"钦礼同志,现在有句话我不能不向你说了,回去对同志们说,我不行了,你们要领导兰考人民坚决地斗争下去。党相信我们,派我们去领导,我们是有信心的。我们是灾区,我死了,不要多花钱。我死后只有一个要求,要求组织上把我运回兰考,埋在沙堆上,活着我没有治好沙丘,死了也要看着你们把沙丘治好!"

张钦礼再也无法忍住自己的悲痛,他望着焦裕禄,鼻子一酸,几乎哭出声来。他带着泪告别了自己最亲密的阶级战友……

谁也没有料到,这就是焦裕禄同兰考县人民,同兰考县党组织的最后一别。

一九六四年五月十四日,焦裕禄同志不幸逝世了。那一年,他才四十二岁。

在他生命的最后时刻,中共河南省委和开封地委有两位负责同志守在他的床前。他对这两位上级党组织的代表断断续续地说出了最后一句话:"我……没有……完成……党交给我的……任务。"

他死后,人们在他病榻的枕下,发现了两本书:一本是《毛泽东选集》,

一本是《论共产党员的修养》。

他没有死，他还活着

事隔一年以后，一九六五年的春天，兰考县几十个贫农代表和干部，专程来到焦裕禄的坟前。贫农们一看见焦裕禄的坟墓，就仿佛看见了他们的县委书记，看见了他们永远不也不会忘记的那个人。

一年前，他还在兰考，同贫下中农一起，日夜奔波在抗灾斗争的前线。人们怎么会忘记，在那大雪封门的日子，他带着党的温暖走进了贫农的柴门；在那洪水暴发的日子，他拄着棍子带病到各个村庄察看水情。是他高举着毛泽东思想的红灯，照亮了兰考人民自力更生的道路；是他带领兰考人民扭转了兰考的局势，激发了人们的革命精神；是他喊出了"锁住风沙，制伏洪水"的号召；是他发现了贫下中农中革命的"硬骨头"精神，使之在全县发扬光大。这一切，多么熟悉，多么亲切呵！谁能够想到，像他这样一个充满着革命活力的人，竟会在兰考人民最需要他的时候，离开了兰考的大地。

人们一个个含着泪站在他的坟前，一位老贫农泣不成声地说出了三十六万兰考人的心声：

"我们的好书记，你是活活地为俺兰考人民，硬把你给累死的呀。困难的时候你为俺贫农操心，跟着俺们受罪，现在，俺们好过了，全兰考翻身了，你却一个人在这里……"

这是兰考人民对自己亲人、自己的阶级战友的痛悼，也是兰考人民对一个为他们的利益献出生命的共产党员的最高嘉奖。

焦裕禄去世后的这一年，兰考县的全体党员、全体人民，用眼泪和汗水灌溉了兰考大地。三年前焦裕禄倡导制订的改造兰考大自然的蓝图，经过三年艰苦努力，已经变成了现实。兰考，这个豫东历史上缺粮的县份，一九六五年粮食已经初步自给了。全县二千五百七十四个生产队，除三百来个队是棉花、油料产区外，其余的都陆续自给，许多队还有了自己的储备粮。一九六五年，兰考县连续旱了六十八天，从一九六四年冬天到一九六五年春天，刮了七十二次大风，却没有发生风沙打死庄稼的灾害，十九万亩沙区的千百条林带开始把风沙锁住了。这一年秋天，连续下了三百八十四毫米暴雨，全县也没有一个大队受灾。

焦裕禄生前没有写完的那篇文章，由三十六万兰考人民在兰考大地上集体完成了。这是一篇人颜欢笑的文章,是一篇闪烁着毛泽东思想光辉的文章。在这篇文章里,兰考人民笑那起伏的沙丘"贴了膏药,扎了针"①,笑那滔滔洪水乖乖地归了河道,笑那人老几辈连茅草都不长的老碱窝开始出现了碧绿的庄稼,笑那多少世纪以来一直压在人们头上的大自然的暴君,在伟大的毛泽东时代,不能再任意摆布人们的命运了。

焦裕禄虽然去世了,但他在兰考土地上播下的自力更生的革命种子,正在发芽成长,他带给兰考人民的毛泽东思想的红灯,愈来愈发出耀眼的光芒。他一心为革命,一心为群众的高贵品德,已成为全县干部和群众学习的榜样。这一切宝贵的精神财富,今天已化为强大的物质力量,推动着兰考人民在自力更生、奋发图强的大道上继续奋勇前进。兰考灾区面貌的改变,还只是兰考人民征服大自然的开始,在这场伟大的向大自然进军的斗争中,他们不仅要彻底摘掉灾区的帽子,而且决心不断革命,把大部分农田逐步改造成为旱涝保收的稳产高产田,逐步实现"上纲要"(达到农业发展纲要规定的产量要求),"过长江",建设社会主义新兰考。

焦裕禄同志,你没有辜负党的希望,你出色地完成了党交给你的任务,兰考人民将永远忘不了你。你不愧为毛泽东思想哺育成长起来的好党员,不愧为党的好干部,不愧为人民的好儿子!你是千千万万在严重自然灾害面前,巍然屹立的共产党员和贫下中农革命英雄形象的代表。你没有死,你将永远活在千万人的心里!

---

① 这是焦裕禄生前总结兰考人民治沙经验说过的两句话。"贴了膏药"是指用翻淤压沙的办法把沙丘封住;"扎了针"是指在沙丘上种上树,把沙丘固定住。

学习思考题

1. 《当你们熟睡的时候》报道了哪些人？请结合1956年中央提出的"百花齐放、百家争鸣"方针，分析报道为什么选择这些人物进行报道，以及在写作方式上与前三篇作品有哪些不同？

2. 阅读附录1中的文章《雷锋被树为典范始末》，了解新中国成立初期典型人物形成的路径，以及关于典型人物而展开的新闻采写的特点。

3. 结合《毛主席的好战士——雷锋》《大庆精神　大庆人》《县委书记的榜样——焦裕禄》，分析新中国成立初期典型人物报道的特征，思考当下典型人物报道的特征以及如何讲好人物故事。

附录 1

中国人从此站立起来了（庆祝新中国成立五十周年专论）

作者：金冲及

《人民日报》1999 年 8 月 26 日

编者的话：五十年前，毛泽东向全世界庄严宣告，中华人民共和国中央人民政府成立了，中国人从此站立起来了！新中国的诞生，标志着百余年来历经磨难的中华民族最终获得了独立和解放。五十年沧桑巨变。站立起来的中国人民在伟大的中国共产党领导下，百折不挠，奋发图强，使今天的社会主义中国昂首屹立于世界民族之林。在庆祝中华人民共和国成立五十周年之际，本版特开辟"庆祝新中国成立五十周年专论"栏目，发表有关文章，奉献给亲爱的读者，奉献给伟大的时代。

五十年前，新中国诞生的前夜，毛泽东在中国人民政治协商会议开幕词中说了一段令人难忘的话："诸位代表先生们，我们有一个共同的感觉，这就是我们的工作将写在人类的历史上，它将表明：占人类总数四分之一的中国人从此站立起来了。"

一百多年来受尽苦难和屈辱的中国人，经过艰苦卓绝的奋斗，终于挺身站立起来。帝国主义勾结中国封建势力恣意宰割中国的历史，从此一去不复返了。多少年来国家四分五裂那种令人痛心的局面不再存在。一向遭受压迫和奴役的劳动人民，翻身做了国家的主人。昔日被人视为"劣等民族"的中华民族，如今受到了国际社会的尊重。祖国的未来充满希望。这真是翻天覆地的大变化。从此，中国的历史翻开了全新的一页。

为了共和国的诞生

中华人民共和国的诞生，是中国近代民族民主革命的产物，是多少先烈用鲜血和生命换来的,是无数革命者经过前仆后继、可歌可泣的斗争取得的。

江泽民在党的十五大报告中说:"鸦片战争后,中国成为半殖民地半封建国家。中华民族面对着两大历史任务:一个是求得民族独立和人民解放;一个是实现国家繁荣富强和人民共同富裕。前一任务是为后一任务扫清障碍,创造必要的前提。"

实现国家繁荣富强和人民共同富裕,为什么一定要以求得民族独立和人民解放作为"必要的前提"?建设现代化的国家是几代中国人的梦想,为什么在一百多年时间里,中国的先进分子却不惜任何牺牲,集中力量先投身到革命中去?有一种看法,认为这样做完全错了,中国需要的是建设和渐进的改革而不是革命,革命的结果只能造成破坏。似乎这是走入了"误区",似乎无数先烈的牺牲是多余的。这种看法十分荒唐。

人类社会的变革,通常有两种形式:一种是在现有社会秩序下的渐进的改革,一种是在短期内根本改变原有社会秩序的暴力革命。什么时候应当采取哪一种变革形式,不能单从抽象的原理出发来做判断,不能笼统地说这种形式好还是那种形式好,一切取决于当时当地的具体历史条件。

革命绝不是任何人所能随心所欲地制造出来的。它只有在社会内部种种矛盾已经尖锐到无法在原有体制内得到解决的时候,才会发生并取得成功。只有当社会大变革的内在条件已经成熟的时候,暴力才能成为新社会的助生婆。一般说来,人们最初总希望在现有社会秩序下从事建设或进行渐进的改革,以求得进步。这样做,不但牺牲少,而且也容易被更多人所接受。如果这条路走得通,人们何必一定要不惜流血牺牲而投身到革命中去?孙中山、毛泽东等人,早年也都曾这样想过。

决定他们投身革命的,是由于中国当时的民族矛盾和社会矛盾实在太尖锐了。中华民族已处在生死存亡的关头。占中国人口绝大多数的劳苦大众被压在社会的最底层,连起码的生存保障都没有,哪里还谈得上民主和发展的权利?中国的旧势力那样强大,顽固地拒绝一切根本变革,并且用极端残酷的暴力来镇压一切反对他们的人。严酷的形势,特别是中华民族濒临灭亡的危急局面,逼得每一个有血性的中华儿女再也不能忍受下去,也无法长期等待下去。这才驱使他们义无反顾地走上革命的道路。

中国人民坚持了八年的抗日战争,难道能责怪他们为什么一定要拿起武器来进行反抗吗？就是对国民党统治的武装斗争，也是在国民党屠刀政策下被迫作出的选择。毛泽东在新中国成立后曾对外国朋友说过："有了共产党以后，就进行了革命战争。那也不是我们要打，是帝国主义、国民党要打。1921年，中国成立了共产党，我就变成共产党员了。那时候，我们也没有准备打仗。我是一个知识分子，当一个小学教员，也没学过军事，怎么知道打仗呢？就是由于国民党搞白色恐怖，把工会、农会都打掉了，把五万共产党员杀了一大批，抓了一大批，我们才拿起枪来，上山打游击。"这就把事情说得很清楚了。

革命当然要付出巨大的代价。但如果迫不得已，客观条件又已成熟，它在很短时间内对阻碍社会发展的旧事物所起的扫荡作用，是平时多少年也无法比拟的，而且要彻底得多，从而为日后社会经济的迅速发展开辟了广阔的道路。这样付出的代价是值得的。中华人民共和国的诞生，就是一个例证。

革命并不是在任何时候都可以这样做，而且不能一直革下去。推倒一座旧的建筑或许能在短期内完成，可是在这座废墟上建设一座新的大厦，却必须遵循建设本身的客观规律，持久地循序渐进。在新的社会制度建立起来以后，不以经济建设为中心而坚持"以阶级斗争为纲"就是完全错误的，因为它不符合已经变化了的客观实际，只能带来巨大的灾难。超越实际可能的急于求成也是有害的，并会受到客观规律的严厉惩罚。新的社会制度内部肯定仍会存在缺陷，在新的历史条件下还会滋生新的不良现象，需要坚持不懈地进行改革。这种改革，在某种意义上说也是一种革命，但它同那种以暴力为手段、以根本改变原有社会制度为目的的革命完全是另一回事了。

1949年，中国人正是经过轰轰烈烈的人民大革命，推倒了压在头上的"三座大山"，创立中华人民共和国，实现了民族独立和人民解放，才为求得国家繁荣富强和人民共同富裕扫清了障碍，开辟了道路。历史已经证明了这一点。

绘制建设新中国的蓝图

建设独立、富强的新中国，是中国人多少年来梦寐以求的目标。可是在长时间内，由于反动统治力量远远大于人民革命力量，这种目标只是美好的前景，一直难以实现。怎样建设新中国的问题，并没有立刻被提到现实的议事日程上来。解放战争后半期，中国革命的胜利来得那么快，大大超出人们的预料，没有给中国共产党留下充裕的时间去从容准备。在新中国诞生前的那些日日夜夜里，局势迅猛发展，纷至沓来的无数难题需要立刻处理，战略决战、土地改革、接管新区（特别是接管大城市）等极端繁重的任务不能不占用中共中央的绝大部分精力。但就在这样忙碌而紧张的时刻，在中国共产党领导下，中国人民政治协商会议通过了新中国成立初期起着临时宪法作用的《共同纲领》，在人们面前展现出一幅建设新中国的比较完整而清晰的蓝图，使各方面的工作一开始就能够有条不紊地开展起来。这实在是了不起的成就。

为什么能够做到这样？它有主客观两方面的原因。

从客观上说，新中国的诞生同俄国十月革命有着明显的不同：它是依靠人民军队，先在一块块解放区内建立政权，积累起经济建设和政权建设的初步经验，培育出一批管理人才，再夺取全国政权的。当然，这并不意味着只要把一块块解放区联成一片、加以扩大就可以了。事实上，从原来没有中央政府的、分散的、主要在农村的政权，到建立全国性的政权，并把新国家的社会经济结构、政治体制、民族关系、对外政策等基本格局确定下来，这是一次质的飞跃。

从主观上说，它充分表现出中共中央具有高瞻远瞩的战略眼光和驾驭全局的领导才能。领导，需要有预见。不到两年前，1947年的十二月会议上，毛泽东就敏锐地指出：中国人民的革命战争已经达到一个转折点。他把在会上所作的《目前形势和我们的任务》那篇报告称作"打倒蒋介石、建立新中国的纲领"，认为它比《新民主主义论》《论联合政府》更进了一步。战略大决战前夜，在1948年的九月政治局会议上，他又说："中央政府的问题，十二月会议只是想到了它，这次会议就必须作为议事日程来讨论。""至于对经济成分的分析还要考虑，先由少奇同志考虑。"到1949年，他又先后发表《在中国共产党第七届中央委员会第二次全体会议上的报告》《论人民民主专政》等重要文章。刘少奇、周恩来、张闻天等也提出许多重要主张。经过这样的深思熟虑和反复酝酿，对新中国各方面的构想终于越来越明朗化了。

关于新中国的国体即国家性质问题。《共同纲领》明确规定："中华人民共和国为新民主主义即人民民主主义的国家，实行工人阶级领导的、以工农联盟为基础的、团结各民主阶级和国内各民族的人民民主专政。"这正是毛泽东在《论人民民主专政》中阐明的基本主张。关于社会主义前途问题，毛泽东在九月政治局会议上说过："我们要努力发展经济，由发展新民主主义经济过渡到社会主义。"《共同纲领》中没有写入"过渡到社会主义"的内容。在人民政协讨论时，有人提出：我们既然承认新民主主义是一个过渡性质的阶段，要向更高级的社会主义和共产主义阶段发展，总纲中就应该把这个前途明确地规定出来。周恩来回答说："筹备会讨论中，大家认为这个前途是肯定的，毫无疑问的，但应该经过解释、宣传特别是实践来证明给全国人民看。""现在暂时不写出来，不是否定它，而是更加郑重地看待它。而且在这个纲领中经济的部分里面，已经规定要在实际上保证向这个前途走去。"

关于新中国的政体即政权构成形式。毛泽东在九月政治局会议上鲜明地提出一个问题："我们政权的制度是采取议会制呢，还是采取民主集中制？""人民民主专政的国家，是以人民代表会议产生的政府来代表它的。""不必搞资产阶级的议会制和三权鼎立等。"在《共同纲领》中更具体地规定："中华人民共和国的国家政权属于人民。人民行使国家政权的机关为各级人民代表大会和各级人民政府。各级人民代表大会由人民用普选方法产生之。各级人民代表大会选举各级人民政府。各级人民代表大会闭会期间，各级人民政府为行使各级政权的机关。""各级政权机关一律实行民主集中制。"

关于新中国的经济构成和经济建设方针。毛泽东在十二月会议上说："新中国的经济构成是：（1）国营经济，这是领导的成分；（2）由个体逐步地向着集体方向发展的农业经济；（3）独立小工商业者的经济和小的、中等的私人资本经济。这些，就是新民主主义的全部国民经济。"九月政治局会议后，中共中央东北局向中央报送了一份由张闻天起草的报告，提出东北经济现在基本上由五种经济成分所构成。这个报告经毛泽东、刘少奇修改后加以肯定。在《共同纲领》中更明确地规定国营经济、农民个体经济、合作社经济、私营经济、国家资本主义经济的性质和政府的有关政策，指出社会主义性质的国营经济是新中国整个社会经济的领导力量，又肯定其他经济成分的存在和发展。《共同纲领》还指出："中华人民共和国经济建设的根本方针，是以公私兼顾、劳资两利、城乡互助、内外交流的政策，达到发展生产、繁荣经济的目的。"

关于国内民族政策。中国是一个多民族国家。人民政协开会前，周恩来在一个报告中详细分析中国民族关系的特点后说："我们国家的名称，叫中华人民共和国，而不叫联邦。""我们虽然不是联邦，但却主张民族区域自治，行使民族自治的权力。"在《共同纲领》中规定：中华人民共和国境内各民族一律平等；反对大民族主义和狭隘民族主义，禁止民族间的歧视、压迫和分裂各民族团结的行为；各少数民族聚居的地区，应实行民族的区域自治。

关于对外政策。中共中央在1949年1月发出由周恩来起草、毛泽东改定的《中央关于外交工作的指示》，把独立自主的问题放在十分突出的地位。在《共同纲领》中又规定：中华人民共和国外交政策的原则，为保障本国独立、自由和领土主权的完整，拥护国际的持久和平和各国人民间的友好合作，反对帝国主义的侵略政策和战争政策；凡与国民党反动派断绝关系并对中华人民共和国采取友好态度的外国政府，新中国可在平等、互利及互相尊重领土主权的基础上，与之谈判，建立外交关系；中华人民共和国可在平等和互利的基础上，与各外国的政府和人民恢复并发展通商贸易关系。这些规定，为新中国奉行独立自主的和平外交政策奠定了坚实的基础。

万事起头难。新中国的诞生是中国历史上翻天覆地的社会大变动。许多事情正处在草创时期，既没有现成的答案，也缺乏成熟的经验。它的基本格局一旦确定下来，对中国日后的发展就会产生极其深远的影响。如果当时轻率地作出一些错误的决定，它所造成的恶果也将十分严重。半个世纪过去了，回头来看，我们惊奇地发现当年所作出的这些重大决策都是符合中国实际国情的，是经得住时间考验的。它的影响不仅在今天让人能强烈地感觉到，并且还将延续到将来。这是新中国缔造者和奠基者们留给我们的一笔丰厚遗产，是他们对中华民族作出的难以估量的贡献。

人民共和国开始起步

新生的人民共和国已经在东方矗立起来。全世界都在注视着：它究竟能不能站住脚跟，能不能迈开大步前进？

这种关注并不是没有理由的。新中国虽已诞生，但它所面对的局势依然十分严峻。国民党在大陆上还有一百多万军队，控制着以广州为中心的华南地区和以重庆为中心的西南地区，企图负隅顽抗。还有两百多万土匪，盘踞山林，欺压百姓。战争刚刚结束的新解放区，国民党留下的是一个千疮百孔的烂摊子：财政经济已陷入总崩溃，生产萎缩，物价飞涨，投机猖獗，灾情严重。新中国成立后刚半个月，人们还沉浸在开国的欢乐中时，一场无情的风暴就袭来了：从10月15日起，华北以粮食带头，上海以纱布带头，物价像脱缰野马般飞涨，在五十天内上涨约三点三倍，范围遍及全国，人心开始浮动。新中国的国际处境也很复杂：以美国为首的许多西方国家仍对新中国抱着敌视态度，并实行严密的经济封锁；苏联那时对中国共产党不很放心，生怕它成为"第二个铁托"；不少周边国家对新中国缺乏了解，多少存有疑虑，或采取观望的态度。如果在外交工作上处理不当，就会陷于孤立，或者重新沦为别国的附庸。

事非经过不知难。怎样应对同时从四面八方涌来的这许多棘手的难题，确实极不容易。中国共产党在复杂的环境中，以冷静而果断的态度，有条不紊地沉着应付，在不长的时间里取得了惊人的成功。

毛泽东在新政治协商会议筹备会上曾满怀信心地预言："中国人民将会看见，中国的命运一经操在人民自己的手里，中国就将如太阳升起在东方那样，以自己的辉煌的光焰普照大地，迅速地荡涤反动政府留下来的污泥浊水，治好战争的创伤，建设起一个崭新的强盛的名副其实的人民共和国。"

军事上的进展是顺利的。人民解放军以雷霆万钧之势南下。为了全歼已成惊弓之鸟的国民党一百多万军队，毛泽东决断：不采取近距离包围迂回的方法，而采取远距离包围迂回的方法，完全不顾对方的临时部署，远远地超过他，占领他的后方，再加以歼灭。在加紧作战的同时，又采取有力的政治攻势，争取大批国民党军队放下武器或接受改编。这样，到 1950 年 6 月底，共消灭国民党军队一百三十万人，解放了除西藏、台湾和沿海一些岛屿外的全部领土（将近一年后，中央人民政府同西藏地方政府代表签订协议，实现了西藏的和平解放）。在此期间，还剿除一百多万武装土匪。地方各级人民政权相继建立起来。

在经济上，人们最关心的问题是人民政府能不能把物价稳定下来。为了对付开国后不久的那次物价飞涨，在陈云主持下，经过周密准备，从全国范围内调集大量粮食、棉花、煤炭等物资，在各大城市统一抛售，把物价平抑下去，给投机商人以沉重打击。1950 年 3 月，政务院颁布《关于统一国家财政经济工作的决定》。到 4 月，全国财政收支已接近平衡，物价终于稳定下来，结束了中国人多年来在旧中国饱受的恶性通货膨胀之苦。在战争尚未结束又遭受帝国主义经济封锁的情况下，能在短时间内创造出这样的奇迹，确实是值得自豪的。毛泽东对它作出高度评价，说：平抑物价，统一财经，其意义"不下于淮海战役"。

农村的土地改革，新中国成立时已在约有一亿一千九百万农业人口的老解放区完成，但在约有二亿九千万农业人口的新解放区和待解放地区尚未进行。这些地区不仅面广，而且情况复杂。人民政府采取慎重的态度，认真进行准备。1950年6月，刘少奇在全国政协一届二次会议上作了《关于土地改革问题的报告》。同月，中央人民政府公布施行《中华人民共和国土地改革法》。这就为同年秋收后开展大规模的土地改革，铲除封建主义在中国的根基，提供了行动准则。还必须说到，新区农村这时直接面对的最急迫的问题是严重的自然灾害，特别是水灾。1949年，全国被淹耕地达一亿二千多万亩，灾民达四千万人。淮河河堤全部失去作用，两侧成为一片汪洋，灾民挣扎在死亡线上。这年12月，政务院通过《关于生产救灾的决定》，开始了规模空前的治淮和救灾工作。

本着"迅速地荡涤反动政府留下来的污泥浊水"的要求，社会各方面除旧更新的民主改革全面展开。在工矿企业和交通运输业中，废除了工人群众深恶痛绝的封建把头制度。中央人民政府颁布了《中华人民共和国婚姻法》，取消包办婚姻，禁止重婚、纳妾、童养媳，禁止干涉寡妇再嫁，实行男女婚姻自由、一夫一妻、男女权利平等、保护妇女和子女合法利益的新婚姻制度。在严厉取缔妓院、清除鸦片烟毒、打击流氓和黑社会势力等方面，也迅速取得令人拍手称快的成效。

在对外关系方面，苏联首先同新中国建立外交关系。三个多月内，中国就同十一个国家建交，它们都是当时社会主义阵营内的国家。毛泽东、周恩来访问苏联。中苏双方签订《中苏友好同盟互助条约》。在此期间，又有十三个国家先后宣布承认中华人民共和国。其中，印度、印度尼西亚、缅甸、瑞典、丹麦、瑞士、芬兰七个国家，经过谈判，在1950年10月底前同新中国建立正式外交关系。这是第一批同新中国建交的不同社会制度的国家。

在旧中国，帝国主义列强不仅在政治上和经济上牢牢地支配着中国，并且在中国境内享有驻军、内河航行、海关管理、自由经营、领事裁判等种种特权。解放战争时期，中国人民解放军到达的地方，驻扎在中国领土上的外国军队被迫全部撤走，帝国主义列强原来享有的内河航行、自由经营、领事裁判等特权随之被取消。新中国成立后，中国政府又在北京、天津、上海等地先后收回外国兵营的地产权，征用兵营及其他建筑。对外侨持有的武器和电台，要求他们进行登记和封存。更使人兴奋的是，建立了人民海关，使海关大权完全掌握在中国人自己手里。周恩来称赞这件事："我们已经掌握了国家大门的钥匙。"

在短短一年时间里，人民政府通过大量的工作，使中华大地呈现出一派万象更新的景象。1950年9月30日，在庆祝新中国成立一周年的大会上，周恩来满怀豪情地说："在中国，历史上只有一个政府，曾经在一年内做了这么多有利于人民的工作；只有一个政府，曾经在一年内驱逐了那么多的强盗式的'军队'和'政府'，而代之以纪律严明和蔼可亲的人民军队和廉洁而讲道理的人民政府；只有一个政府，曾经在一年内剥夺了帝国主义国家的特权，消灭了可恨的特务机关，停止了无限期的通货膨胀，而给予人民一种欣欣向荣的气象；这个政府，就是中央人民政府。""国内外的人民都看到：经过了这一年，中国已经比过去几百年甚至几千年经历了更重要的变化；旧面貌的中国正在迅速地消失，新的人民的中国已经确定地生长起来了。"

中华人民共和国的成立，成为新中国一切进步和发展的基础。邓小平说过一段很动情的话："中国在世界上的地位，是在中华人民共和国成立以后才大大提高的。只有中华人民共和国的成立，才使我们这个人口占世界总人口近四分之一的大国，在世界上站起来，而且站住了。还是毛泽东同志那句话：中国人民从此站起来了。国内的人民也罢，国外的华侨也罢，对这点都有亲身感受。也只有在中华人民共和国成立以后，才真正实现了全国（除台湾外）的统一。""我们能够取得现在这样的成就，都是同中国共产党的领导、同毛泽东同志的领导分不开的。恰恰在这个问题上，我们的许多青年缺乏了解。"为什么许多青年会对这个问题缺乏了解？这并不奇怪。他们没有亲身在旧中国那种环境中生活过，也许已很难想象当年中华民族的悲惨境遇，也很难体会到改变这种境遇是多么艰难的事情。

中华民族一百多年来奋斗的历史，就像是一场毫不间断的接力跑。后继者总是以前人所达到的位置作为出发点，随后又远远地跑到他的前面去，前人有过的挫折也是后继者的财富。先人的业绩是不会被淡忘的，它将永远活在人们心里，并将激励后人更加奋发地前进。

雷锋被树为典型始末

作者：孟红

人民网—中国共产党新闻网　2014年4月24日

1963年3月5日，《人民日报》发表了毛泽东的题词——向雷锋同志学习。从此全国开展了轰轰烈烈的学习雷锋的活动。直至半个多世纪以后的今天，雷锋精神仍然在中华大地上被提倡和盛行着。那么，雷锋是怎么被树为典型的？谁是最早宣传雷锋的人？这些在当年并不算什么新闻，而今天道来却是十分珍贵。

陈广生：中国第一个写雷锋事迹和宣传雷锋精神的人

现已离休的沈阳军区政治部干部、著名军旅作家陈广生是雷锋生前的亲密战友，是雷锋事迹和雷锋精神的重要见证人。他从1955年到1963年，曾在雷锋生前所在团工作了8年，开始做理论教员、宣传干事，又做俱乐部主任。1960年1月，在欢迎新兵大会上他结识了雷锋，从此便和雷锋结下不解之缘。他在雷锋生前，就写过很有影响的记述雷锋事迹的报告文学《向阳坡上长劲苗》。该报告文学后来改编成《雷锋的故事》，这是全国第一部完整介绍雷锋生平事迹的专著。雷锋牺牲后，他为宣传雷锋事迹做了大量的工作。从那时起，写雷锋、讲雷锋几乎成为陈广生生活的全部。他因此被称为播撒雷锋"火种"的人，中国第一个写雷锋事迹和宣传雷锋精神的人。他一辈子写雷锋，从1960年至今，他已经写出的诸如《伟大的战士》和《雷锋传》等有关雷锋的书籍达13本之多。

陈广生与雷锋结识很早。早在1960年1月8日，他就与刚刚入伍的雷锋交上了朋友。当时团里在操场召开欢迎新兵入伍大会，身为俱乐部主任的陈广生，主持了会议。那天风特别大，漫天飘着雪花。一个新兵代表上台刚说一句话，一阵风就把他手中的讲稿吹乱了，怎么展也展不平。陈广生担心他讲砸了，想上去帮一把，没等伸出手，不料，那个小战士把发言稿一团巴塞进衣袋，来了个即兴发言，而且一点也没卡壳儿。那时，陈广生便暗暗记住了这个个头不高、嗓音洪亮的小战士雷锋。一散大会，陈广生就拽住雷锋，和他聊了起来……

拍摄于20世纪60年代的电影《雷锋》真实地刻画了雷锋在部队中的生活。雷锋为灾区捐款的事情确有其事，但并不是雷锋亲手将慰问信连同100元钱送到救灾指挥部，而是通过一封信寄到了辽阳市委。这封信至今仍保留在雷锋纪念馆，在它旁边放着的就是辽阳市委发到部队的表扬信。同一时期，连队驻地抚顺望花区和平公社成立，雷锋也送去了100元钱，这样又有了发自和平公社的感谢信。当时的团领导韩万金政委看到这两封信后，下定决心要培养雷锋、宣传雷锋。

雷锋拿出200块钱去支援别人，大家都奇怪，新兵一个月的津贴才6块钱，雷锋哪来那么多钱？但是想想他工作好几年才当兵的，用一句话说就是一人吃饱全家不饿，他就攒了200元钱，全部奉献出来了。

1960年7月，雷锋所在团准备授予雷锋为"节约标兵"。认准了雷锋这个典型的韩政委开始琢磨怎样把雷锋的事迹展开宣传，而第一步就是由谁来写一份上报下发的材料。他考虑到陈广生与雷锋比较熟悉，便指派陈广生来写雷锋的事迹材料。

陈广生回忆说："我一听挺感兴趣的，虽然不是我的职责，但是一听说要了解了解雷锋，我说我去。到雷锋连队采访两天，和雷锋谈了几次话，到和平人民公社找了党委书记，我记的录，搞了两天材料，大概有万把字，我给材料起个名，叫雷锋同志模范事迹材料。团里领导当时要求很严格，一是一，二是二，不许有水分，这个事情是真的就是真的，不是真的就不要写。为了慎重，我叫雷锋看这个稿子，雷锋看到有模范两字不高兴了：我模范啥，我哪模范，我还新兵呢，当兵不到一年，这点事都是应该干的，这有啥模范不模范的。我们很严肃地说，这是首长定的，党委定的，一定要搞好，马虎不得，你好好看。雷锋不敢不看了，他真改了几个地方，该划掉的划掉，他说这个题目不好，我不要这个模范，划掉，他自己划，他写了两句话：'解放后我有了家，我的母亲就是党。'说句心里话，我所以和雷锋结了不解之缘，就是从这两句话开始的。"

经过采访雷锋本人并到雷锋所在运输连调查后，陈广生写出了《雷锋同志模范事迹》这份材料。这个材料经团领导审查，以团政治处的名义加按语，下发到团属各连队。从此，一个学习雷锋的热潮首先在雷锋所在的团展开了。也就是从那时起,雷锋一直活在陈广生的心中,活在他的笔下。

1960年9月,雷锋荣立了二等功;10月又加入中国共产党;11月他以"模范共青团员"的身份,被沈阳军区首届团代会邀请为特邀代表。

这一连串礼遇和桂冠,使陈广生看到了雷锋身上具有的那些不同寻常的宝贵精神财富,促使他不得不再次拿起笔来。于是,他决定尝试着用报告文学的体裁进一步宣传雷锋。

为赶写稿子,陈广生常常忙到半夜,甚至通宵达旦。因不能按时起床出操,当时的团政委韩万金还批评过他。但韩政委同时也表扬和鼓励他写雷锋。为让他集中精力,还特意在沈阳军区工程兵部招待所给他要了一间房子。陈广生觉得身上的担子很重。为把稿子写得有深度且真实感人,他两度深入到雷锋入伍前工作过的鞍钢化工总厂和弓长岭铁矿采访。经过数十个日夜苦战,他完成了4万多字的《向阳坡上长劲苗》的初稿。

但这篇作品并没有很快问世。不久,因为参与电影《地雷战》的创作,陈广生离开了抚顺。此时,由于《解放后我有了家,我的母亲就是党》这篇材料已经下发上报,雷锋成了全团指战员中的模范人物,团党委决定树立雷锋为全团艰苦奋斗的"节约标兵",号召全团官兵都要像雷锋那样克勤克俭、艰苦奋斗,共同度过我们国家经济生活遇到的暂时困难。由此,雷锋的名字在全团叫得更响了。

陈广生到北京工作一年后又回到团部。一天,韩政委郑重其事地对他说:"你的文章得想办法发出去,但你在外工作一年多,你知道一年多雷锋啥样?你现在别干其他工作了,我建议你到雷锋班去,再生活几天,你把这一年来雷锋是怎么当的班长,怎么成为抚顺市的人民代表,怎么获得抚顺共青团优秀辅导员的奖励,怎么参加军区首届设备代表会议的这些事,都补充到里面,给部队做个读物。"

陈广生听从领导的安排,去对雷锋进一步采访与了解。当时雷锋在铁岭单独带着一个班执行国防施工任务,带着5辆车、十几个战士组成的加强班,为施工部队拉粮拉菜,做一些后勤保障工作。由于工作特别忙,陈广生去了几次都扑了空。有一天,终于赶上雷锋和乔安山刚要出车执行任务,他跑了过去。

陈广生对这段往事的细节依然记忆犹新,他回忆说:"我抓到车门敲敲窗,跟雷锋出趟车,从山区到市里的路特别不好,山区都是盘山路,雷锋小心翼翼开车,也不说话,我就把我的意思说了,我说你把这一年的事给我说说。他不吱声,走到平路上,走到很宽的路上,他说主任别再写了,我都怕了。我说你怕啥?他说你看我领了一个班,也不是我一个人,我手下十来个人呢,五六台车,你看看这路,万一哪个战士我管理不善,哪台车子一翻出事了,你看我还先进不先进,我真怕了。你说我干点事,我干啥了,你写了一大篇子,我干了别人没干吗,不都干了吗,你看看把我的照片也登在报上。他说主任我说心里话,我不愿意出什么名,有啥名可出,如果不是新中国成立,不是共产党救了我,我早死了,能活到现在吗?我没别的心情,就想好好干,做点实际事,报答党对我的抚育之恩。我也没话说了,后来我就没写了,我说算了,人家都说不愿意我写了。政委说不行,他不愿意写他自己,我做党委书记我不能这样,我认准了,这个事就得宣传,有的人想出名却出不了名,他不出名是我的责任。我就按照这个指示,到了营口写这个报告文学……"

1962 年 8 月 15 日,正当陈广生带着欣喜的心情去营口改写关于雷锋的报告文学时,不料,团里韩政委叫人打电话告诉他,尽快赶回来参加雷锋的治丧活动。陈广生得知雷锋牺牲的消息后悲痛万分,并连夜返回驻地。在医院雷锋遗体旁,陈广生泪流满面。他听到雷锋所在连副连长说:"你死了,不如我死了……"此时此刻在他心里翻腾的也是这句话。陈广生参加了治丧小组的工作,同组织股长一起给雷锋写悼词。他又去租礼堂,写挽联,筹备追悼会,向各有关单位、部门、人士发讣告。开追悼会那天,一些小学生、老师和其他百姓把自己亲手制作的花圈,摆放在雷锋的遗体旁,个个泪湿满襟。不请自来的学生、工人、居民特别多,小礼堂根本装不下。为了让门外的群众能听到追悼会的情况,陈广生亲自扯线爬到门上去安了个大喇叭……

雷锋生前辅导过的建设路小学和本溪路小学的少先队员们,听到雷锋叔叔牺牲的消息都大哭了一场,他们派代表到部队说:"我们见不到雷锋叔叔,也要看看他用过的东西。"韩政委当场答应:"一定要满足孩子们的愿望。"遂把这项任务交给了陈广生。陈广生选定空置的营房,领十几个人粉刷四壁,然后把雷锋的遗物,大到皮箱,小到鞋带,用过的武器,读过的《毛泽东选集》,日记本和笔……一件件展出来,陈广生还分别在绿胶合板上书写了说明词。一切准备停当,便请了两个小学的同学们来参观。这个展览一下子轰动了,学校、工厂纷纷组织人来参观,应接不暇。共青团抚顺市委领导看了以后立即建议把展览搬到市里,增加图片,在更宽敞的环境里展出,让更多的人从雷锋身上汲取精神力量。紧接着,沈阳市也复制了一套在市文化宫展出。北京军事博物馆也来了人,提出雷锋是军人,他的全部遗物原件要由军事博物馆收藏,遂全部展品搬到北京展出,照原样复制了一套留给了抚顺。

送葬的路上,陈广生看到,抚顺市男女老幼,数以万计的人群涌上街头,含泪送雷锋。如此激动人心的场面使陈广生彻夜难眠:一个普普通通的士兵,没有惊天动地的壮举,也没有卓越的功勋,为何受到如此的爱戴?陈广生的心灵受到极大的震撼,暗下决心一定要把雷锋事迹写好,让全国甚至普天下的人都知道雷锋,学习雷锋。

陈广生沉痛地回忆说:"一个战士,在区政府的礼堂里开追悼大会,军区有花圈,市里有花圈,市里领导干部还要出席,人装不下呀,没请那么多人,院子里却满了,临时不得不设一个喇叭在树上,但你只能管院子里头,街上都满了,老百姓自己扎白花。万人空巷。"

几经修改,陈广生终于完成了 5 万余字的报告文学,并很快连载在《抚顺日报》上,又陆续发表在《解放军报》和《中国青年报》上。

1963 年 3 月 5 日,首都各大报纸发表了毛泽东主席"向雷锋同志学习"的题词。这时,陈广生深深意识到,他还应为弘扬雷锋精神做些什么。为此,陈广生从 1964 年秋到 1996 年春,先后 11 次赴湖南,并多次到鞍山、营口、抚顺等地搞调查,最长的一次达半年之久,细致地采访了雷锋的老师、同学、亲戚、邻居 30 多人,掌握了有关雷锋生平的第一手资料,为进一步充实完善雷锋的事迹,展示雷锋精神,奠定了坚实的基础。随后,他写出《雷锋的故事》和《雷锋轶事》两本书,得到了解放军总政治部、共青团中央、沈阳军区、解放军文艺出版社的表彰和奖励。陈广生没有就此满足,也没有就此打住,他一直不停地写,通讯、散文、报告文学、评论,不管什么形式,什么体裁,只要能宣传、赞美、歌颂雷锋,他就写。转眼到了 2002 年,人们原以为年逾古稀的陈广生该休息休息了,然而他却毅然决定,再把雷锋的事迹编写成电视连续剧。他和著名诗人胡世宗一道,从雷锋 16 岁写起,洋洋洒洒,一路写下来,一直写到雷锋 22 岁……经过历时一年的艰苦跋涉、奋战,《雷锋》这部电视连续剧剧本和长篇纪实报告文学诞生了,在春风文艺出版社的支持下,成为献给纪念学雷锋 40 周年的一份厚礼。

由于雷锋同社会频繁接触，越来越多的人开始认识他、熟悉他，雷锋的影响已经超出了部队走进地方，但这种影响毕竟是小范围的。雷锋精神要推向全国，就必须依靠媒体等力量。

把雷锋精神从报纸上传播开去的，是当年新华社驻沈阳军区的军事记者李健羽和佟希文。

雷锋不是宣传出来的，他早在宣传之前就很有名气了。1960年10月，前进报社总编辑嵇炳前把佟希文、李健羽叫去，说是报社收到一篇自然来稿，反映沈阳军区工程兵部队一个辽阳来的叫雷锋的新战士艰苦朴素的事儿，说辽阳那年发生大水灾，雷锋自己拿出100块钱救援灾区，这个事情很不简单。总编辑说这个事里面可能有点挖头，要他们到部队了解了解。说着，嵇炳前就把稿子递给他们。他们一看，这个新兵入伍还不到10个月，捡牙膏皮，补袜子，给人民公社捐款，好事做了很多。当时他们认为，国家正是困难的时候，党强调奋发图强，雷锋做到这点不简单，也非常可爱。

李健羽、佟希文二人很快赶到了军区工程兵政治部，见到王副主任。王副主任说，雷锋这几天就在沈阳，要到辽宁师范大学作忆苦报告，他是一个忆苦思甜的典型。二人十分高兴地想：这不正是一个现场采访的好机会吗？

雷锋到大学作报告那一天，李健羽、佟希文和学生们坐在一起听。雷锋一进来，大家出于礼貌都站起来欢迎。雷锋从中间的道路进去，个子比较矮，所以有些大学生站在凳子上看他，但是他一走到讲台上，一开始发言，就把大家镇住了。一个是雷锋的形象，个儿虽然不高吧，人长得却很英俊潇洒，看来也是一个很敦厚、朴素与沉稳的年轻人。李健羽、佟希文后来回忆说："开始一句话我们还记得，是这样说的，领导、老师，同学们，我不是来给大家作报告的，我要给大家汇报一下我是怎么当兵的。他这一讲就不一般。"

雷锋果然是从怎样当兵开始讲起，将当初报名参军由于不符合条件，就做了一些小动作，比如为了增加体重而加大了饭量，为了凑身高就提起了脚后跟。雷锋不仅讲过去的苦，也讲党对他的培养，讲他现在的工作。后来说到缠着征兵干部讲自己的苦难家史，引起了全场一片哭声。

听到雷锋讲自己的苦难身世，会场上的听众心里难过得受不了。上面讲着，下面哭着，有些学生哭得呜呜的。这时口号突然响起来了："雷锋的苦就是我们的苦，雷锋的仇就是我们的仇！"一个同学领着喊完，另一个同学又站起来领着喊:"向雷锋学习,向雷锋学习!"场面非常激动人心。他俩回忆说:"雷锋讲得很简练很清楚,一下子把自己勾出来了,也把我们心里面装明白了,这个战士果然是不一般的战士。这场报告对我们俩来讲,首先解决了情绪感染问题,都觉得这个战士实在可爱,他不仅仅是个节约的典型。……"

会后,两位记者还和雷锋进行了直接的交谈。他俩发现这个小伙子很注重学习,觉得这个人物很值得一写,就急不可待地跑回报社找到嵇炳前,把初步的感想说了一下。嵇炳前说:"你们准备吧,这是一个比较大的典型。"嵇炳前在宣传雷锋这件事上也是功不可没的。

他俩回到新华分社,又向鲁蛮老社长汇报了这件事情,老社长话很简单,说:"你们把工作都放下,就抓这个人,抓这个典型。"

两天后,两位记者和雷锋一起登上了回抚顺的火车,打算去雷锋的连队了解更多的情况。一路上他们交谈着,但不时被打断,一会儿过来一个少先队员行礼问候雷锋叔叔好,一会儿过来老红军问雷锋哪去了,很多人都熟悉他。后来车长就给记者解释说:"这是你们在跟他谈话,不然的话,雷锋早闲不住了,不是打扫卫生,就是给旅客倒水,再不一到哪个站,他就扶人下车、扶人上车。所以这里的人都熟悉他。"就他们初步印象,雷锋在人们的心目中,简直像亲戚一样,像自己家人一样。

正如影片所反映到的,在当时,雷锋的想法与做法并非得到所有战友们的理解。李健羽、佟希文两位记者来到连队进行采访的时候,在不绝于耳的赞誉声中,他们也听到了不同意见:有人说他是为了出风头,做好事是专门给别人看的;还有人说他不遵守条令,比方,他经常帮厨,很体会炊事班的苦累,便找地方他熟识的工人师傅商量,怎么给炊事班搞个电动切菜机,果然工人师傅很帮忙,一起研究,接近成功的时候,赶上礼拜天,过后他请假又去,本应在中午归队,但到晚上点名的时候他才回来,受到了很严厉的批评。对这件事,当时有两种意见争得厉害,有人说明明是做好事情却挨批评,另一种人说他有什么特殊,一样得批评。

那个时候李健羽、佟希文写东西很小心,他们有意识地让持有两种意见的同志坐到一起交谈,接受采访。大家心平气和地谈了半天,一开始,赞同雷锋的人就占多数,通过交谈,原来对雷锋有些看法的同志也逐渐转变了观点。团政委韩万金是个抗战时期的老干部,他对雷锋看得更透彻,针对各种非议,他鲜明地表达了自己的意见。他说："有点不同的意见也很正常，大家在一起交换交换就好了。……毛主席讲一个人做一件好事容易，一辈子做好事可就难了，雷锋做好事，可不是一件两件，而是看见别人有困难就帮，看到国家有困难就上！"韩政委的话，为两位记者打开了脑筋。

通讯稿写好后，首先送给嵇炳前总编审阅，后来又转给军区副政委杜平。杜平政委独具慧眼，看完稿件，挥笔把文章标题改成了"毛主席的好战士——雷锋"这几个字。

1960年11月26日，这篇稿件在《前进报》上登了两个半版。稿件还同时发给了新华总社、《解放军报》、《辽宁日报》、辽宁《共青团员》杂志、《辽宁工人报》和《沈阳日报》。但各报发表的标题都做了修改。《解放军报》1960年12月13日刊登在第二版，题目叫《苗壮的新苗》；《辽宁日报》题为《红色的战士》；新华社发稿的题目是《苦孩子成长为优秀战士》。那时调门最高的是《前进报》，军区还同时提出了"学雷锋、赶雷锋、超雷锋"的口号。雷锋的名字传遍了东北大地。

在宣传上，《抚顺日报》捷足先登，最先请陈广生给他们撰写雷锋的事迹材料，这就是在《抚顺日报》上连载了24天长达5万字的长篇通讯《毛主席的好战士》。佟希文、李健羽看到人民群众渴望宣传和学习雷锋的热情，也十分激动地赶紧给总社汇报：雷锋的影响很大啊，希望能继续报道一下。后来，《辽宁日报》记者彭定安和陈广生两人又采写了一篇长篇通讯，题目叫《永生的战士》，署名是"陈广生、波阳"。这篇文章不仅在《辽宁日报》上刊登，《中国青年报》和《人民工兵》杂志也都相继转载了。这篇报道是在雷锋死后反映雷锋最充分的一篇。

《人民日报》也当仁不让，于1963年春节前派了一个编委张超来采写。他一来就叫佟希文、李健羽赶紧拟一篇雷锋的报道。由于这一年多他们在前线，没有对雷锋做追踪采访，手头材料不多，就又派了甄为民与雷润明这两位新华社辽宁分社的记者一同与他们下去采访，在大年三十把通讯赶写出来。很快以《毛主席的好战士——雷锋》为题的通讯在《人民日报》刊登了，并配发了评论员文章《伟大的普通一兵》，还发了大半个版的日记。

一两天后，人民日报社社长吴冷西打电话给佟希文、李健羽等，说刊登雷锋事迹的报纸发出去当天，周总理和邓大姐在灯下读了这篇稿件，总理亲自给他打来电话。总理说：雷锋是个好战士啊，要估计到这个战士影响很大，需要很好地宣传这个典型。总理还说到，事实一定要核对好。比如，唱支山歌给党听，好像在哪里看过，是不是雷锋说的？再比如，对同志像春天般温暖，是不是雷锋写的？吴冷西要求佟希文、李健羽根据总理的指示，先把事实核对好。

接了这样的指示，佟希文、李健羽等都立刻行动起来。军区让前进报社政工科长董祖修组织人整理雷锋日记。因为要得很急，雷锋日记全拆开了，整理完以后又让印刷厂整理复原。现在这些日记都有存档，《雷锋日记》的原稿至今还保存在军事博物馆。

军区同时还把雷锋的事迹汇报给军委。军委秘书长罗瑞卿专门指示"要好好宣传"。有了罗秘书长的指示，《解放军报》赶紧发表了署名本报特约记者陈广生的长篇通讯《伟大的战士》。《中国青年》杂志请毛主席、周总理题了词。1963年3月5日，毛主席的题词在全国各报发表。有了毛主席的题词，全国掀起了学雷锋的热潮。

对此，当年见证历史的佟希文、李健羽回忆说："现在看来，雷锋的宣传突破了我军历史上所有英模宣传的格局，这不是哪个人要突破的，是群众的推动，群众要求向雷锋学习。毛主席题词就是'向雷锋同志学习'，上下的心愿相当一致，所以，向雷锋学习就能学得起来。"

领袖们纷纷为雷锋题词

这么一位在全国一下子轰动起来的广大群众认可的雷锋不能不会传到毛泽东主席那里，周总理也打电话向毛主席推荐了雷锋。毛主席仔细阅读了有关雷锋事迹的报道，在屋子里激动地踱着步子。他高瞻远瞩地意识到：雷锋，一个普通的名字，在人民中如此响亮。既然人民认可他，那他就一定会有益于这个时代。

毛泽东曾经深情地对罗瑞卿说，雷锋值得学习啊。

罗瑞卿回来后就对总政治部的同志说，毛主席这样重视，我们还不抓紧吗？总政宣传部受命起草了关于《号召全军开展宣传和学习雷锋同志模范事迹的活动》的通知，总政还编发了《雷锋日记》，由解放军文艺出版社出版。《解放军报》在1963年2月9日发表了题为《像雷锋那样做毛主席的好战士》的社论。在这之前，国防部授予雷锋生前所在班为"雷锋班"光荣称号。罗瑞卿为"雷锋班"命名大会题词："伟大的战士——雷锋同志永垂不朽！"

一贯重视宣传典型的中国青年报社向团中央报告，要求在全国青年中开展学习雷锋同志的活动。团中央书记胡耀邦在办公室里激动地说："雷锋太好了！"

1963年2月初，学雷锋的春潮已经在辽宁等地涌动，许多报刊报道了雷锋的事迹。当时《中国青年》杂志一位记者在辽宁目睹了群众自发开展起来的学雷锋活动，便加紧采访，掌握了包括《雷锋日记》在内的大量素材。中国青年杂志社的领导和编辑们一致认为雷锋是个时代的典型。但是怎样宣传呢？显然，杂志要想后来居上，就要更集中一些，更有深度，更有声势。大家经过热烈讨论和研究，决定出一期学雷锋专辑，并请毛主席和周总理题词。大家又有点犹豫，毛主席工作那么忙，会不会题词？最后大家认为，毛主席非常关心《中国青年》杂志，对宣传雷锋不会不支持，便决定试试看。

大约在2月中旬，编辑部给毛主席写了一封请求题词的信，派人送到中南海西门传达室。过了两天，编辑部便打电话给毛主席办公室的同志询问主席有何表示？回答是主席还未有什么表示。又过了两天，再打电话询问，主席办公室的同志告诉说，主席已答应题词了。编辑部告诉办公室的同志，杂志在3月1日出版，能否请毛主席在2月25日前写好，出版时间需要一周。2月22日，中南海来电话，说毛主席题词已写好，请到中南海西门传达室来取。编辑部立即派出了杂志社唯一的华沙轿车，很快就捧回了毛主席的题词。

据毛主席当时的秘书林克回忆说，毛主席先让秘书拟几个题词供他参考。林克回到办公室，经过一番思索，拟好10余条题词，内容大致有："学习雷锋同志全心全意为人民服务的思想"，"学习雷锋同志鲜明的阶级立场"，"学习雷锋同志大公无私的共产主义风格"，等等。2月22日，毛主席将他写好的"向雷锋同志学习"7个神采飘逸的亲笔题词交给林克说，学习雷锋不是学他哪种先进事迹，也不仅是学他的某一方面的优点，而是要学他的好思想、好作风、好品德，学习他长期一贯地做好事而不做坏事，学习他一切从人民的利益出发、全心全意为人民服务的精神。

有了毛主席题词，中国青年杂志社的同志又研究，是独家发表，还是与其他新闻单位一同发表。经研究，大家认为：毛主席虽然是为我们题词，但这是向全国人民发出的号召，我们不能一家"垄断"。编辑部向上级作了汇报。最后罗瑞卿指示：定在3月2日，由新华社统一发表，各报同时刊登。后来，因其他宣传的需要，罗瑞卿又指示各报3月5日见报，《中国青年》杂志出版时间不变。

于是，1963年3月5日四个版的《解放军报》，在头版上，头条刊登了毛主席的题词，次头条刊登了罗瑞卿的"学习雷锋"的长信，还有关于《中国青年》学雷锋专辑的内容的消息，中央人民广播电台广播雷锋生前讲话录音的消息，雷锋事迹展览照片出版的消息；二版整版为通讯《英雄行为和高贵品德的源泉——记雷锋同志学习毛主席著作》，并配发后来歌遍全国的"唱支山歌给党听"的图文；三、四版上也是相关的消息和文艺作品。

自此，学雷锋由自发转到由宣传机构领导，学雷锋应该怎么学、学什么，都逐渐有了规定和阐释，学雷锋成为全国全民的运动。

不少人只知道周总理那脍炙人口的四句话题词："向雷锋同志学习憎爱分明的阶级立场，言行一致的革命精神，公而忘私的共产主义风格，奋不顾身的无产阶级斗志。"其实，周总理应《中国青年》杂志请求，早些时候已经写过另一则题词："雷锋同志是劳动人民的好儿子，毛主席的好战士。"

1963年的春天，北京三座门军委办公厅的一座小礼堂里，周总理对姜思毅中将说："我要给雷锋题词，请你们帮我出出主意。"姜思毅当即把总政关于学习雷锋的通知精神汇报给总理，供总理参考。总理略加斟酌，写下了现在人们熟悉的那四句话。

过后，周总理又找到了当时的《解放军报》副社长胡痴，对他说："我征求了总政同志的意见，写了几句话。但感到奋不顾身这句和前面的憎爱分明、言行一致、公而忘私几句不太对仗，请军报的同志帮我推敲推敲。"胡痴立即打电话给军报值夜班的吕梁副总编辑。吕梁和夜班的同志深为总理这种一丝不苟、不耻下问的精神所感动，立即逐字逐句地斟酌。提出了许多设想，比来比去，大家认为还是总理的题词对雷锋精神概括得比较准确，有点不对仗无伤大雅，便给周总理回了电话。周总理在电话里停顿了一会儿说："那好吧，就这样，照你们的意见办。"

中国共产党的第一代领导人朱德、刘少奇、董必武、邓小平、陈云等当时都为雷锋挥笔题了词。其中，朱德的题词为："学习雷锋，做毛主席的好战士。"

这么多的领导人都为一个普通的士兵题词，不约而同地把他的精神当作一面旗帜举起来，这在中国共产党历史上还是第一次。显然，中国共产党的领袖们正在心中勾画着一张像建设新政权一样建设精神道德大厦的宏图。

2　社会主义建设探索和曲折发展时期的外交报道

> 历史没有规律，在于它的不可重复性。按照我们所了解的历史，任何一个历史事件，任何一个历史人物，任何一个历史进程，都不可能是完全相同的。历史是不可能重复的，也不可能再重新呈现一遍，实际上也就是古希腊科学家赫拉克利特所说的：人不能两次踏进同一条河流。
>
> ——王笛《历史的微声》

"文化大革命"，这场持续近十年的政治运动让中国的新闻事业与其他行业一样在发展过程中遭遇了空前浩劫，大批新闻从业人员离开了工作岗位，大多数报纸停办，取代它们的是大批"文革小报"与"红卫兵小报"。[①] 直到1971年林彪集团被粉碎，新闻事业的种种传统才得以缓慢恢复，媒体在正义同邪恶的交战中逐渐回归本位。虽然"政治运动对社会文化系统的正常运行构成了破坏性的影响"[②]，使得新中国的新闻事业几乎陷入了停滞，但这一时期也不是完全没有优秀的新闻作品。

自1950年起，每届联合国大会都会讨论中国代表权问题，美国都以"延期讨论"为名予以否决。1971年7月，美国时任国务卿基辛格秘密访华，中美两国就关系正常化问题交换了意见，在此次会谈中，美国提出在联合国制造"两个中国"的提议，遭到周恩来总理坚决反对。同年10月25日，联合国大会举行了"恢复中华人民共和国在联合国组织中的合法权利问题"的辩论与表决，中国以压倒性优势获胜，会议决定恢复中华人民共和国在联合国的一切权

---

① 方汉奇：《中国新闻传播史（第三版）》，北京：中国人民大学出版社，2002年版，第293页。
② 常江：《中国电视史（1958—2008）》，北京：北京大学出版社，2018年版，第93页。

利,中华人民共和国政府代表是中国在联合国的唯一合法代表。经历了20余年的较量,中国终于重返联合国。新华社彭迪的这篇报道《联合国大会以压倒多数通过恢复我在联合国合法权利、驱逐蒋帮的阿尔巴尼亚、阿尔及利亚等国的提案》,不仅对提议的过程、发言的主旨,以及会后美国代表的发言等进行了详细报道,还通过具体的表决数据、美国代表的表情等细节表明"两个中国"阴谋的惨败。这篇报道被收入高校新闻学院教材,作者也因为包括这篇报道在内的很多国际报道和国际评论的出色写作,而被誉为"国际评论和报道的一个高峰"①。

中国重返联合国后,1972年2月尼克松访华,中美关系发展由此迈出了重要一步,被认为"破冰之旅"。《人民日报》刊登消息《毛泽东主席会见尼克松总统》,用极简的文字交代了所有重要信息,言辞不卑不亢。"在极短的报道文字中传递极重要的内容"这种报道手法,在后来类似重大时政新闻中颇为常见。②

1979年,中国部队在对越自卫战中,攻克了越南军事重镇谅山,对方矢口否认,欺骗世界舆论。新华社著名"情景记者"记者阎吾赴现场进行采访,通过对实物的细致观察及战后细节,反驳对方。事实胜于雄辩,这要求记者亲历新闻事件发生的现场去观察、采访和思考,提倡的是一种深入实践的采写作风以及观察和思考问题的方法。③《战后谅山》是一篇著名的"情景新闻",被评为1979年中国十条好新闻奖之一。这篇报道确凿地证明我军攻下了越北重镇谅山,粉碎了越方制造的所谓我军"没有全部攻下谅山"的谎言,及时、有力地配合了外交斗争。④

---

① 孙德宏:《中国百年新闻经典(消息卷)》,北京:人民出版社,2017年版,第93页。
② 孙德宏:《中国百年新闻经典(消息卷)》,北京:人民出版社,2017年版,第95页。
③ 黄成炬:《借鉴要这么写》,《新闻界》1994年第6期。
④ 新华社《新闻业务》编辑部:《新华文丛》,北京:新华出版社,1979年版,第10页。

全世界人民的胜利　美帝国主义的惨败
联合国大会以压倒多数通过恢复我在联合国合法权利、驱逐蒋帮的阿尔巴尼亚、阿尔及利亚等国的提案

美国和日本佐藤反动政府联合炮制的所谓"重要问题"提案遭到否决

作者：彭迪

《人民日报》1971 年 10 月 27 日

新华社二十六日讯　联合国大会十月二十五日晚结束了"恢复中华人民共和国在联合国组织中的合法权利问题"的辩论并进行表决。大会以七十六票赞成、三十五票反对、十七票弃权的压倒多数，通过了阿尔巴尼亚、阿尔及利亚等二十二个[①]国家提出的要求恢复中华人民共和国在联合国的一切合法权利和立即把蒋介石集团的代表从联合国的一切机构中驱逐出去的提案。在表决上述提案之前，美国和日本佐藤反动政府进行了绝望的挣扎，要求联合国大会首先表决它们联合炮制的所谓"重要问题"提案，即从联合国驱逐蒋介石集团是一个所谓"重要问题"，需要三分之二的多数通过。表决的结果，大会以五十九票反对、五十五票赞成、十五票弃权，否决了这个所谓"重要问题"提案。这两项提案表决的结果，使美、日合谋炮制的另一项提案，即"双重代表权"提案，成了废案。

在阿尔巴尼亚、阿尔及利亚等二十二个国家的提案被通过和美、日提案被否决的时候，会场上都爆发了长时间的、热烈的掌声。这是全世界人民的胜利，是美帝国主义操纵联合国推行强权政治、顽固阻挠恢复中华人民共和国在联合国的合法权利的阴谋的彻底破产，给了美帝国主义在联合国制造"两个中国"、分割中国神圣领土台湾的阴谋以沉重打击。它反映了世界上人心的向背和时代的潮流。说明除了美、日一小撮反动派外，大多数国家都承认中华人民共和国政府是中国的唯一合法政府，台湾是中国领土不可分割的一部分。

这次关于恢复中华人民共和国在联合国合法权利的专题辩论是从十月十八

---

① 此处或为统计失误，《人民日报》1971 年 10 月 31 日的报道改为了"二十三国"，下同。

日开始的。经过一周的辩论，约八十个会员国的代表在会上发了言。

发言的情况清楚表明：美、日制造"两个中国"的阴谋越来越不得人心，世界人民和一切主持国际正义的国家强烈反对美国及其一小撮追随者继续玩弄花招阻挠恢复中华人民共和国在联合国的一切合法权利，要求把中国在联合国的席位立即归还给七亿中国人民的合法代表——中华人民共和国政府，同时把非法窃据这一席位的蒋介石集团的代表从联合国一切机构中驱逐出去。

美国和日本的代表在发言中竭力为他们合伙炮制的两项制造"两个中国"的提案，进行鼓吹、辩解。但是他们的欺骗宣传和荒谬论点遭到了大多数代表的有力揭露和驳斥。这些代表在发言中指出，美、日炮制的这两项提案的实质，都是为了在联合国造成事实上的"两个中国"，以便长期分割中国领土、霸占中国领土台湾省，因此是不能接受的。他们严正指出，世界上只有一个中国，即中华人民共和国，台湾是中华人民共和国领土不可分割的一部分，任何"两个中国""一中一台""台湾地位未定"或其他类似的论调都是非法的、荒谬的、根本不能成立的。

面对着这一不利的局势，美国和日本的代表像热锅上的蚂蚁，到处奔走，对别国施加压力并进行欺骗拉拢活动。直到正式表决前几分钟，美国还指使某些国家出面要求推迟表决，"以便说服一些仍然动摇的国家支持美国提案"。但美日反动派的这一手法以五十三票赞成、五十六票反对、十九票弃权被大会拒绝了。接着，所谓"重要问题"提案又以五十五票赞成、五十九票反对、十五票弃权被大会否决。据西方通讯社报道，"当电子计票牌上出现表决结果，表明美国的建议被击败时，大厅里立即沸腾起来"，"挤得满满的会议厅中发出了长时间的掌声"，"热烈掌声持续了两分钟之久"，对中国友好的各国代表"高声欢笑、歌唱、欢呼"，"还有一些人跳起舞来"。

这时，"脸色阴郁"的美国代表布什又跳上讲台，还要作最后的挣扎，要求在表决阿尔巴尼亚、阿尔及利亚等二十二国提案时，删去其中关于立即驱逐蒋帮代表出联合国的一节。在代表们的反对声中，经过大会主席马利克的裁决，布什的这一企图也遭到挫败。眼见大势已去，无法再赖下去，蒋帮的所谓"外交部长"周书楷被迫宣布退出联合国组织，并随即领着他手下那一帮子人灰溜溜地离开了会场。

接着提付表决的阿尔巴尼亚、阿尔及利亚等二十二国提案以七十六票赞成、三十五票反对、十七票弃权的压倒多数获得通过。这时大会会场上再次响起了一片热烈欢呼声。

据美国通讯社报道,对于美国在联合国遭到的这样一次"最惨重的失败",美国政府人士"感到吃惊"和"表示极为失望"。布什在表决结束后发表谈话,对于这一表决结果"感到悲伤"。他懊丧地说,这是一个"丢脸的时刻","我感到极为失望"。但是,连他也不能不承认:"任何人都不能回避这样一个事实——虽然这可能是令人不快的:刚刚投票的结果实际上确实代表着大多数联合国会员国的看法。"

二十多年来,美国耍尽种种阴谋,顽固地阻挠恢复中华人民共和国在联合国的一切合法权利,但搬起石头砸了自己的脚,结果却落得不断失败和日益孤立。在五十年代,美国操纵表决机器,蛮横无理地把恢复我国在联合国的合法权利问题搁置一边。当越来越多的国家反对美国这种"拖延讨论"的手法的时候,美国从一九六一年起,又操纵表决机器,硬把恢复我国在联合国的合法权利说成是需要三分之二多数通过的所谓"重要问题"。但是,在去年第二十五届联合国大会上,出现了赞成恢复我国在联合国的合法权利、驱逐蒋帮的阿尔巴尼亚、阿尔及利亚等十八国提案的多数,美国的阴谋眼看要彻底破产。在这种情况下,美国伙同日本,在今年第二十六届联合国大会上又炮制了一个"重要问题"提案和一个"双重代表权"提案,把它们长期策划的"两个中国""一中一台"的阴谋公开端了出来。

据西方报刊报道,为了在今年联合国大会上推行"两个中国"的阴谋,美国总统尼克松亲自给许多国家的首脑写信;"美国在数十个外国首都进行了全力以赴的外交活动";罗杰斯和布什大肆活动,在联合国内外和一百多个国家的代表谈了二百多次;美国用"答应提供援助或者暗示要撤销援助"的方法进行贿赂或露骨的威胁;美国某些参议员甚至扬言:如果通过了阿尔巴尼亚、阿尔及利亚等二十二国的提案,美国将削减给联合国的经费,以此进行要挟。日本也加派要员参加它的联合国代表团,配合美国大肆进行拉票活动。但是美国和日本尽管使出了各种手法并费尽了一切心机,它们的旨在分裂中国神圣领土,制造"两个中国""一中一台"的阴谋,已经被越来越多的国家所识破,并遭到严重的挫败。

中国人民和主持国际正义的世界各国人民、各友好国家通过长期的共同斗争，取得了在联合国内挫败美、日反动派制造"两个中国"阴谋的这一重大胜利。但是，美、日反动派绝不会甘心于他们的失败，它们还在继续加紧推行"两个中国""一中一台""台湾地位未定"和"台湾独立"等罪恶阴谋。中国人民将继续保持高度警惕，同各国人民一道为彻底挫败美、日反动派的这些阴谋而继续斗争。

毛泽东主席会见尼克松总统

同他进行了认真、坦率的谈话。基辛格博士、周恩来总理等参加会见

《人民日报》1972 年 2 月 22 日

新华社一九七二年二月二十一日讯 毛泽东主席今天下午在中南海会见美国总统理查德·尼克松,同他进行了认真、坦率的谈话。

美国方面参加会见的,有总统国家安全事务助理亨利·基辛格博士。

中国方面参加会见的,有国务院总理周恩来,外交部礼宾司副司长王海容和翻译唐闻生。

战后谅山

作者：阎吾

《人民日报》1979 年 3 月 7 日

新华社广西边防前线三月六日电 记者 5 日下午访问了激战后的越南谅山省省会谅山市。随着奇穷河南岸地区和谅山西南 413 高地守敌的覆灭，枪炮声渐渐平息下来。我边防部队指战员正从各个阵地上把缴获的坦克、装甲车、导弹、火箭筒、火炮和各种枪支弹药汇集在一起。一队队中国边防战士们，精神抖擞地跨过奇穷河大桥，开赴谅山以南的各个阵地，准备迎击胆敢反扑的越军。

记者在蒙蒙雨雾中来到谅山北区的一个高地旁，看到那里停放着一辆守敌的指挥车。解送这辆指挥车的战士告诉我们，一个上了岁数、脑袋已经秃顶的敌指挥官被击毙在这辆车上。

滚滚浓烟笼罩着谅山的上空。南北市区到处是一堆堆废墟。街头巷尾到处堆放着越军丢下的武器弹药和各种食品，这些武器弹药和食品大都是过去我国作为援助物资赠送给越南的。

在谅山市西南的石山上，我们看到文庙越军炮台里的枪炮已被我军打得东倒西歪，越军的火力点二仙洞和其他一些山洞也被我军炸塌。一个边防战士笑着对记者说："他钻洞，我炸洞，在我军面前没有攻不破的堡垒！"

记者在谅山敌军的一些阵地上，看到所有的日历都没有翻到 2 月 28 日，有的翻到 2 月 27 日。可以想到，他们刚把日历翻过 26 日那一页，就被我军打得丧魂落魄，再没有能往下翻了。正像一个越南士兵在一封未发出的家信中写的那样："我们这里形势很紧张，每天都有许多人死伤，不知哪一天轮到我的头上。"

学习思考题

1. 《联合国大会以压倒多数通过恢复我在联合国合法权利、驱逐蒋帮的阿尔巴尼亚、阿尔及利亚等国的提案》的新闻导语交代了哪些信息？本篇报道按照什么顺序展开的，采用了哪些消息源的信息，除了评述性句子，作者还采用哪些方式表明立场？

2. 请结合附录2中的评论《联合国大会通过恢复我在联合国合法权利、驱逐蒋帮的阿尔巴尼亚、阿尔及利亚等国提案》和消息《联合国大会以压倒多数通过恢复我在联合国合法权利、驱逐蒋帮的阿尔巴尼亚、阿尔及利亚等国的提案》，分析新闻消息写作的特征。

3. 《毛泽东主席会见尼克松总统》共有多少字，传递了哪些信息？结合纪录片《国家记忆：尼克松访华》和附录2中的文章《尼克松来访，与日德澳新等18国建交，毛泽东1972是如何下这盘外交大棋的？》，理解《毛泽东主席会见尼克松总统》的写作背景，以及这篇报道"在极短的报道文字中传递极重要的内容"报道手法形成的原因。

4. 《战后谅山》描写了战场中的哪些地方与细节？思考作者如何通过对战后细节和实物的细致观察有力反驳越南媒体，引导世界舆论。

5. 什么是"情景新闻"？

附录 2

联合国大会通过恢复我在联合国合法权利、驱逐蒋帮的阿尔巴尼亚、阿尔及利亚等国提案

《人民日报》1971 年 10 月 31 日

十月二十五日,联合国大会以七十六票赞成、三十五票反对、十七票弃权的压倒多数,通过了阿尔巴尼亚、阿尔及利亚等二十三个国家提出的要求恢复我国在联合国的一切合法权利,并立即把蒋介石集团的代表从联合国及其所属一切机构中驱逐出去的提案。这是毛主席无产阶级革命外交路线的胜利。这是全世界人民的胜利,是美帝国主义的惨败。

自本届联合国大会讨论恢复中国在联合国合法权利的问题以来,把中国在联合国的席位立即归还给七亿中国人民的唯一合法代表——中华人民共和国,把蒋介石集团的代表从联合国及其所属一切机构中驱逐出去,成为越来越响亮的正义呼声。而美国和日本炮制的所谓驱逐蒋帮需要三分之二多数通过的"重要问题"提案和公开制造"两个中国""一中一台"的"双重代表权"提案,却十分不得人心。在二十五日的投票表决中,大会先以五十九票反对、五十五票赞成,否决了美日炮制的"重要问题"提案。这时,美国代表布什跳上台,硬要在表决阿尔巴尼亚、阿尔及利亚等二十三国提案时,删去其中关于立即驱逐蒋帮代表出联合国的一节。布什的这一无理要求也在一片反对声中被挫败。最后,在热烈的欢呼声中阿尔巴尼亚、阿尔及利亚等二十三国提案以压倒多数获得通过。这一胜利充分表明了世界人心的向背,也反映了一两个超级大国操纵联合国和国际事务,推行强权政治的蛮横做法,遭到了愈来愈多的国家的坚决反对。全世界人民和对我国友好的国家都为这一胜利欢欣鼓舞,美日反动派却对它们的失败悲伤失望。

二十多年来，美国竭力阻挠恢复我国在联合国的合法席位。从一九四九年新中国成立起，美国就用"拖延讨论"的手法，操纵表决机器，阻挠联合国大会讨论恢复中国合法权利问题。随着我国国际威望的日益提高，从一九六一年起，美国被迫变换手法，一面表示"赞成"讨论"中国代表权问题"，一面又硬把恢复中国在联合国的合法权利说成是需要三分之二多数才能通过的"重要问题"，继续操纵表决机器，进行阻挠。

但是，随着美国在全世界霸主地位的日益衰落，在去年第二十五届联合国大会上，阿尔巴尼亚、阿尔及利亚等十八国提出要求恢复中国在联合国的合法席位、立即驱逐蒋帮的提案，以五十一票对四十九票（其中有蒋帮一票）、二十五票弃权，第一次获得通过。只是由于美国的所谓"重要问题"的非法提案也获得通过，美国才得以再一次阻挠恢复我国在联合国的合法权利。

美帝看到形势对它日益不利，它的非法提案越来越站不住脚，因此在今年的联合国大会上，伙同日本佐藤反动政府共同炮制了一个所谓"重要问题"提案和一个"双重代表权"提案，并且用尽了种种手段，大肆活动，为它们的提案拉票。但是，不管美日反动派怎样挣扎，它们在联合国里长期阻挠恢复我国合法权利、制造"两个中国"的阴谋，终于遭到了惨重的失败。

我国政府在十月二十九日发表声明，对坚持原则、主持正义的一切友好国家的政府和人民表示衷心的感谢。声明指出，美日反动派不甘心于他们的失败，正在继续推行"两个中国"的阴谋。我国政府严正宣布，联合国大会通过的正义决议，必须迅速得到全面实现，蒋介石集团的代表必须从联合国组织及其所属一切机构中驱逐出去。声明指出，大小国家一律平等，任何一个国家的事，要由这个国家的人民来管；全世界的事，要由世界各国来管；联合国的事，要由参加联合国的所有国家共同来管；这是当前世界不可抗拒的历史潮流。中国永远不做欺负其他国家的超级大国。声明宣布，我国政府即将派出自己的代表参加联合国工作，并将同一切爱好和平和正义的国家和人民站在一起，为维护各国的民族独立和国家主权，为维护国际和平、促进人类进步的事业而共同奋斗。

中国人民坚决拥护我国政府的声明，并将保持高度警惕，决心为粉碎美日反动派继续推行"两个中国""一中一台""台湾地位未定""台湾独立"等等分裂中国领土的罪恶阴谋而斗争到底。

尼克松来访，与日德澳新等18国建交，毛泽东1972是如何下这盘外交大棋的？

作者：黄卫　宋春丹

《中国新闻周刊》2022年2月21日

一盘外交大棋

"其实这个公报没把基本问题写进去。基本问题是，无论美国也好，中国也好，都不能两面作战。口头上说两面、三面、四面、五面作战都可以，实际上就是不能两面作战。当然写进去也不好喽！"

尼克松访华前夕，1972年1月，在中南海游泳池住处与周恩来等谈及中美联合公报草案时，毛泽东用他惯有的幽默口吻如是说。

当时中国面对的困境远不止"两面作战"。1969年3月，九大召开前夕，毛泽东在谈到对外关系时说："缓和一点好。我们现在孤立了，没有人理我们了。"

正是这样的内忧外困，促成了转机的到来。战略家毛泽东与极富外交才华和组织能力的周恩来联手，走出了邀请尼克松访华这一步反转之绝杀，使得满盘皆活，中国外交出现历史性转向。

与尼克松"吊膀子"

"我来给尼克松解解围。"从新华社内部刊物《参考资料》上看到外电评论"尼克松是打着白旗到北京来的"，毛泽东笑着对身边的工作人员说。

1972年2月21日上午，他一睡醒就叫护士长吴旭君去了解尼克松专机的具体到达时间。吴旭君打了五次电话，最后一次得知专机马上就要在首都机场着陆。毛泽东让她打电话给周恩来，请尼克松总统直接从机场到游泳池来，自己立刻会见他。

关于毛泽东是否会见尼克松，此前一直是一个悬念。美方总是问：毛泽东主席何时会见总统？中方照例答：现在还无法确定。

无法确定与毛的身体状况有关，"九一三事件"后他的身体状况急转直下，同时也不无策略上的考虑，他曾说"要学诸葛亮留一手"。

如果说这是一盘大棋,毛泽东已经耐心地布局多年了。

早在 1967 年 10 月他就注意到了尼克松在美国《外交季刊》上发表的一篇文章:"在这个小小的星球上,容不得使 10 亿最有才能的人民生活在愤怒的孤立状态中。"他预测尼克松会当选,并看好这位共和党"右派"总统,认为此人是合适的打交道对手。他说,要打开中美僵局,选择对手这点很重要。

1970 年国庆前,国内数次急电中国驻法大使馆,寻找斯诺,邀请他访华。国庆节时斯诺出现在天安门城楼上,毛泽东还与他长谈,称之为释放了一个"探空气球",可惜粗神经的西方人没有领会到。随后就有了众所周知的"乒乓外交",小球玩转大球。毛泽东戏称,自己在与尼克松"吊膀子"。

他确实没有看错时机和选错对手。尼克松 1969 年初上台之时,美国相对于苏联的决定性优势已不复存在,尼克松想借助打开与中国的关系来玩转美苏中"大三角"外交,塑造新的均势,结束越战。而他以强硬的反共立场起家,没有政治包袱,且行事风格不走寻常路,因此能在西方大国首脑中率先访华。

对比一下第一个与中国建交的西方大国法国的情况,就很容易看出尼克松此举一点都不简单。

中法 1964 年建交后,特立独行、喜欢迈大步的戴高乐总统很希望访问中国,给自己的回忆录写下"与毛泽东会晤"的完美终章,但法方想请周恩来先访法,以免造成法国有求于中国的印象。而中国在与西方的高层互访上也坚持"彼先来我后往"的原则,故以日程已有安排为由婉拒了邀请,转而邀请蓬皮杜总理访华,蓬皮杜也同样婉拒了。直到 1973 年蓬皮杜才访华,那时他已是蓬皮杜总统了。

基辛格后来说,确实是尼克松想出了对华主动这个主意,并冒着国内政治风险以过人的胆略推进它。访华前,基辛格在给尼克松的备忘录中说:我们无疑会遇到那种"中央大国"的复杂心理,认为我们是来向这个文化和政治中心朝贡的,但是只要我们对于我方在历史上的地位和国家的力量具有充分的信心,对于这类的"虚荣心"也是可以容忍的。

1972 年 2 月 21 日下午三时许,毛泽东和尼克松这两位棋逢对手的政治家终于在毛的书房见面了。尼克松回忆,握手达一分钟之久,"这一动人的时刻在谈话的记录里大概没有写进去"。

"写进去的不如没有写进去的重要"

当尼克松夫妇及大批随从人员在好客的主人陪同下马不停蹄地饱览中国的名胜古迹之时,基辛格却哪也没去,与乔冠华关在房间里就联合公报的未尽部分进行最后的谈判。

公报的主要内容在基辛格上次访华时已达成协议,尤其是突破了其中最困难也是最重要的表述,即:"美国认识到,在台湾海峡两边的所有中国人都认为只有一个中国,台湾是中国的一部分。美国政府对这一立场不提出异议。"

当时在外交部美大司美国处工作、后担任了外交部档案馆馆长的廉正保告诉《中国新闻周刊》,周恩来后来在讲解中美联合公报时谈道:"这句话是基辛格贡献的,我们挖空心思也没有想出来。这样人民的意见也表达出来了,所以博士还有博士的好处。我们原来提'台湾是中国的一个省',蒋介石也是这么说的,但美方坚持要改称'一部分',因为他们国内有人反对。我们同意了,因为'一个省'和'一部分'是一样的。'美国政府对这一立场不提出异议'一句中的'立场'二字也是美方提出的。"

现在剩下的主要问题是,关于美国从台湾撤军的表述,双方仍有不小差距。

乔冠华提出的方案是,美国"将逐步减少并最终从台湾撤出全部美国武装力量和军事设施",基辛格拒绝了,说这会破坏整个关系,因为美国公众绝不会答应。基辛格提出的折中方案是,将撤军与和平解决台湾问题、缓和远东紧张局势的"前提"联系起来。乔在研究、请示后也拒绝了。

这样就陷入了僵局。基辛格问,如果找不到可为双方接受的措辞怎么办?乔冠华回答说,这就难说了,达不成协议不发公报也可以。这让基辛格有些紧张,因为如果公报不能发表,尼克松访华成果就无法体现。

最后,又是"博士"想到了一个主意,把撤军这句话拆成两句来说,这样就可以表达更微妙的意思。乔冠华立刻表示有些兴趣,还进一步提出用"前景"来代替"前提",基辛格觉得这样更好。大功终于告成。

事实上,美国在台湾的驻军只有8000多人,主要是为美军在东南亚的活动服务的通信人员。基辛格说,双方都明白,美国在台湾防务中的作用并不依靠这点军队,而主要是由1955年的美蒋《共同防御条约》所规定的(该条约在中美建交后于1980年1月1日终止),但在公报中都没有提到这一点,实际上是把台湾问题暂时搁置起来了。基辛格感叹："中国领导人尽管富于魅力和意识形态热情，但他们是我所见到的最不动感情地推行均势政治的人。"

他说，尼克松访华的真正意义并不是签订了什么正式协议，而是两个强大国家的领导人互相"估量"了对方，并且认定他们能够执行并行不悖的外交政策，使国际关系发生了革命性的转变。但联合公报仍然是至关重要的，因为有必要对新的关系作一个正式表述，这在中美人民和全世界面前是一个象征，必须能"镇住中国意识形态领域中的左派和美国保守的右派的批评"。

当然，美国国内的批评是尼克松必然会面对的。一些人批评尼克松是"叩头外交"，认为他作的重大让步只换回了一些比较次要的东西，中国人在这场交易中占了便宜。一位观察家挖苦说："他们得到的是台湾，我们得到的是蛋卷。"但随着时间的推移，尼克松的中国之行越来越被认为是一个巨大的成功：与中国的关系发生了革命性变化，与莫斯科讨价还价的地位几乎立竿见影地改变了，越南问题不再像一个不可解脱的梦魇。

美国之外的一些媒体可谓旁观者清。日本 NHK 评论说，公报中写进去的东西不如没有写进去的东西更重要。法新社说，它是中美关系在经过 22 年分裂后进入新时期的真真确确的出生证。德国《法兰克福汇报》写道，尼克松说这是"改变世界的一周"，听起来得意忘形，但可能是有道理的。

"悄悄等待其屈服"

毛泽东曾说，中美关系是一把钥匙，这个问题解决了，其他问题就迎刃而解了。这一点，很快以推倒多米诺骨牌之势显现出来。

被推倒的第一块骨牌是英国。

此时，英国与中国的建交"马拉松"已持续了 20 多年。英国 1950 年 1 月就宣布承认中华人民共和国政府，是最早承认新中国的西方大国。1954 年 6 月两国互派代办，实际上处于一种"半建交"状态。1971 年 10 月英国在联合国的中国代表权问题上投票支持中国，消除了两大障碍中的一个，剩下的就是英国所持的"台湾法律地位未定论"了。

英方建议，参照加拿大等国的表述方式。1970 年 10 月中加建交，建交公报称："中国政府重申：台湾是中华人民共和国领土不可分割的一部分。加拿大政府注意到中国政府的这一立场。"加拿大开了这个好头后，各国纷纷效仿，到尼克松访华前，意大利、比利时、秘鲁、冰岛、马耳他、阿根廷等国都以

"注意到"这种表述方式与中国建交。

但中国政府不同意。中方指出,英国与这些国家不同,是《开罗宣言》和《波茨坦公告》的签字国,签字支持台湾归还中国,后来却放弃这一立场,参与制造了"台湾地位未定论",因此必须在这个问题上明确表态。

中美上海公报公布后,英国尴尬了。英国《卫报》记者观察道,中国人目前在外交中处于有利地位,因此仅仅是"悄悄地等待英国在不可避免的情况面前屈服"。

熊向晖曾回忆,1971年10月26日,基辛格第二次访华离开当日,也是26届联大通过恢复中华人民共和国合法席位决议的当晚,毛泽东在游泳池住处召集周恩来、叶剑英、乔冠华、熊向晖等开会,他谈到,等尼克松来访时,英国就可能接受我们的条件,就可以交换大使了,熊向晖还回他的"老窝"去(熊曾任中国驻英代办)。不过,没等与英国建交,1972年2月中国与墨西哥建交,或许因其处于美国后院的特殊地位,熊向晖被任命为墨西哥大使了。

英国的让步来得很快。1972年3月13日,中英签署建交公报,其中关于台湾问题的表述是:"联合王国政府承认中国政府关于台湾是中华人民共和国的一个省的立场,决定于1972年3月13日撤销其在台湾的官方代表机构。"

香港《南华早报》总编辑罗宾·哈奇森评论道:英国事实上比其他国家退让得更多吗?答案是肯定的。但伦敦没必要对它的让步感到遗憾,因为它不过是肯定了1950年就做出的正确决定。

两个月之后,总是与英国神同步的荷兰也与中国将外交关系升格为大使级。荷兰于1950年3月宣布承认中华人民共和国政府,1954年11月双方互派代办。与英国一样,荷兰也在建交公报中承认了中国政府关于台湾是中华人民共和国的一个省的立场。

"现在到了火候了"

"只要田中首相能到北京当面谈,一切问题都好商量。"

1972年7月上旬,在中日备忘录贸易办事处驻东京联络处的办公室中,随团来访的外交部亚洲司日本处处长陈抗召集联络处首席代表肖向前和前任代表、当时率上海芭蕾舞团访日的孙平化开会,要他们争取当面向田中首相转达周恩来总理的邀请,并转达上述意思。

周恩来还指示说:"毛主席对我说,应该采取积极的态度,毛主席的思想和战略部署我们要紧跟。能来谈就好，谈得成也好，谈不成也好，总之现在到了火候了，要抓紧。"

孙平化是7月4日率团赴日的。当时去日本需要取道香港，他们从北京启程时还是佐藤内阁时代，到东京时已是田中内阁时代了。

中美上海公报给了长期追随美国和亲台的佐藤内阁"越顶外交"之后的又一次巨大冲击，佐藤托人秘密带话要求访华，被周恩来拒绝，佐藤内阁不久就倒台了。田中角荣当选当天就表示，要加速实现同中国的邦交正常化。

在前日本外相、促进恢复日中邦交议员联盟会长藤山爱一郎这位老朋友的穿针引线下，孙平化和肖向前几次见到了日本外相大平正芳，相谈甚欢。

8月15日，田中角荣在东京帝国饭店正式会见了他们。他们正式转达了周恩来的邀请，田中角荣表示感谢，说已决定访华，为万无一失考虑暂不确定具体时间，以收"有终之美"。他还问，北京的气候什么时候最好，孙平化等说，九十月间秋高气爽，最为宜人。

藤山爱一郎向孙平化提议，艺术团回国时不要再远道绕香港了，可以由日航和全日空各提供一架包机，把他们直接送回上海。当晚孙平化向国内汇报了此事，还说飞香港的机票早已订好，包机兴师动众似无必要。没过两天，传来国内指示：接受藤山的好意和安排。回国后孙平化才知道，周恩来在他那份电话报告记录上写下了批语：不对，很有必要！这是政治。

这两架包机成为战后中日之间的首航班机，相当于为田中角荣的访华作了试航。

田中角荣抵达北京的9月25日，果然是一个晴空万里的好天气。

此前田中角荣一直有个隐忧，就是中国会以较低规格接待他。事实上，中国方面的气氛"比美国总统尼克松访华时热得多"。深受触动的田中挥毫作了一首汉诗："国交途绝几星霜，修交再开秋将到。邻人眼温吾人迎，北京空晴秋气深。"

但当晚的欢迎宴会上就出现了不和谐音。田中在致答词时说："我对日本过去给中国人民添了很大的麻烦，再次表示深刻反省之意。"第二天会谈时周恩来指出，在汉语中只有日常轻微过失才能叫"添了麻烦"，日本军国主义发动的侵华战争绝不能用"添了麻烦"搪塞过去。在他作长篇发言时，日方人员一直低头听着，既没有进行辩解，也没有表示接受。

就在双方分歧严重、气氛最低落的时候，毛泽东出面，在游泳池会见了日本客人。

他第一句话就指着周恩来问田中角荣，他与你吵架吵完了吗？他没有为难你吗？田中回答，没有，没有，周总理和我谈得很好，而且有时候也是"不打不成交"呀。毛泽东又指着姬鹏飞问大平正芳，他没有欺侮你吗？大平回答，没有，没有，我们是在友好的气氛中交换意见的。

会见气氛十分轻松。临别前，毛泽东还向客人赠送了《楚辞集注》。

担任会见翻译的周斌曾告诉《中国新闻周刊》，这次会见是礼节性的，没有涉及任何实质问题，但会见本身就清晰地传递了一个最重要的信息：中国是真心实意欢迎他们来访，真心实意希望实现两国关系正常化的，因此也期待日方相向而行。

此后，会谈开始向好。到9月28日晚，《中日联合声明》的具体内容已全部达成协议，只空着前言中一段话，即对日本侵华历史如何表述。

周斌记得，时间一秒一秒过去，已过凌晨一时，姬鹏飞和大平正芳两位外长依然你看看我，我看看你，等着对方首先表态。

这时，大平下决心似的从上衣口袋里取出一张纸条，说："姬部长，这是我方所能作出的最大限度的让步。"他念道："日本方面痛感日本国过去由于战争给中国人民造成的重大损害的责任，表示深刻的反省。"日方翻译随即将之译成中文。姬鹏飞又请大平将纸条递过来，命令周斌一字一句正确无误地重新翻译一遍。

长时间沉思后，姬鹏飞建议休息十分钟。两位外长一个快步出了钓鱼台18号楼（周恩来当晚就住在钓鱼台别的楼），一个慢步上了二楼田中的卧室。约15分钟后复会，姬鹏飞表示，同意大平外相的建议。

9月29日上午，《中日联合声明》在北京签字。日本媒体称，日中之间漫长的"冰封雪冻时代"由此结束了。日本《产经新闻》报道，一项对一千人的民意调查显示，支持和欢迎日中恢复邦交者占全体的97.8%。

美国《纽约时报》一篇文章写道：林登·约翰逊和理查德·尼克松关于一个新亚洲的昔日梦想正在迅速地变成现实，不过这不是他们所想象的由美国管理的合作社。在从尼克松总统变戏法般的外交所造成的冲击中恢复过来之后，我们的亚洲朋友们急不可待地自己也前往北京去。由九个成员国组成的亚太理事会最近举行的部长会议上也普遍存在同样的与中国和解的情绪。韩国总统朴正熙说:"我们要是愚蠢地墨守成规,违反正在出现的新时代潮流,那是吃不消的。"一个真正的新亚洲正在出现。

以反对党促执政党

就在《中日联合声明》签字这一天,一条重大公告在中国和联邦德国同时发布:双方今天成功地结束了就建立外交关系和互派大使问题进行的谈判,联邦德国外长谢尔将于10月10日访华,签署公报。

与联邦德国进行建交谈判的人,是新华社波恩分社记者王殊。

王殊以前一直在第三世界工作,并不懂德语。1969年,新华社根据周恩来指示开始恢复"文革"中由于全部记者被调回而陷于瘫痪的国外分社。那时只有一个为数很少的工作小组对驻外记者进行审查,审查要查上下左右三代,至少需要半年,而波恩只有新华分社一家机构,不能没有人,因此就将已办完出国手续的王殊先派去顶缺。

王殊去时,联邦德国与中国关系冷淡,贸易额也很小。新上台的勃兰特政府奉行与苏联和东欧和解的"新东方政策",因中苏敌对,对发展与中国的关系并不积极。但自从1970年底中国与加拿大和意大利建交开始,尤其是尼克松访华的消息宣布后,联邦德国内部呼吁与中国建交的声音开始多起来。

1972年1月底,在罗马尼亚大使馆的招待会上,王殊遇到了在野的基民盟副主席、前外交部长施罗德。施罗德曾两次对记者谈起希望去北京与中国领导人就两国关系交换意见,王殊便问他有何具体想法。他想了一下之后说这里说话不太方便,约王殊改天到他在议会的办公室去谈。

谈话那天是2月21日下午,恰好是尼克松开始访华那天。施罗德很热忱,但就是不直接说出他的想法,王殊不得不像记者一样提了一大堆有关德国和欧洲局势的问题,谈了两个小时还没谈到正题。王殊终于领会到了他的老外交家风格:担心如果先说出来遭到冷遇,会有损脸面。王殊于是不再兜圈子,直截了当地提到访华之事,他才表示,愿意在方便时去访问,王殊问什么时间比较方便,他又不说,只表示愿意听从中方安排。

王殊向国内汇报后,3月中接到了外交部的电报,指示他邀请施罗德访华。

这个决定是周恩来反复思考后作出的。在打开与美国的关系后,毛泽东和周恩来最关心的是同日本和联邦德国的关系问题。周恩来与外交部多次研究后认为,联邦德国勃兰特政府推行"新东方"政策,对与中国建立关系顾虑重重,因此邀请反对党领导人访华对推动两国关系有利。但这个人选很重要,既要对执政党形成压力,又不能得罪政府太多,而施罗德有反对党领导人和议会外交委员会主席的双重身份,过去担任过外交部长和国防部长,声誉不错,又为人谨慎。因此决定以中国外交学会的名义,针对施罗德的议会外交委员会主席身份而不是反对党副主席的身份提出邀请。

7月15日,施罗德携夫人到达北京。在与乔冠华的单独会谈中,他说,来之前与勃兰特总理和谢尔外长讨论过,得到的印象是他们都欢迎两国建交。因此希望双方尽快举行会谈,争取在11月联邦德国大选前达成协议,届时谢尔访华。他拿出联邦德国外交部起草的谅解备忘录,请中方考虑,乔冠华看后觉得与中方想法基本相符,作了少许修改后,双方签了字。

签字后,周恩来会见了施罗德与夫人,进行了五个小时的非常友好的谈话。他说,两国建交的时机已经成熟。中美和中日之间存在关系正常化问题,但联邦德国没有这方面的问题。它从来没跟蒋介石政权发生联系,这一点恐怕要归功于阿登纳总理,他是有远见的。

施罗德访华后,联邦德国内部支持与中国建交的呼声高涨。《法兰克福汇报》的一篇报道写道,现在联邦德国里大概很难找到一个人,无论是执政党或反对党的政治家,或者是普通选民,会认为波恩马上和北京建立正式关系是不正确的。这篇报道还预计,在双方正式建交前执政党领导可能需要先访问中国。

7月间,王殊被急召回国,周恩来亲自面授机宜。周恩来考虑到他是记者身份,与联邦德国政界和其他高层人士联系会有困难,指示外交部礼宾司安排他参加一些外事活动,名字见报,让他"出出名"。

他到京时施罗德一行已离京去外地访问了,那几天没有什么与欧洲相关的外事活动,因此他被安排参加了李先念副总理为日本公明党代表团举行的晚宴,第二天名字出现在显要位置,惹得熟人奇怪地问他怎么管起日本的事情来了。过几天,他又被安排参加了八一建军节招待会,名字排在外交部部长助理章文晋之前。他见了章文晋很不好意思,章文晋笑笑说没关系。

不久,王殊被任命为与联邦德国谈判建交的中方代表。外交部从民主德国使馆调来梅兆荣等协助他工作。

90年代后担任中国驻德国大使的梅兆荣告诉《中国新闻周刊》，谈判一开始比较顺利，后来德方突然提出西柏林地位问题，要求中方确认西柏林对外由联邦德国政府代表，并签署议定书。柏林问题是战后东西方矛盾的焦点问题，中方提出两国建交不应与西柏林地位挂钩，更无需签议定书，但今后在处理具体问题时会考虑西柏林已形成的实际情况。几个来回之后，德方建议在谈判代表草签公报时由德方宣读中方上述表态的实录，中方不予否认，这个主要难题就这样解决了。

1972年10月，谢尔率庞大代表团访华，与姬鹏飞在人民大会堂正式签署了建交联合公报。公报干脆利落，只有一句话：中华人民共和国政府和德意志联邦共和国政府1972年10月11日决定建立外交关系并在短期内互派大使。

"用筷子一样的外交"

"现在是改变的时候了。"

12月2日，以这句话为口号的澳大利亚工党在大选中获得惊人胜利，把自由党和乡村党组成的保守党联合政府赶下了台。工党领袖惠特拉姆1971年7月应周恩来之邀访问了中国，此后不断向选民作出与中国建交的承诺。

战后澳大利亚的外交是以与美国结盟为基轴的，以应对所谓的"中国威胁论"。60年代中国向澳大利亚购买了大量小麦，但走出困难时期后，中国农业连续丰收，粮食进口量相对减少，因此开始向建交国倾斜。1970年10月中国与加拿大签订了1.42亿元的小麦购买新合同，对澳小麦局再三提出的续订小麦合同则予以谢绝，并将原因归于澳政府的敌视中国政策，震动了澳政府。

中国与加拿大和意大利建交后，澳重新审订对华政策，将中国的联合国会籍问题视为发展外交关系的先决条件。中国在联合国的合法席位恢复之后，澳不得不再次修订对华政策。外交部长鲍恩向内阁提出了"简单承认"中国的方案，表示不愿"屈从北京要澳抛弃它的朋友的条件"。

当时尼克松即将访问中国，澳内阁决定暂缓决定，等待中美会晤结果。上海公报发表后，澳总理麦克马洪评论说美国奉行的是在可以接受的条件下实现与中国关系的正常化，这与澳政策是完全一致的，期望澳也能以这样的表述方式处理台湾问题。

当时中澳在巴黎有一个对话途径，麦克马洪指示驻法大使艾伦·雷诺夫试探中国驻法大使黄镇的态度，黄镇表示不能接受"简单承认"的方案。

田中角荣的中国之行使得麦克马洪政府雪上加霜。英国《卫报》评论说，田中的访问实际上是在一个统一的集团的发达两翼（即日本和澳大利亚）上打开了一个重要缺口，澳大利亚的政策支柱遭到了破坏。中国人可能相信，他们不需要等很久澳大利亚的政治力量就会转为对他们有利了。

这一天来得很快。

澳工党政府上台后，立刻恢复了与中国的建交谈判。23年在野的工党，与中国14天谈判成功。关于台湾问题的表述采用了英国模式，即"承认中国政府关于台湾是中华人民共和国一个省的立场"，澳政府确认1973年1月25日前从台湾撤走其官方代表机构。12月21日，中澳建交。

在新西兰，同样是工党战胜了保守党政府上台，同样是光速与中国谈判成功，关于台湾问题的表述也采用同一模式。12月22日，中新建交。新西兰成为与中国建交的第87个国家，这也是中国1972年建交行动的收官之作。新西兰新任总理诺曼·柯克说，中国重新进入了世界事务的主流，它在亚洲和太平洋的影响是巨大的，并且必然要增长。

这一年中国还与马耳他、墨西哥、阿根廷、毛里求斯、希腊、圭亚那、多哥、马尔代夫、马达加斯加、卢森堡、牙买加、乍得建交，共达18个，是新中国建交国家最多的一年。日本媒体感叹，中国在今年的国际外交舞台上成了"台风中心"，在该布局的地方已经布局完了。

1972年11月，尼克松在大选中赢得了537张选举人票中的520张，以压倒性优势连任总统。1973年1月，越南和平协定在巴黎签署。越南问题解决后，基辛格再次访华，双方同意在对方首都设立中美联络处。用基辛格的话，除了名义以外，双方实际享有了外交关系。

1973年2月17日晚，毛泽东在游泳池会见了基辛格，周恩来在座。毛泽东说：越南问题可以算是基本解决了。基辛格说：我们感觉是这样，我们现在需要一个走向平静的过渡时期。毛泽东说：我们也需要嘛。你们的总统坐在这里讲的，我们两家出于需要，所以就这样，（把两只手握在一起）hand in hand。基辛格说：我们双方都面临同样的危险，我们可能有时不得不运用不同的方法，但目标相同。毛泽东说：只要目标相同，我们也不损害你们，你们也不损害我们。有时候我们也要批你们一回，你们也要批我们一回。你们总统说是叫"思想力量"的影响,就是说:"共产党去你的吧!共产主义去你的吧!"我们就说:"帝国主义去你的吧!"

1972年年末,奥地利《皇冠报》刊登了记者恩斯特·特罗斯特撰写的文章,题为《用筷子》。他说,还不到一年,北京就通过令人吃惊的外交攻势夺取了世界政治舞台上的一个突出的位置,中国尽管在经济和军事上的力量是薄弱的,却在这个位置上与超级大国美国和苏联平起平坐。世界分成东西两部分的情况已成过去。

"北京用像使用筷子那样灵巧的外交取得了他们的最大成就。苏联孤立中国的企图完全失败了,因为中国不再自我孤立了。"他写道。

3 改革开放后的探索与超越

  邓小平无法忍受"令人陶醉"的个人崇拜，公共建筑里基本不摆放邓小平塑像，人们家中也几乎见不到悬挂他的画像，很少有歌颂他成就的歌曲与戏剧。对"文革"可以做一般性公开讨论，但不要纠缠于细节，这只会揭开伤疤，加重过去的敌意，很可能造成新的冤冤相报。

——傅高义《邓小平时代》

  本章选取了7篇报道，分三大主题，其中"改革开放初期拨乱反正、如履薄冰的艰难探索"选取了2篇报道，"20世纪80年代青年的人生道路与人生观大讨论与典型人物报道"选取了2篇报道，"新闻界舆论监督的尝试与经济建设报道"选取了3篇报道。

  1976年"四人帮"被粉碎之初，新闻工作者便投入到对极左新闻实践的批判工作中，并进行如履薄冰的艰难探索。在拨乱反正的过程中，新闻媒介不仅重新重视新闻的客观性、真实性、公正性，恢复党的新闻工作传统，还积极发挥起宣传、组织特别是舆论引导的作用。其中影响最大、意义最深的是新闻媒介从批判"两个凡是"开始的关于真理问题的大讨论。[①] 1978年5月11日，《光明日报》以"本报评论员"名义发表的《实践是检验真理的唯一标准》，从理论上否定了"两个凡是"，为深入反思"文化大革命"和推进改革开放奠定了坚实的理论和舆论基础，拉开了中国思想解放的序幕。

  1978年12月中共十一届三中全会召开，全党全国的工作重心转移到社会主义现代化建设上。会议召开后不久，社会上出现了一股反对农村改革的冷

---

① 黄瑚：《中国新闻事业发展史论（第二版）》，上海：复旦大学出版社，2015年版，第327页。

风。《辽宁日报》农村部决定分几个小组赴农村做调查研究，摸清情况，然后对当时农村形势作出判断。经过调查发现，农民对中共十一届三中全会会议精神非常认同，认为这次会议让农民"火"起来了。范敬宜深入农村调查，掌握了大量一手资料，撰写述评《分清主流与支流　莫把"开头"当"过头"》，以有力的事实和精辟的议论驳斥了"生产队自主权强调过了头"的论调，在新闻实践层面践行了"实践是检验真理的唯一标准"。

20世纪80年代，社会充满了困惑。新旧意识形态交织，冲击着青年群体的认识与思想，他们开始了对"人生的意义"的重新思索和认真讨论。在这场讨论中，窥见了自私主义、拜金思潮等思想的蔓延，为了巩固社会主义精神文明建设，许多"身负重任"的典型人物开始涌现出来，帮助青年们寻找"人生的意义"。张海迪正是其中具有代表性的一个。报道《生命的支柱——张海迪之歌》对人物个性与真情实感进行了描述，卸掉了说教的面具。《乔安山的故事》亦是这一时期典型人物报道的代表性作品。

随着社会经济的发展，20世纪80年代经济类报道逐渐增多，同时出现了一些优秀的舆论监督报道，《渤海2号钻井船翻沉事故说明了什么？》《改革开放缩小了我国城乡人民的生活差距》《真正的"秘密武器"——齐鲁纪行之一》就是这一时期新闻界舆论监督与经济建设报道的代表性作品。

主题 3-1　改革开放初期拨乱反正、如履薄冰的艰难探索

实践是检验真理的唯一标准

作者：本报特约评论员

《光明日报》1978年5月11日

　　检验真理的标准是什么？这是早被无产阶级的革命导师解决了的问题。但是这些年来，由于"四人帮"的破坏和他们控制下的舆论工具大量的歪曲宣传，把这个问题搞得混乱不堪。为了深入批判"四人帮"，肃清其流毒和影响，在这个问题上拨乱反正，十分必要。

检验真理的标准只能是社会实践

　　怎样区别真理与谬误呢？1845年，马克思就提出了检验真理的标准问题："人的思维是否具有客观的真理性，这并不是一个理论的问题，而是一个实践的问题。人应该在实践中证明自己思维的真理性，即自己思维的现实性和力量，亦即自己思维的此岸性。关于离开实践的思维是否具有现实性的争论，是一个纯粹经院哲学的问题。"（《马克思恩格斯选集》第1卷第16页）这就非常清楚地告诉我们，一个理论，是否正确反映了客观实际，是不是真理，只能靠社会实践来检验。这是马克思主义认识论的一个基本原理。

　　实践不仅是检验真理的标准，而且是唯一的标准。毛主席说："真理只有一个，而究竟谁发现了真理，不依靠主观的夸张，而依靠客观的实践。只有千百万人民的革命实践，才是检验真理的尺度。"（《新民主主义论》）"真理的标准只能是社会的实践。"（《实践论》）这里说"只能""才是"，就是说，标准只有一个，没有第二个。这是因为，辩证唯物主义所说的真理是客观真理，是人的思想对于客观世界及其规律的正确反映。因此，作为检验真理的标准，就不

能到主观领域内去寻找，不能到理论领域内去寻找，思想、理论、自身不能成为检验自身是否符合客观实际的标准，正如在法律上原告是否属实，不能依他自己的起诉为标准一样。作为检验真理的标准，必须具有把人的思想和客观世界联系起来的特性，否则就无法检验。人的社会实践是改造客观世界的活动，是主观见之于客观的东西。实践具有把思想和客观实际联系起来的特性。因此，正是实践，也只有实践，才能够完成检验真理的任务。科学史上的无数事实，充分地说明了这个问题。

门捷列夫根据原子量的变化，制定了元素周期表，有人赞同，有人怀疑，争论不休。尔后，根据元素周期表发现了几种元素，它们的化学特性刚好符合元素周期表的预测。这样，元素周期表就被证实了是真理。哥白尼的太阳系学说在300年里一直是一种假说，而当勒维烈从这个太阳系学说所提供的数据，不仅推算出一定还存在一个尚未知道的行星，而且还推算出这个行星在太空中的位置的时候，当加勒于1846年确实发现了海王星这颗行星的时候，哥白尼的太阳系学说才被证实了，成了公认的真理。

马克思主义之所以被承认为真理，正是千百万群众长期实践证实的结果。毛主席说："马克思列宁主义之所以被称为真理，也不但在于马克思、恩格斯、列宁、斯大林等人科学地构成这些学说的时候，而且在于为尔后革命的阶级斗争和民族斗争的实践所证实的时候。"（《实践论》）马克思主义原是工人运动中的一个派别，开始并不出名，反动派围攻它，资产阶级学者反对它，其他的社会主义流派攻击它，但是，长期的革命实践证明了马克思主义是真理，终于成为国际共产主义运动的指导思想。

检验路线之正确与否，情形也是这样。马克思主义政党在制订自己的路线时，当然要从现实的阶级关系和阶级斗争的情况出发，依据革命理论的指导并且加以论证。但是，国际共产主义运动和各个革命政党的路线是否正确，同样必须由社会实践来检验。20世纪初，国际共产主义运动和俄国工人运动中，都发生了列宁的马克思主义路线与第二国际修正主义路线的激烈斗争，那时第二国际的头面人物是考茨基，列宁主义者是少数，斗争持续了很长一个时间。俄国十月革命和各国无产阶级革命的实践证明列宁主义是真理，宣告了第二国际修正主义路线的破产。

毛泽东思想是马克思列宁主义普遍真理与革命具体实践相结合的产物。毛主席的革命路线与"左"、右倾机会主义路线进行了长期的斗争。在一个时期内,毛主席的革命路线没有占主导地位。长期的革命斗争,成功的经验和失败的教训,从正反两个方面证明毛主席的革命路线是正确的,而"左"、右倾机会主义路线是错误的。标准是什么呢?只有一个:就是千百万人民的社会实践。

理论与实践的统一,是马克思主义的一个最基本的原则

有的同志担心,坚持实践是检验真理的标准,会削弱理论的意义。这种担心是多余的。凡是科学的理论,都不会害怕实践的检验。相反,只有坚持实践是检验真理的标准,才能够使伪科学、伪理论现出原形,从而捍卫真正的科学与理论。这一点,对于澄清被"四人帮"搞得非常混乱的理论问题,具有特别重要的意义。

"四人帮"出于篡党夺权的反革命需要,鼓吹种种唯心论的先验论,反对实践是检验真理的标准。例如,他们炮制"天才论",捏造文艺、教育等各条战线的"黑线专政"论,伪造老干部是民主派、民主派必然变成走资派的"规律",胡诌社会主义生产关系"是产生新的资产阶级分子的经济基础"的谬论,虚构儒法斗争继续到的无稽之谈,等等。所有这些,都曾经被奉为神圣不可侵犯的所谓"理论",谁反对,就会被扣上反对马列主义、反对毛泽东思想的大帽子。但是,这些五花八门的谬论,根本经不起革命实践的检验,它们连同"四人帮"另立的"真理标准",一个个都像肥皂泡那样很快破灭了。这个事实雄辩地说明,他们自吹自擂证明不了真理,大规模的宣传证明不了真理,强权证明不了真理。他们以马列主义、毛泽东思想的自居,实践证明他们是反马列主义,反毛泽东思想的政治骗子。

马列主义、毛泽东思想之所以有力量,正是由于它是经过实践检验了的客观真理,正是由于它高度概括了实践经验,使之上升为理论,并用来指导实践。正因为这样,我们要非常重视革命理论。列宁指出:"没有革命的理论,就不会有革命的运动。"(《列宁选集》第 1 卷第 241 页)理论所以重要,就是在于它来源于实践,又能正确指导实践,而理论到底是不是正确地指导了实践以及怎样才能正确地指导实践,一点也离不开实践的检验。不掌握这个精神实质,那是不可能真正发挥理论的作用的。

有的同志说,我们批判修正主义,难道不是用马列主义、毛泽东思想去衡量,从而证明修正主义是错误的吗?我们说,是的,马列主义、毛泽东思想是我们批判修正主义的锐利武器,也是我们论证的根据。我们用马列主义、毛泽东思想的基本原理去批判修正主义,这些基本原理是马、恩、列、斯和毛主席从革命斗争的实践经验概括起来的,它们被长期的实践证明为不易之真理;但同时我们用这些原理去批判修正主义,仍然一点也不能离开当前的(和过去的)实践,只有从实践经验出发,才能使这些原理显示出巨大的生命力;我们的批判只有结合大量的事实分析,才有说服力。不研究实践经验,不从实践经验出发,是不能最终驳倒修正主义的。

客观世界是不断发展的,实践是不断发展的。新事物、新问题层出不穷,这就需要在马克思主义一般原理指导下研究新事物、新问题,不断作出新的概括,把理论推向前进。这些新的理论概括是否正确由什么来检验呢?只能用实践来检验。例如,列宁关于帝国主义时代个别国家或少数国家可以取得社会主义革命胜利的学说,是一个新的结论,这个结论正确不正确,不能用马克思主义关于资本主义的一般理论去检验,只有帝国主义时代的实践,第一次世界大战和十月革命的实践,才能证明列宁这个学说是真理。

毛主席说:"理论与实践的统一,是马克思主义的一个最基本的原则"。(《毛泽东选集》第 5 卷第 297 页)坚持实践是检验真理的标准,就是坚持马克思主义,坚持辩证唯物主义。

革命导师是坚持用实践检验真理的榜样

革命导师们不仅提出了实践是检验真理的标准,而且亲自作出了用实践去检验一切理论包括自己所提出的理论的光辉榜样。马克思和恩格斯对待他们所共同创造的著名的马克思主义科学文献《共产党宣言》的态度,就是许多事例当中的一个生动的例子。

1848 年《宣言》发表后,在 45 年中马克思和恩格斯一直在用实践来检验它。《宣言》的 7 篇序言,详细地记载了这个事实。首先,马克思、恩格斯指出:"不管最近 25 年来的情况发生了多大的变化,这个《宣言》中所发挥的一般基本原理整个说来到最后还是完全正确的。"同时,他们又指出,"这些基本原理的实际运用,正如《宣言》中所说的,随时随地都要以当时的历史条件为转移。"(《马克思恩格斯选集》第 1 卷第 228 页)

马克思和恩格斯根据新实践的不断检验,包括新的历史事实的发现,曾对

《宣言》的个别论点作了修改。例如，《宣言》第一章的第一句是："到最后为止的一切社会的历史都是阶级斗争的历史。"恩格斯在1888年的《宣言》英文版上加了一条注释："确切地说，这是指有文字记载的历史。"(《马克思恩格斯选集》第1卷第251页)这是因为，《宣言》发表以后人们对于社会的史前史有了进一步的认识，特别是摩尔根的调查研究证明，在阶级社会以前，有一个很长的无阶级社会；阶级是社会发展到一定历史阶段的产物，并非从来就有的。可见，说"一切社会的历史都是阶级斗争的历史"，并不确切。恩格斯根据新发现的历史事实，作了这个说明，修改了《宣言》的旧提法。

《宣言》还有一个说法，说到无产阶级要用暴力革命夺取政权，以推翻资产阶级。1872年，两位革命导师在他们共同签名的最后一篇序言中，明确指出："由于最近25年来大工业已有很大发展而工人阶级的政党组织也跟着发展起来，由于首先有了二月革命的实际经验而后来尤其是有了无产阶级第一次掌握政权达两月之久的巴黎公社的实际经验，所以这个纲领有些地方已经过时了。特别是公社已经证明：'工人阶级不能简单地掌握现成的国家机器，并运用它来达到自己的目的。'"(《马克思恩格斯选集》第1卷第229页)列宁对马克思和恩格斯的这个说明十分重视，他认为这是对《共产党宣言》的一个"重要的修改"。(《列宁选集》第3卷第201页)

正如华主席所指出的："毛主席从来对思想理论问题采取极其严肃和慎重的态度，他总是要让他的著作经过一段时间的实践的考验以后再来编定他的选集。"

毛主席一贯严格要求不断用革命实践来检验自己提出的理论和路线。1955年毛主席在编辑《中国农村的社会主义高潮》一书的时候，写了104篇按语。当时没有预料到1956年以后国际国内所发生的阶级斗争的新情况。因此，1958年在重印一部分按语的时候，毛主席特别写了一个说明，指出这些按语"其中有一些还没有丧失它们的意义。其中说：1955年是社会主义与资本主义决战取得基本胜利的一年，这样说不妥当。应当说：1955年是在生产关系的所有制方面取得基本胜利的一年，在生产关系的其他方面以及上层建筑的某些方面即思想战线方面和政治战线方面，则或者还没有基本胜利，或者还没有完全胜利，还有待于尔后的努力"。(《毛泽东选集》第5卷第225页)

革命导师这种尊重实践的严肃的科学态度，给我们极大的教育。他们并不认为自己提出的理论是已经完成了的绝对真理或"顶峰",可以不受实践检验的;并不认为只要是他们作出的结论不管实际情况如何都不能改变;更不要说那些根据个别情况作出的个别论断了。他们处处时时用实践来检验自己的理论、论断、指示,坚持真理,修正错误,尊重实践,尊重群众,毫无偏见。他们从不容许别人把他们的言论当作"圣经"来崇拜。

毫无疑义,马克思主义的基本原理,马克思主义的立场、观点和方法,必须坚持,决不能动摇;但是,马克思主义的理论宝库并不是一堆僵死不变的教条,它要在实践中不断增加新的观点、新的结论,抛弃那些不再适合新情况的个别旧观点、旧结论。

关于哲学,毛主席曾经说过:"我们已经进入社会主义时代,出现了一系列新的问题,如果只有几篇原有的哲学著作,不适应新的需要,写出新的著作,形成新的理论,那是不行的。实践、生活的观点是认识论的首要的和基本的观点。实践、生活之树是长青的。"正是革命导师的这种坚持实践是检验真理的标准的辩证唯物主义立场,才保证了马克思主义的不断发展,而永葆其青春。

任何理论都要不断接受实践的检验

我们不仅承认实践是真理的标准,而且要从发展的观点看待实践的标准。实践是不断发展的,因此作为检验真理的标准,它既具有绝对的意义,又具有相对的意义。就一切思想和理论都必须由实践来检验这一点讲,它是绝对的、无条件的;就实践在它发展的一定阶段上都有其局限性,不能无条件地完全证实或完全驳倒一切思想和理论这一点来讲,它是相对的、有条件的;但是,今天的实践回答不了的问题,以后的实践终究会回答它,就这点来讲,它又是绝对的。

列宁说:"当然,在这里不要忘记:实践标准实质上决不能完全地证实或驳倒人类的任何表象。这个标准也是这样的'不确定',以便不至于使人的知识变成'绝对',同时它又是这样的确定,以便同唯心主义和不可知论的一切变种进行无情的斗争。"(《列宁选集》第2卷第142页)

辩证唯物主义认识论关于实践标准的绝对性和相对性辩证统一的观点,就是任何思想、任何理论必须无例外地、永远地、不断地接受实践的检验的观点,也就是真理发展的观点。任何思想、理论,即使是已经在一定的实践阶段上证明为真理，在其发展过程中仍然要接受新的实践的检验而得到补充、丰富或者纠正。

毛主席指出："人类认识的历史告诉我们，许多理论的真理性是不完全的，经过实践的检验而纠正了它们的不完全性。许多理论是错误的，经过实践的检验而纠正其错误。"又指出："客观现实世界的变化运动永远没有完结，人们在实践中对于真理的认识也就永远没有完结。马克思列宁主义并没有结束真理，而是在实践中不断地开辟认识真理的道路。"（《实践论》）

马克思主义强调实践是检验真理的标准，强调在实践中对于真理的认识永远没有完结，就是承认我们的认识不可能一次完成或最终完成，就是承认由于历史的和阶级的局限性，我们的认识可能犯错误，需要由实践来检验，凡经实践证明是错误的或者不符合实际的东西，就应当改变，不应再坚持。

事实上这种改变是常有的。毛主席说："真正的革命的指导者，不但在于当自己的思想、理论、计划、方案有错误时须得善于改正"，"而且在于当某一客观过程已经从某一发展阶段向另一发展阶段推移转变的时候，须得善于使自己和参加革命的一切人员在主观认识上也跟着推移转变，即是要使新的革命任务和新的工作方案的提出，适合于新的情况的变化。"（《实践论》）林彪、"四人帮"为了篡党夺权，胡诌什么"一句顶一万句""句句是真理"。实践证明，他们所说的绝不是毛泽东思想的真理，而是他们冒充毛泽东思想的谬论。

"四人帮"及其资产阶级帮派体系已被摧毁，但是，"四人帮"加在人们身上的精神枷锁，还远没有完全粉碎。毛主席在第二次国内革命战争时期曾经批评过的"圣经上载了的才是对的"（《论反对日本帝国主义的策略》）这种倾向依然存在。无论在理论上或实际工作中，"四人帮"都设置了不少禁锢人们思想的"禁区"，对于这些"禁区"，我们要敢于去触及，敢于去弄清是非。科学无禁区。凡有超越于实践并自奉为绝对的"禁区"的地方，就没有科学，就没有真正的马列主义、毛泽东思想，而只有蒙昧主义、唯心主义、文化专制主义。

党的十一大和五届人大，确定了全党和全国人民在社会主义革命和社会主义建设新的发展时期的总任务。社会主义对于我们来说，有许多地方还是未被认识的必然王国。我们要完成这个伟大的任务，面临着许多新的问题，需要我们去认识，去研究，躺在马列主义毛泽东思想的现成条文上，甚至拿现成的公式去限制、宰割、裁剪无限丰富的飞速发展的革命实践，这种态度是错误的。我们要有共产党人的责任心和胆略，勇于研究生动的实际生活，研究现实的确切事实，研究新的实践中提出的新问题。只有这样，才是对待马克思主义的正确态度，才能够逐步地由必然王国向自由王国前进，顺利地进行新的伟大的长征。

《辽宁日报》记者述评贯彻尊重生产队自主权政策的现状时指出
分清主流与支流　莫把"开头"当"过头"
各级领导干部解放思想是保证生产队行使自主权的关键，要坚定不移落实党的方针政策

作者：范敬宜

《人民日报》1979 年 5 月 16 日

编者按（《人民日报》）：党的三中全会精神，有力地推动着各方面工作向前发展，受到广大群众、干部的热烈欢迎。但是，正如《辽宁日报》记者写的这篇述评所说的一样，三中全会确定的方针、政策，如尊重生产队自主权，在基层才刚刚开始贯彻，有些同志就叫嚷什么"强调自主权过头"了。有一部分县社干部搞瞎指挥，搞强迫命令搞惯了，现在老办法行不通了，就大喊什么下面"不听指挥"呀，"乱了套"呀。究竟自己指挥得正确不正确？下面的意见有没有道理？根本不去了解。还有一些领导同志，对三中全会确定的方针、政策，本来持怀疑态度，甚至有抵触情绪，自己又不深入调查，看看群众和基层干部在想些什么，实际情况是怎样，一听到有人叫"过头了"，自己也跟着叫起来；或者把工作中出现的一些属于支流的问题当作主流。这说明一些同志的思想仍然处于僵化或半僵化状态。要改变这种状况，最好是这些同志自己到基层走一走，听一听群众和干部的呼声。作为新闻工作者，要像《辽宁日报》记者范敬宜同志那样，多搞一些扎扎实实的调查，用事实来回答那些对三中全会精神有怀疑、有抵触的同志。

本报讯　《辽宁日报》记者范敬宜述评辽宁省农村形势：最近一段时间，经常听见这样的埋怨声："生产队自主权强调过头了，现在下面都不听指挥了……"

说这类话的，不仅有县社干部，也有城里的机关干部，有的还列举了许多当前农村中出现的问题，似乎这一切都应该归罪于生产队有了自主权。

事情果真是这样吗？为了弄清这个问题，我们走访了一些社队。

在采访过程中,我们同许多农村干部和社员提出这样一个问题:"今年农村最大的变化是什么?"普遍的回答是:"活起来了!"这个"活"字,很形象地概括了生产队有了自主权以后,在政治、经济、生产、生活上出现的生动局面。人们对"活"字感受如此深刻,绝非偶然:过去十多年,在林彪、"四人帮"极左路线干扰下,生产队自主权遭到肆意践踏、剥夺和侵犯,生产队不用说因地制宜地确定合理的经济结构和生产布局,就连种一亩土豆、一亩谷子都成了犯罪,生机勃勃的千村万户被弄得万马齐喑,死气沉沉。党的三中全会以后,随着发展农业的两个文件深入贯彻,生产队自主权重新摆到了它应有的地位,人们哪能不由衷高兴!但是,不能设想,林彪、"四人帮"在十多年中造成的影响,可以在短短几个月消除净尽。在贯彻尊重生产队自主权政策的过程中,阻力还是很多的。从目前来看,在不少生产队,自主权还仅仅意味着在作物地块和品种的选择上有了一点余地,其他还谈不上;而有些生产队,连这点权利还没有得到。有的队干部和社员对我们说:"我们只有劳动权,没有自主权。"这种现状告诉我们:尊重和保护生产队自主权的工作,现在只能说刚刚开头,没有理由可以认为已经"过头"。

那么,有了自主权的生产队是不是都"不听指挥"了呢?我们还是多看事实吧!有一个县,也曾被人描绘成自主权多得"乱了套",可是一调查,今年高产作物和经济作物面积都不折不扣地完成了国家计划。天下哪有这样"不听指挥"的生产队!后来我们渐渐摸到了一个"窍门":遇到埋怨下面"不听指挥"特别厉害的干部,就叫叫真,请他提供一个"最不听指挥"的典型,一下子就"将军"了,因为这样的典型确实很难找。这说明,有些干部,特别是上面的干部,并没有亲自调查研究,而是道听途说,人云亦云。绝大多数生产队都是懂得如何正确行使自主权的,坚定不移地走社会主义道路的。那种企图摆脱党的领导、不顾国家计划、不听正确指挥的生产队虽然也有,应当做好他们的工作,处理好自主权同党的领导的关系,但这样的生产队只是极少数,我们不能以偏概全,把支流当作主流。再说,对于"不听指挥",也要作具体分析:究竟是正确的指挥,还是错误的指挥、瞎指挥?事实上,凡是指挥受阻的地方,一般都事出有因。我们问过一位县委书记,今年在哪些问题上卡过壳,他很坦率地举了三件事:第一件是某项县办水利工程继续平调生产队的劳力;第二件是不经试验就大面积推广某种作物;第三件是在播种时间上不顾实际情况又搞了"一刀切"。他说："这不能怨下面,应该从上面来检查。过去生产队遇到这种情况,都忍气吞声,现在他们敢说话、敢抵制了,这应该说是好事,不是坏事。"可惜能够这样严以解剖自己的领导干部,现在不是很多。

尊重生产队自主权既然是这样一件大得人心的好事,为什么会遭到这么多非议?通过调查,我们感到,一个很重要的原因是,十多年来有些干部受林彪、"四人帮"极左路线的影响较深,思想完全从禁锢中解放出来需要有一个过程。有的老干部忘记了群众路线的老传统,也习惯于那种官僚主义、强迫命令的手段了;有些比较年轻的干部,从当干部那一天起,就没有听说过生产队还有什么自主权,接触的就是"挖修根""拔修苗"以及"一声雷""一刀切"那一套,以为这是天经地义的事情。现在看到原来唯命是从的基层干部居然敢于提出不同意见,就认为大逆不道,"乱套了",甚至对党的政策也产生了怀疑。这恰恰从反面说明,各级领导干部解放思想,是保证生产队自主权正确行使的关键。

尊重和保护生产队自主权是党的三中全会确定的发展农业生产的重要政策,我们一定要坚定不移地去继续贯彻落实。大量工作在等待我们去做。这里最重要的是领导干部对客观形势有一个清醒的、正确的估计,分清主流与支流,千万莫把"开头"当作"过头"。这是正确贯彻党的政策的前提。否则就会左右摇摆,贻误工作,甚至像毛主席讽刺过的那位好龙的叶公那样,天天念叨生产队自主权,等到自主权真正来临的时候,又惊慌失措,迷失方向了。

学习思考题

1. 请结合附录3文章《〈实践是检验真理的唯一标准〉主要作者胡福明：我只是跟上了时代和国家的需要》，了解《实践是检验真理的唯一标准》的写作背景，分析《实践是检验真理的唯一标准》的写作特征。

2. 请结合附录3文章《范敬宜：莫把"开头"当"过头"》，了解《分清主流与支流 莫把"开头"当"过头"》的写作背景，分析作品评述的社会问题是什么，以及作者做了哪些调查、采访了哪些人物，如何一一回答和论证提出的问题，并总结本篇报道的写作特征。

3. 结合改革开放的历史背景，分析这两篇报道在当时的重要意义。

主题 3-2　20 世纪 80 年代青年的人生道路与人生观大讨论与典型人物报道

生命的支柱——张海迪之歌

作者：郭梅尼　徐家良

《中国青年报》1983 年 3 月 1 日

编者按：本报二月一日发表了张海迪的自述《是颗流星，就要把光留给人间》后，编辑部和张海迪本人收到两千多封来信。青年们从张海迪身上汲取了生命的力量和信心，同时也提出了有关人生的意义、生活目的等重要问题，为了进一步帮助读者了解张海迪的精神世界，更好地向她学习，本文着重对她的人生观形成进行了报道，介绍这个三分之二肢体都已失去知觉的青年，是怎样从人民中吮吸了乳汁，从知识中吸收了养料，从而建立了一根坚强的生命支柱，在艰辛、曲折的生活道路上，唱出了一支奋斗者之歌。

来到张海迪的家，我们急切地想见到这个被誉为保尔式的姑娘。尽管我们读过她许多感人的事迹，但她毕竟是个三分之二躯体都已失去知觉的人。这样的人怎样生活呢？我们不可想象。

"我做过很多美好的梦，我梦见自己正站着唱歌；我梦见自己在大道上奔跑；梦见展开双翅在天空翱翔……"飞吧，姑娘，像小燕子一样展开你理想的翅膀。

"可是，梦总是要醒的。醒来我并不沮丧。我必须面对现实。"

那可恶的轮椅，那轮椅上耷拉着的两条瘫软的腿，无情地告诉我们：张海迪因为从小患脊髓血管瘤，脊椎动过四次大手术，脊椎板被先后切除六块。现在，第二胸椎以下已失去知觉，脊椎严重弯曲变形，根本不能支撑身体，全靠胳膊支在轮椅的扶手上。我们看到，她一抬手，身体便瘫软在轮椅里。胳膊由于长年支撑着，衣服袖子磨出了一个大窟窿，轮椅扶手上的油漆也剥落了。

但是，在这个瘫软的身躯里，有一根坚强的生命支柱。这支柱，支持这个病残的青年在无情的现实中奋斗；这支柱，支持这个二十多年不会走路的姑娘，开拓出了一条广阔的生活道路；这支柱，支持这残存的三分之一尚有活力的身躯，发射出光和热。

这根生命的支柱是怎样建立起来的？它是否经历过挫折和打击？它是怎样经受这一场场考验成为一根不倒的支柱呢？

能使大多数人幸福的人，他自己本身也是幸福的。我想做这样的人

"你们报纸刊登了我的自述后，我又收到两千多件来信。"海迪对我们说："许多青年朋友来信问我，你为什么能拖着病残的身子，愉快地为人民做事，生活的力量是从哪里来的？回答这个问题，还得从在尚楼生活的几年谈起……"

一九七〇年春天，海迪的父亲带领知青下乡插队，全家都随着从济南来到山东莘县十八里铺公社尚楼大队落户。尽管那是"四人帮"横行的年月，但尚楼的人民仍是淳朴善良的。刚进村那天，乡亲们热情地围上来问长问短，帮着搬家安置。这时，人群里挤出一个五六岁的小男孩，有个小伙子揪着他的耳朵逗着说："孟方，快叫玲玲姐姐（海迪的小名）。"玲玲一看，这孩子虽然衣服上尽是土，但非常可爱，一双大眼睛乌黑乌黑，长长的睫毛还向上卷着，忽闪忽闪的。便情不自禁地说："哎呀，真漂亮，像电影演员似的。"孩子羞得一溜烟钻进人群，忙着抱起小锅、小凳，帮助搬家去了。后来，这孩子常常躲在玲玲的小窗户洞上看，轻声问道："玲玲姐，你老待在家看书，闷吧？"一会儿，他抓来个小虫，说："玲玲姐，它会磕头，你玩吧。"一会又摸出一个鸡蛋，说："这是俺妈给俺煮的，你吃吧。"多么淳朴的孩子啊，玲玲和小孟方建立了深厚的感情。

有一次，小孟方抓来一只小燕子给玲玲姐玩。玲玲高兴地问："你怎么抓住它的？"

"它一条腿瘸了，不能飞了。"

玲玲的心猛一沉。小燕子也失去了腿啊！它生着双翅不就是为了飞翔的吗？

玲玲给小燕子的伤腿搽上红药水,用纱布包扎好,放在窗台的小纸盒里养着。小燕子一天天恢复了活力。玲玲把它捧在手心里,怜爱地说:"飞吧,小燕子,飞吧!"小燕子艰难地展开双翅,飞向蓝天。

小孟方高兴地叫着:"玲玲姐治好了小燕子,你是个先生(医生)。"

一天,小孟方的妈抱着小孟方,慌慌忙忙地跑来,喊着:"玲玲,你快看,这孩子是怎么了?"只见孩子翻着白眼,口吐白沫,脖子向后挺着。她忙说:"大嫂,快,快送医院。"可是,医院离村子还有二十里啊!

下午,玲玲听见惨痛的哭声,心一怔:"呀,不会是小孟方吧?!……不,不会的,他还会来叫我玲玲姐,还会给我捉磕头虫的……"

"玲玲,孟方死了,孟方死了……"

真的?这是真的!姑娘的心冰凉了!

……

"这是我第一次,第一次体会到我们的农村是这么贫穷,这么落后,我们的人民是这么苦啊!"海迪激动地回忆着。

"小孟方为什么会死呢?为什么会死呢?"玲玲喃喃着,她问父母、她问自己,她问那颗火热的心。

"……玲玲姐治好了小燕子,你是个先生,你是个先生。"这天真稚嫩的童音又响在玲玲耳边。她自责自问:

我恨啊,我怨恨自己,我太无能了。我要是有点本事,我要真是个医生,不就能救小孟方吗?他就不会死得那么快啊!

晚上,玲玲在煤油灯下写日记。她写道:开始进村时,我曾写过,人们啊,我真愿为你们做些什么!现在,我的愿望应该落实了。我要学医,我要为你们减少痛苦,不让村里再出现小孟方这样的悲剧……

"我学医的情况,你们报纸登过了。找我扎针看病的人很多,最使我难忘的,是耿其元大爷……"

耿其元大爷并不是尚楼人。因为患脑血栓,瘫痪三年。老伴去世后,丢下三个儿子,两个还很小,家里全靠大爷照顾。老人一瘫痪,家里惨不忍睹。玲玲急切地想帮助老人解除痛苦,她一面给大爷扎针治疗,一面从精神上鼓励他:"大爷,你会好的,你还会站起来,还能下地干活……"

一天,耿大爷让儿子用排子车拉来后,又坐在玲玲面前,把脚跷在玲玲的车上。玲玲精心地给他扎着。扎完针,又弯下身子细心地帮大爷扎好腿带,系上鞋带。耿大爷感激地不知说什么,只是笑着"哎呀……哎呀……"

"大爷,你站起来试试,试试……"

老人不敢相信,哆哆嗦嗦地想站又怕站。慢慢地,慢慢地,他站起来了!

"走,朝前走一步,走一步。"玲玲压住快要跳出来的心,鼓励着。

老人抬起了腿,朝前挪了一步,又一步,嘴里喃喃着:"那个——行!那个——行!"

他会走了!他真的会走了!!

玲玲的心在颤,在抖,在唱啊!就是这小小的银针,就是这病残的身体,真的能帮助瘫痪的人站起来了。幸福,这就是幸福啊!

玲玲第一次懂得了,给别人带来幸福,就是自己最大的幸福。她在日记中写道:"有人说幸福是抽象的。那是因为他没有得到真正的幸福。而且他所谓的幸福是对最狭隘的个人而言。真正的幸福,是具体而实在的。""记得马克思说过,能使大多数人幸福的人,他自己本身也是幸福的。我想做这样的人。"

玲玲给耿大爷治好病的消息,在五里三乡传开了,找玲玲治病的人越来越多,一天总有五十多人,排子车、自行车在玲玲的院子门口,挤得黑压压一片。玲玲的脊柱不能支撑,她靠在扶手上给群众扎着,累得一身身冷汗。因为整天整天坐在车上,腿和屁股上长了一片片褥疮。妹妹给她洗褥疮时,看见那溃烂的疮口,难过得流下了眼泪。"姐,你光顾给人家治病,自己的身体也得注意点啊!"几个守在玲玲身边的"卫士",心疼得忍无可忍,对来治病的人埋怨道:"你们要累死玲玲姐呀,不治了,不治了。"玲玲还是耐心地给群众治着。

玲玲真的累病了。她发着高烧,输着液,闭眼躺在床上。乡亲们焦急地守在门口。老奶奶悄声问道:"闺女睁眼了吗?唉,都是叫俺们这些人给累的。"八十岁的王奶奶,轻手轻脚走到玲玲床前,用手摸摸玲玲的额头,看看还烧不烧。然后,从怀里掏出几个热乎乎的鸡蛋放在玲玲枕头边,一声不响地走了。耿其元大爷拄着棍子,从几里外赶来,在门外哭着自语道:"叫我病,叫我死吧!"

几个淘气的孩子,跑到玲玲后墙的小窗户洞口,一个踩着一个,偷偷地看一眼玲玲姐,然后从窗户洞伸进小手,放上一个大鹅蛋,还有一把刚刚红了尖的大枣……

玲玲在朦胧中看见这个镜头，热泪一下涌了出来。

这些玲玲的小"卫士"整天和玲玲生活在一起。玲玲给他们讲故事，教他们唱歌，给他们理发，使他们懂得了生活的意义。为了让玲玲高兴，他们常常推玲玲到村外去玩。一次，他们推玲玲到金线河去捉青蛙，准备拿回来作解剖试验。高高的河堤，孩子们推呀，推，小车怎么也推不上去。一个小男孩脱下自己的粗布裤子，一条裤腿捆在车上，一条裤腿搭在肩上，使劲拉，别的孩子推拥着，"一二，一二，……上去了！"他们把玲玲放在小桥上，开始做各种精彩表演。

这个说："玲玲姐，你看，我会打扑腾。"说着，往水里一趴，扑通，扑通溅起了一串串水花。

那个说："玲玲姐，你看，我会跳水。"只听扑通一声，笔直地从小桥上跳到水中，玲玲开心地哈哈大笑。

在这欢乐的生活里，这个失去双腿的姑娘，没有遭到白眼和歧视，更没有孤独，没有哀伤，形成了她那开朗乐观的性格。

一九七三年三月九日，玲玲要随父母搬到莘县城里去了。清晨，队里备了四辆大车，全村的人都围在车队两旁，送行的队伍拉得老长老长的。

玲玲坐在大车上，老奶奶、大嫂子扯着她的衣襟，千恩万谢，说不完的嘱托，表不尽的心意，真是一步一行泪啊！玲玲有满腹的话，可是啥也说不出来，啥也看不见了。泪水模糊了她的眼睛，泪水哽住了她的喉咙。她的心在呼唤着：

再见了，尚楼！再见了，乡亲！爷爷奶奶们，让我再为你们做一千次一万次事吧。亲爱的姑娘们，让我再为你们裁一次衣服。我的小伙伴们啊，让我再为你们理一次发，唱一支歌……我为你们做得太少，太少了。不是你们要感谢我，相反的，是我要感谢你们。是你们哺育了我，我是吃着你们的乳汁长大的。是你们那一颗颗淳朴的心，使我这个被病痛折磨的残疾青年，饱尝了人间的温暖；是你们教育我懂得了什么是真正的幸福，懂得了生活的意义；是你们给了我生活的力量。在你们中间，我感到自己是一个对社会有用的人。

从十五岁到十七岁，是人的一生奠基的关键年华。海迪多少次地强调："我永远也忘不了尚楼。"尚楼三年的生活，给海迪奠定了坚实的人生基石。

战胜消极悲观,你就是生活的强者

"一些青年朋友来信问我:你这样严重的病残,就没有痛苦、孤独的时候吗?"海迪坦率地说:"我也有过痛苦,孤独,甚至绝望的时候,特别是刚刚离开尚楼那一段……"

海迪离开了尚楼那欢腾紧张的生活,周围的朋友们,有的升学了,有的被招工,许多人都走了。她常常关在小屋子里,感到孤独和寂寞。

不行,必须开辟一条生活的新路。

——她开始学画画。当她画出一幅美丽的素描后,一个朋友看见了,说:"画家要一手拿调色板,一手拿画笔,你离开了胳膊的支撑坐都坐不稳,怎么能画画呢?!"此路不通。

——她又学音乐,学乐器。当她能弹出一手好琵琶时,一位阿姨摇头说:"哪见过演员坐着轮椅上台演奏的?!"又是一瓢凉水。

——她四处报名,四处写信,要求工作。但是,一次次都被回绝了。

一九七四年冬的一天。海迪一早就坐上轮椅,赶到劳动局,去看看这次招工被录取了没有。劳动局门口挤满了等通知的人。海迪真想挤进去问问。她多么想听见喊:"张海迪,你录取了。"可是她又害怕听见:"没有你,这次又没有你。"

天气是那么冷呀,她在门口焦急地等着。她的脸冻紫了,手冻僵了,一直等到所有的人都走光了,还没有听见喊她。

她鼓起勇气,推着轮椅进去了。

"叔叔,给我个工作吧!"海迪几乎是乞求着:"我能行,我会干好的。我不要工资,我只要有个工作,不管干什么都行。叔叔,你……"

"那么多好胳膊好腿的人都还没工作哩……"

冷,彻骨的寒冷。海迪的心冻僵了!

为了找工作,她遭冷遇,受歧视;为了找工作,她乞求,她呼吁。她的心在呐喊:人们啊,我虽然失去了双腿,但我并不比你们低一等,在通往未来的征途上,我们是同路人,在理想的起点上,我和你们是一样的。我不是为了饭碗,我要的是工作的权利,是为社会做贡献的机会啊!可是,这一点点要求也得不到满足。这撕心裂肺的痛苦,超过任何一次大手术。

社会不需要我。如果不能给社会做贡献,还不如减少对社会的负担。趁着父母到聊城出差时，她服了大量安眠药……

"亲爱的爸爸妈妈，女儿就要离开你们了。当我要离开你们的时候，心里是多么难过啊……

"我深深懂得，一个热爱生活的姑娘，活着是多么好啊！但是，疾病使我失去了这一切权利。我不愿做一个沸腾生活的旁观者，而要和别人一样，做一个社会主义的建设者。……

"爸爸妈妈，请原谅我吧……"

海迪躺在床上，脑子里掀起了万顷波涛……

尚楼啊，我美丽的土地，我多么想再看看那绿油油的麦田，再看看那金线河潺潺的流水，看看那小磕头虫……

乡亲们，我真想再看看你们，哪怕再看一眼。耿大爷，您的腿又犯病了吗？八十岁的王奶奶，您千万别再感冒了；我的小伙伴们，你们的头发又该理了吧……我可爱的乡亲们啦，你们给了我多少温暖，多少欢乐，我舍不得离开你们……

她想起了保尔在海滨公园自杀的情景。……假如那扳机一扣，就不再会有《钢铁是怎样炼成的》了……保尔战胜了。

社会给了我那么多温暖，人民给了我那么多厚爱，我就这样离去了吗？……尚楼三年，我不是也做了一些有用的事情吗？乡亲们需要我，我还是个对社会有用的人……

不，不，我不能死！我还要活着！我还有一双手，我要用它辟开那荆棘丛生的生活道路。

"来人啊，救救我，我还年轻，我还有用，我要活着……我错了，快来救我……"海迪呼喊着。

回忆起这段往事，海迪对我们说："这件事，我给一些报刊写过，可是，他们都删掉了。也许有人认为，这对一个先进人物是不光彩的事吧。但是，我不把它看成是我的耻辱，相反，我认为是我的胜利。这说明我经住了考验。"喘了口气，海迪接着说："说实在的，《钢铁是怎样炼成的》这本书，我不知看过多少遍，它无数次地给了我生活的力量和信心。但是，对我人生道路影响最大的，还是保尔在海滨公园自杀的这一场。我认为，他的伟大之处在于，他能够战胜这种消极悲观因素，重新振奋起来，更深刻地认识了人生的意义，钢铁就是这样炼成的。"对啊，不排除杂质，怎么能炼出纯钢呢！

稍稍平息了激动的心情，海迪又说："在人生的道路上，谁都会遇到困难和挫折。人们遇到困难时，出现一些消极的想法和做法是很自然的。但是，就看你能不能战胜它。战胜了，你就是英雄，就是生活的强者。"

后来，海迪被分配到城关医院工作，她是多么高兴啊。因为高位截瘫，她大小便都不能控制。为了坚持工作，她白天不喝水，不吃流质食物。夏天干渴得嗓子冒烟，她也忍耐着。给病人扎针时，胳膊不能支撑，脊椎一天天变形，弯曲得更厉害了。肋间神经疼，折磨得她必须服用大量止疼片才能坚持工作。有人不解地说："嗨，整天拖着病残的身子，这么干，一个月才挣二十五块钱，何苦呢?!"

海迪对我们说："美国盲聋女作家海伦·凯勒说，倘若我能看见三天，那么，用眼睛去观察到的该是一幅多么美丽的景象啊。但是，那些视力健全的人，对此却视而不见，他们认为，世界上的一切五彩缤纷的壮观景色，都是理所当然的。她讲得多么好啊！就像有些天天工作的人，他们习以为常，并不珍惜自己工作的权利。能为社会，为人民做点事，对我来说是最大的幸福！"

一九八一年十月，海迪因为长年服用大量止疼片，药物中毒，间歇停止呼吸一小时五十分，几天昏迷不醒。第五天她醒过来时，看见妈妈和妹妹坐在床边，高兴极了：我还活着。她用微弱的声音对妹妹说："我不想死，我还有好多事要干呢！"

突然，她发现对面床上放着许多对大脑有抑制作用的药，生气地喊起来："我不要，我不要，这都是破坏记忆力的。我的身体已经残废了，大脑再坏了，拿什么为人民做事情呢！"

一会儿，海迪又昏迷过去了。她断断续续地说着胡话：

"妈妈，我的书别弄乱了……"

"别打搅我，别说话，我已经背了几个单词了……"

第二天，海迪完全清醒了。她急忙要过纸和笔，手颤抖着，歪歪扭扭地写下了六个大字：

生命之树常青！

"太好了！我还能写字，我还能工作。我还能回到岗位上去给人民做点事情。"

在知识海洋里不断吸取生命的养料

青年们十分佩服,海迪三分之二的肢体病残了,没进过一天学校,却学得了丰富的知识,学习了英、日、德、世界语,甚至还翻译了十三万字的英文小说。一九八一年参加高考预选,竟取得了四百三十六分的好成绩。她是怎样学习的呢?

海迪有个朋友,因考不上大学而懊丧,海迪鼓励她说:"成才不一定进有围墙的大学,社会大学的门时刻是敞开着的。"你可知道,就是这一点认识,海迪是经历了多少痛苦的磨难才得出来的啊!

从五岁起,海迪就瘫痪在家,失去了上学读书的权利。学校、老师和书包,紧紧地吸引着这颗幼小的心灵。她爱听小朋友们讲在学校学习的故事,爱学唱老师教给的新歌,她梦见自己背着小书包和小朋友们一起走进了课堂。

但是,二十多年过去了,玲玲还是没有跨进学校的大门。她以惊人的毅力,在床上自学了汉语拼音,学会了查字典,读书、看报、写文章。书,给了她知识,给了她力量,使这个寸步难行的姑娘插上了翅膀,在彩色缤纷的世界上翱翔。她在日记中写道:"大脑需要营养,除了在生理上需要血液的供应,在精神上还需要广博的知识去营养。否则,还是一个'低能儿'。而我们青年一代如果不努力,出现'低能儿'的可能性是有的,那便是一些不学无术的寄生虫。"

海迪不愿当"寄生虫"。像海迪这样的身体,躺着吃躺着喝,是不会受到任何谴责的,但是,海迪却要为社会作贡献,为人民做事情。她说:"要想给人民做点事,没有文化知识,没有真本领是不行的。八十年代尤其是这样。"

小孟方的死,给了海迪深刻的教训,生活中无数次的遭遇一次又一次地教育了海迪。

在城关医院工作时,有位老同志拿着一瓶进口药,请她给翻译一下英文说明书。海迪笑了:"我连学校的门也没进过,怎么懂得英语呢?"

老同志失望地走了,海迪想:不懂,不懂为什么不能学呢?学会了英语,不是能做更多的事情了吗?

但是,海迪从来没接触过外语,又没有老师教,完全靠自己自学,实在太困难了。开始背单词时,她怎么也记不住。

"study,这不就是五个字母吗?为什么背了三天还是默写错了?唉,没上过学的人就是不行啊!"

她一抬头,看见墙上挂着一幅居里夫人的像,那双蓝色的眼睛仿佛在说:孩子,坚持下去!我们必须有恒心,尤其要有自信力。

"别人有学校,我有笨办法。"study study……她一连写了几百遍,终于默对了。就是从这种笨办法开始,她终于翻译出了十三万字的小说《海边诊所》。在学习的征途中,她的练习本足足有二尺高,上面密密麻麻布满了海迪磨炼的笔迹。每当她艰难地读完一本英语书时,她都要高兴地欢呼,有时把书扔上房顶:"我胜利了!"妹妹说:"别叫了,像个狂人似的。"海迪笑着说:"我付出了比别人多几倍的精力才学到这点知识,怎么能不高兴呢!"

自学容易,坚持难。对海迪这样的人,坚持就更难了。

动了第四次大手术后,海迪疼得无法忍受,她咬着被单在颤抖,朋友们心疼地说:"海迪,你哭吧,哭出声来就好受了。"但是,稍稍平静后,海迪却央求说:"让我看看书吧。"

她只能仰卧着,脖子不能朝左,也不能朝右,稍稍一动,都会揪心地疼。

"拿镜子来,放在床头柜上,……替我翻开枕头边那本英语九百句……"

镜子放着光。海迪通过镜子的反照,学着英语九百句。周围的亲人和朋友,被感动得流下了热泪。用什么语言去赞颂她呢?还是用海迪自己的话说:

"只要心在跳动,我就要努力学习和工作,顽强地与疾病抗争,相信我是一个胜利者。用生命的火花去照亮通往未来的征程。"

回忆起这段往事,海迪低声对我们说:"我早有思想准备,将来有一天如果我全身瘫痪了,我要学保尔那样继续学习和工作。那时,英语不是可以帮助我翻译点东西,奉献给人民吗?"讲到这里,海迪的眼里闪着光芒。她说:"一个人能发挥作用,能把学到的知识奉献给人民,这是最大的欢乐啊!"

源泉找到了。她的惊人的事业心,远比她惊人的毅力更加伟大。正是这种事业心,使她产生了正常人难以想象的毅力。

海迪对我们说:"我要像海伦说的那样,在知识的海洋里,不断吸取使生命之树常青的养料。"

"在生活的道路上,我也给自己树立了几个学习的榜样,他们时刻激励着我,遇到困难和问题时,我就从他们那里吸取力量。保尔是我一生学习的榜样;给群众治病时我常常想起白求恩;在学习上遇到困难时,我常想起居里夫人；在生活低沉阴郁的时候，我常鼓励自己要像海伦那样热爱生活。他们给了我丰富的精神养料，使我这个大半截身子失去知觉的人，充满活力，充满信心，充满希望。"

今天，张海迪的事迹正传遍祖国大地，深入青年的心。青年们将从她身上汲取精神养料，树立起自己坚强的人生支柱。

乔安山的故事

作者：王伟群

《中国青年报》1995年5月9日

在本文的题图照片上，他接着雷锋的肩膀，他是雷锋最亲密的战友。他们曾同在一个矿山工作，同时参军，同在一连，同在一班，同在一辆车，甚至在天寒地冻的时候，他们同在一个被窝互相取暖，而在那本影响了几代人的《雷锋的故事》中，他只是"小乔"，在叙述雷锋牺牲的文字中，他只是"助手"。他对雷锋知道得最多，但书的作者在采写《雷锋的故事》时却未曾找过他。

他叫乔安山。

1962年8月15日，雷锋倒在他的车轮旁。

3天之后，公祭雷锋大会在辽宁抚顺召开，10多万群众自发来为雷锋送葬。

6个月后，毛泽东、刘少奇、周恩来、朱德、邓小平等党和国家最高领导人为雷锋题词。从此，全民性的向雷锋学习的运动在全国展开，并且历经30多年而不衰。

在各种与雷锋有关的文字电影电视上，乔安山消失了，似乎没有人再想起他，也不再有人关注他的命运。33年后，我们得知，乔安山心灵上一直背负着"十字架"，凡做事都要问自己："班长会怎样做？"

找到乔安山可不容易

1995年3月，我去找乔安山。

半夜上的火车，到铁岭已经是第二天的傍晚了，在从沈阳到铁岭路上，沈阳军区工程兵某部宣传干事蔡原征给我讲了一路乔安山。

说他们第一次在乔安山替别人看门的小黑屋里，好不容易找到头发已经灰白的乔安山时，乔迟疑地打量着他们，然后说，你们先坐，我去添点火，这一坐就是两个多小时，主人再也没有进来过。

还有一次，一位军报记者铁了心要见到他，整天在乔家泡着，一泡就是五六天，乔安山没辙了，开着长途车跑到邻县躲着，一回家还是撞着了那位锲而不舍的记者。

乔安山跟公司打了招呼，说但凡有记者找，就说是出长途车了。

蔡干事说，这几年几乎所有的记者都让他给倔跑了，他不愿见记者。

车到部队驻地，莫主任说："先吃饭，先吃饭。"饭桌上聊的还是乔安山。

莫主任说："我们找到乔安山可不容易，蔡干事在抚顺蹲了7天，小王到沈阳查档案查了几天，谁知他儿子就在我手下当过兵，我当时是他的指导员，找到他儿子才算找到了老乔，就在铁岭，而且就在我们驻地附近。"

蔡干事接着说："第一次不见我们，我们又去了好几次，他不见就先和他老伴谈，终于有一回，见我们来了，他说：来了，在这吃饭吧，说着抓了一把木耳又出去了，我们当时心又凉了半截。不过这次他回来了。我们一起吃饭，还喝了点酒，就这么采访到他的。"

我急于想见到乔安山，吃完饭就催促他们上路，莫主任说不急，坐了一天的车了，先休息一晚上再说，见我不从，又说："那也好，我跟你们一块去，我想请他来参加我们的五四青年节的活动。"

北京吉普载着6个人往乔家走，已经是晚上了，铁岭市的很多路段没有路灯，黑乎乎的。正是早春时分，这里还很冷，我发现了几辆奇怪的三轮车，像是载人用的，与我熟悉的人力车不同，车夫的座在客人后面倒着骑的，蔡干事说："这就是铁岭的'倒骑驴'，拉着客人在城里转园，能挣个一块两块的，乔安山的大儿子现在就干这个呢。"

"生意好做吗？"

"不好做，铁岭这个地方每天能有多少外来人？"

"乔家大儿子原来做什么呢？"

"工人，厂里效益不好，下岗了。"

吉普车颠了几下，拐到路边上的一个小道里，道更黑了。司机把车停了下来，说进不去了，下车走吧。我深一脚浅一脚跟蔡干事进了一栋简易楼。

门开了，介绍完了之后我便随蔡干事他们称乔家老两口"乔叔、乔婶"。

乔叔乔婶把我引进门，进门是客厅兼厨房，烧煤的灶很是简陋，一堆还没洗的碗筷随意堆在小桌上，一个五六岁的孩子胳膊撑在小椅子上，好奇地看着我们，水泥的池子边，一位少妇正在搓洗衣服，我看过相片，认出她是乔家的二媳妇。

没容我细打量，已经被让进了左边的一间屋子。

"坐，坐。"乔婶拉着我的手，把我按在按在屋里唯一的一张沙发上，然后就忙着沏茶去了。

紧挨着沙发，是两个摞起来的柜子，下面那张是猪肝色的，镂刻着花边，四个玻璃面上贴着梅花、仕女什么的图案，我感觉那是我爷爷那辈的东西了。乔婶说这是她当年的陪嫁，我仔细端详了屋里的那张木床，好一会儿才辨认出那原来可能是白色的，被磨得没有一点光面了。屋里最现代化的是那台20寸的彩电，搁在两个摞起来的木箱上。

墙上没有别的装饰，却挂着一张雷锋的照片，差不多有12寸吧，镶在镜框里。照片里的雷锋很淳朴雅致的样子，让人有亲近感。小王说原来墙上挂了一圈雷锋的照片，后来部队里想翻拍就给取下来了。

照片就挂在床头，乔安山每天一睁眼就能看见。

我很幸运，乔叔没有拒绝我。

雷锋就死在乔安山眼前

33年前的往事是乔安山心灵的伤疤，封上痴了，一揭开，血还会流出来……

乔安山的脸色不大好，黑黄的，皱纹很深，眼睛有些浑浊，似乎还有点肿，声音是沙哑的，像是没休息好。他递给我一本厚厚的大书，说："这是新出的。"我接过来一看是《回忆雷锋》，是雷锋生前的战友的大量回忆文章。翻了翻，感觉耳目一新。

坐了一会儿，莫主任起身要走，临走时邀乔安山回部队参加五四青年节的活动，跟战士讲讲雷锋。乔安山说："我一定去，可报告我不能作，你知道，我不会作报告。"

"这些年您给人作过报告吗？"我问。

"没有，从来不去。这些年，怎么说呢，这几年学雷锋的，有些我看不惯，光喊口号了。我这人不会说，我只想着每做一件事情不能给班长丢脸，在家我跟孩子也这么说的，要对得起自己的良心。这本书你看了吧，我们原来工程兵的老司令员在临死的时候留下话说，要把雷锋的事迹搞实在，不能把雷锋变成神，弄得谁也不相信。"

乔说："现在这本扎实。"

我问他原来编《雷锋的故事》的时候有人找他采访过吗，他说："没有，从来没有，编书的是咱们部队的干事，大学生，来了不长时间，不过他资料很多。"他停顿了一下，有些犹豫地说："那本书，怎么说呢，按说你们都是干这个的……"又把话咽了回去。

1962年8月15日，抚顺望花区部队驻地。乔安山坐在驾驶室里，双手把着方向盘，朝九连炊事班开过去。

车打了一个90度的弯后，驶入了一条窄窄的人行道。右边是九连连部的房子，左轮边上是一棵杨树，紧挨着杨树是一排一米半高的柞木方子，中间拉着铁线，是用来给战士晾衣服被子的，乔安山犹豫了一下，没把握是不是会蹭着连部的房子，他把头探出车窗外，冲雷锋喊了一声："班长！"

雷锋跑上前去问："怎么了？"

"班长，你看看会不会撞上房子？"

雷锋左右仔细看了一遍，然后又问："方向盘打死了没有？"

"打死了。"

雷锋走到车的左前方，向乔安山打着手势："走吧，没事，倒，进，进……"

乔安山挂二挡起步，迅速回转方向盘……

车"轰"地向前，左后轮将第一根柞木杆撞倒，铁丝的巨大张力迅速将木杆回弹，重重地砸在雷锋的太阳穴上，雷锋顿时倒在地上……

33年前的那个上午，驾驶室里的乔安山根本不知道，在他起步的那一刹那，悲剧已经发生了，而他，将以自己的一生来饰演悲剧中的重要角色。

乔安山径直把车开到九连炊事班的水管前，跳下车来，扭头发现班长躺在地上。他心一沉，急忙跑过去，抱起雷锋。鲜红的血水从雷锋的面颊喷涌出来，乔安山大喊："班长！雷锋！"

战友们围了过来，乔安山冲他们嚷着："快去找连长来！"

连长虞仁昌望着来报信的战士变形的脸，不相信雷锋能出了什么事，10分钟前还活蹦乱跳的呢，他跑到雷锋眼前，看见血泊中的雷锋，急得直打自己的脸，他二话不说，大声命令一位战士："快去把教练车开过来！"他抱起雷锋一上车，教员王广湘立即驾车急速赶往抚顺望花西部医院，车刚停稳，连长背起雷锋上了二楼的急救室。

雷锋体温太高，连长又冲下来买了一箱冰棍降温。

突然，雷锋的呼吸停止了，医生、护士赶紧对他进行人工呼吸，好半天才算缓了过来，医生把连长叫到一旁说这个人伤势很重，是颅骨折，内部出血，生命有危险。

连长一听眼泪唰地流了下来："大夫，他是毛主席的好战士雷锋啊，请你们无论如何要千方百计地抢救他呀！"

急救室里，雷锋隔几分钟就抽搐一次，到后来就没有了呼吸，院长命令道：把气管割开输氧气！护士把雷锋的脖子割开了，手却紧张得直哆嗦，无法把气管拽出来，院长推开护士，亲自上前把雷锋的气管拽了出来，插上了氧气管。这时，雷锋的腹部起伏了一下，在场的人精神一振，起伏又停止了。医生不得不再次进行人工呼吸，20分钟后，医生用听器检查了雷锋的心脏，沉重地说："不行了，你们料理后事吧……"

死寂……

刹那间，在场的人痛哭失声！

乔安山坐在医院的太平间里，对着班长哭一阵，发一阵呆，脑子里一片空白，看门人叫他，他也不应，人们只好连他和一屋子的死人一块锁了起来。

一气之下，排长叫上两名战士把乔安山带到连部招待所的一间小屋子里，禁闭起来，两名战士在外面站岗。

乔安山在屋子里不停地抽烟："雷锋让我给撞死了，我也活不成了，起码是无期徒刑。"他认定自己完了。

当时政委和指导员从机关赶回来，马上就打听乔安山的下落，一听说被禁闭了，政委立刻下令"赶紧放人，不能死了一个再死第二个！"他转身对指导员说："你要负责他的安全，不要让乔安山再发生意外，千万不能再死一个了。"

指导员来到乔安山被禁闭的小屋子跟前，见两名战士持枪而立，大声对哨兵说："你们还站在这里干什么？政委让你们回去，乔安山没事了。"

乔安山一见指导员就放声大哭："指导员，我有罪啊，这么好的班长让我给撞死了，让我跟班长一起去死吧！"

辽宁省交通厅、沈阳军区、军事法庭等有关机构的人员来到抚顺，检查了事故发生的现场，分析了原因，确认这是一起意外交通事故，而非有意所为，下午，指导员找到乔安山，严肃地对他说："事故已经调查清楚了，雷锋已经牺牲了，你要化悲痛为力量，不要背思想包袱。"

乔安山又落泪了，他紧握着指导员的手，"指导员，没想到领导把我放出来了，还和同志们一样对待，我只有感谢党、感谢领导，我要用我的全部力量和实际行动，弥补我的罪过，完成雷锋没有完成的任务。"

在以后的人生旅途中，乔安山把这句话当作信条，无时无刻不用它来鞭策自己。这一年，乔安山21岁。

"我总觉得对不住班长"

1966年，乔安山离开了部队，转业到了一个新组建的国防工程施工单位，部队原打算留他，他却总觉得心里有个阴影。要去的这个单位不一般，那是一个军工部门，承担的都是重要的国防工程，每一个去那儿的人都经过了严格的筛选，领导也都是原来的，任务依然是修路、炸山洞，修工程。

"部队没把我当外人，去那儿的人都得表现好才行。部队对我挺好的，真的挺好的。"这句话乔安山重复说了多次。

一直干到70年代初，乔安山才算是彻底脱下军装，来到了铁均第五运输公司，几乎没有人知道他是雷锋的战友，他从不提这件事，他把车队里最难开的一辆9米长的大挂车接了过来。"当年班长就是这做的。"平常一有空，他就把公司扔掉的旧轮胎拿回来，修修补补，接着用。

开大客车跑长途，看见农村的老大娘哆嗦着双手从手绢包着的钱里一毛一毛凑车票钱，乔安山总是不收或少收点，剩余部分自己给垫上。"咱这是共产党的车，不应该为人民服务吗？"

连孩子都能感觉到自己的父亲和别的父亲不太一样，特别严厉。直到今天，他们还能回忆起小时候，捡到东西了，父亲监督着他们站在寒风中等失主来认领的情形。

乔安山人缘好，平时闲下来就给周围的孩子讲故事，讲的多是"好爷爷"的故事，说"好爷爷"怎么勤俭节约，把省下的钱寄给被水淹了的村子；说"好爷爷"怎么冒雨送奶奶回家；说"好爷爷"星期天不休息参加义务劳动……终于有一天，孩子们围着他说："我知道了，爷爷，您讲的'好爷爷'就是雷锋叔叔。"

"雷锋叔叔"永远只有 22 岁，乔安山的心永远地留在了 1962 年。他忘不了雷锋是如何教他学文化的，忘不了雷锋瞒着他给受涝灾的母亲寄钱。

每年一到 3 月 5 日，或是清明节，或是 8 月 15 日，乔安山一定要去雷锋纪念馆，这摸摸，那瞧瞧，跟班长唠，这么多年了，他还是常梦见雷锋，雷锋永远乐乐呵呵的，教他学文化、开车、擦车。

"我不敢看他，总觉得对不住他，可他就像什么事也没发生似的，还像从前一样待我。"每次醒来，他总是难过得想哭。

大儿子乔伟结婚了，父亲送儿子儿媳的礼物是一本《雷锋的故事》和一张自己与雷锋的合影。

1992 年，雷锋纪念馆扩建，乔安山请了假，悄悄地搭乘长途汽车专门赶到抚顺，以孙子、孙女和自己的名义，捐了 200 块钱，回来后家人直埋怨他，怎么也不打个招呼，不然我们大家都去还能多捐点，看着祖孙三代都把雷锋放在心上。他觉得这是最大的安慰了。这 8 口人的三代之家，连最小的孙子也能张口就背《雷锋日记》。

却也有人真的就在他的心口撒盐。前些日子，在铁岭火车站前，乔安山正与一位朋友谈事，过来一人，见到乔安山，大喊："这不是老乔吗？雷锋不就是你整死的吗……"

乔安山心里淌血。

乔安山有一位好朋友，也是从部队下来的，两人都说是因为对方"特实在"，才成了好朋友的，在铁岭市面粉厂，我见到了这位"特实在"的邵秀民。

"我乔哥活得太难了，啥时闭眼睛了，啥时才能解脱，他简直比雷锋还不容易，雷锋好歹就那么几年，我乔哥可是一辈子，就说上次，在我们面粉厂门口，一辆半截子车把一个男孩的腿给轧了，把脚轧碎了，小凉鞋儿都掉了，乔哥正好路过，他赶紧让自己的司机停车，抱起孩子就送到了医院，医生一看是粉碎性骨折，就要截肢，乔哥不干，说孩子这么小，截了肢，长大了怎么办？这一辈子不就完了？他当时急得快哭了。后来听说孩子的脚保住了，家长来了之后他就走了，到现在那孩子的家长也不知道是谁救了孩子。"

沉默了好一会儿，邵秀民最后说了一句："他背着十字架，背了 33 年，还得背下去……"

"最好的事情就是回忆过去了"

乔安山退休两年多了,老伴退得比他还早,全都没到该退休的年龄,因为单位发不出工资来,只好自己回家想办法了。乔家六个人在外工作,有四个人下岗了,开不出支,只剩下两个儿媳妇还能拿到固定的工资。

"按说退休了能拿到300多块钱的退休工资,可现在两三个月也拿不到钱了,单位几乎瘫痪,她就更是一分钱也拿不到了。"乔安山指着老伴说。

"那你们怎么过呢?"

"她卖茶叶,赊销,一月差不多能挣个200块钱。够维持生活的了。"

乔安山说这话时挺知足。

老伴插话了:"这些年他老教育我们艰苦朴素,从来不穿好的。那天,我要拉东西,想坐一次'倒骑驴'。他说不行,班长没让我坐过'倒骑驴'。他老是把班长挂在嘴边,回家就扫楼梯。前几个五一,他碰上两个走丢的孩子,一手一个,给抱到派出所去了。今年我不知道上了点假茶叶,全是柳树叶子。他赶紧让拿回来,全给烧了,损失了一百多块。他不会说,可是总默默无闻地做,他说身教胜于言教。"

"别把我夸得那么好。"乔安山打断老伴的话。

"那事我还没告诉你呢,我给他买了一条缎面裤,我说你都50多岁的人了,该穿一点了。他不乐意,直跟我生气,又跟我提班长。"

乔安山小心地用手摩挲着身上的那条裤子,说:"一百多块呢,能买100斤大米呀!"他转身问我:"你去过最贫困的地区吗?咱们辽河边上有的村子一天只能吃两顿饭,大姑娘也得穿带补丁的衣服,逢年过节才有大米白面吃,我现在顿顿大米白面,住楼房,我爹那辈儿简直不敢想,我挺知足的。"

乔安山退下来以后,跟朋友借了8000块钱买了一辆旧车,谁知开了没两个月,车坏了。无奈,他又帮朋友在市政爆破公司照看器材,在公司临时租用仓库的一间小黑屋子里住了7个多月,一分钱也没拿到。朋友说企业被拖欠的资金太严重,实在拿不出钱来,他还接着干。说那是朋友,不给钱也得帮这个忙。不过他还是希望能拿到钱,他现在已经没有别的路子了,他得靠这个吃饭。

个体运输急剧发展的时候,国有运输公司却发不出工资来。乔安山说起这件事挺生气:"尽搞小动作,给回扣,来个人就陪吃,8个领导9个人吃,还不吃黄了！个体车费用少，给回扣就行，咱们不能给，尤其我当调度的时候，绝对不行，这都是国家给的钱，怎么给？所以咱争不过别人，没办法。"

——"您当调度的时候，是不是把司机都得罪光了？"

——"反正我当调度的时候，如果出车，人家大吃大喝塞红包，我这儿可不行，你回家问问你爹，六零年吃什么玩意儿？急了我就骂他们。他们不愿意和我出车，说老头太抠。住店也是，能住就行了呗，干嘛要住那么好的。"

——"您都住什么样的？"

——"两三块的，大炕，这也便于管理，现在的年轻人不好管，一出车我就跟年轻人说，咱们住大店，我得看着你们，谁也别想出事，我领你们来，领你们回去。"

——"如果现在还让您回去，管理车队，您打算怎么做呢？"

——"我得用六十年代管企业的办法来管理车队。"

二儿子乔兵的公司也发不出工资了，他打算留职停薪，自己出来干。当爹的不愿意，说咱家够吃够花的了，要这么多钱干什么？你才吃了几天干饭，不能冒这个险。乔兵说，我父亲的思想还停留在六十年代呢。

——"您是不是常怀念过去？"

——"现在最好的事情就是回忆过去了。"乔安山长叹一口气，虽然过去苦一点，可人与人之间的关系好，前些年我出车到河南，路过个人的家门口，要掏两块钱，说是买路钱，门口的路是他修的，毛主席活着的时候哪有那事，那时候说车有急事，生产队长连夜组织社员修路，让老牛拉着我们的车过去。

在和乔安山的谈话中，他总对我反复说明一个意思：并不是因为他撞倒了雷锋，他才33年如一日学雷锋的，因为雷锋真的是个好人，真的应该向他学习，"啥时都不能忘了他"。

他跟我说第一任"雷锋班"的班长，退伍回到四川后，买了一辆客车跑运输，自己给自己定了很多规矩，老人不收钱，孩子不收钱，残疾人不收钱。结果自己往里陪了上万元。

文中提到的邵秀民后来给我来过一封信，说是在山东的电视节目上偶然看到了"雷锋班"里开14号车的那位战友，没记住姓名地址，只知道现在也是个学雷锋的模范。希望我能帮助找一找他。

他们都是雷锋的战友，对于他们来说，雷锋并不遥远，并不高大，也并不神秘，他只是个实实在在、生气勃勃、热情助人的小伙子，他永远是"班长"。

他们事事以班长为榜样，不喊口号，更无需行政动员，不是管六十年代，还是九十年代。

他们的人数不多，也许，现在读起他们的故事，人们会认为太久远了。我想，在多元化的今天，尽管人们的生活理想和行为方式千差万别，但乔安山和他的战友们将永远居于被尊重的人们之列。

学习思考题

1. 分析作品《生命的支柱——张海迪之歌》与20世纪60年代典型人物报道在采访与写作方面的不同。

2. 结合附录3文章《乔安山：离不开雷锋的日子》，对比分析其与作品《乔安山的故事》在写作方式上的异同。当下，如果要你采写一篇与乔安山相关的人物报道，你会从哪些方面入手？

3. 在20世纪80年代青年的人生道路与人生观大讨论的背景下，分析《生命的支柱——张海迪之歌》《乔安山的故事》两篇典型人物报道的时代意义。

主题 3-3　新闻界舆论监督的尝试与经济建设报道

渤海 2 号钻井船翻沉事故说明了什么？

作者：陈骥　牛凤和

《工人日报》1980 年 7 月 22 日

渤海 2 号钻井船的翻沉，是一个令人痛心的事件。参加这次调查的同志和海洋石油勘探局的许多职工都认为，这次事故不是偶然的，是海洋石油勘探局领导长期以来坚持一些错误的指导思想和做法的必然结果。

只讲需要不讲可能

海洋石油勘探局在钻井勘探作业的安排上，相当严重地存在着只讲需要、不讲可能的思想。

渤海湾冬季寒流多，风浪大，钻井船容易位移，造成钻井打偏报废；而且，钻井船都是不抗水的。但是，因为有关领导机关曾经向局里提出"是站着过冬还是干着过冬"的问题，要求钻井船冬季也要出海打井，局领导往往不顾实际情况，又没有什么有效的措施，冬天也把钻井船轰到海上。职工群众提出不同意见，局领导就说："要翻船也给我翻到海里去，不要翻在码头里。"

这样做的实际效果究竟怎样呢？据"渤 2"钻井队职工反映，1978 年冬季，"渤 2"主机有毛病，甲板有裂缝，应该检修，而局里非让它继续打井，并说："要干着过冬，不能泡着过冬，要过一个革命化的冬天。"结果在海上打了两口井全部打偏报废，白干了一冬。有的船由于冬季出海打井，不得不在春夏被迫回港检修。

"渤 2"这一次所以要在冬季紧急迁往新井位打井，也和这种指导思想有关。按照规定，钻井船迁移井位，一般应在 15 天以前把任务正式下达到钻井船队，并且必须同时提供新井位的水深、地貌、泥厚等必不可少的资料，使钻井船可以比较充分地进行拖航准备和顺利地在新井位就位。但是这一次，"渤2"迁移新井位的时间很急迫，11月20日确定任务，21日开拖航会议，24日就要降船拖航，拖航准备只有三四天时间。而且当时连新井位的水深、地貌、泥厚等资料都没有弄清楚。由于任务要求过急，拖航准备不得不仓促上阵，为了赶时间，在拖航前，应该排的压载水不排，应该卸的可变载荷不卸，应该捞的潜水泵不捞，使这条本来能抗12级以上大风的钻井船，却经不起八九级风（最大阵风十级）的袭击而翻沉。

冒险蛮干　不讲科学

海洋石油勘探局领导往下压生产任务，常常是要求过急，不讲科学，强令下面接受领导上的违章指挥。据"渤1"职工揭露，有一次在大风警报的情况下，局里强令他们冒险起浮拖航（按规定四级风以上就不得起浮），群众没法子，只好照办。起浮后风浪越来越大，根本无法去新井就位，只得冒着危险由拖轮拖着顶风走，在海上"大游行"了3天。像这样强迫命令瞎指挥的事例是很多的，但是领导从来不认为是个问题，相反却把蛮干没有出事，当作经验来总结，出了事就说是"没经验""交学费"。领导根本不把"安全"二字放在心上。"渤2"引进已经6年了，该船的《稳性计算书》等外文资料一直没有翻译出来，发生事故后，为了调查案情，才由事故调查组请人译出。

结果就造成了一种怪现象：谁要是不问实际情况只按领导要求去做，即使明明是违章作业，也是"有干劲""有锐气"；相反，谁要是讲科学，抵制违章指挥，谁就是"怕困难，不听指挥"，就要受批判，调动工作。该局船舶处一位副处长，提出拖航作业应该由拖轮负责指挥，因为钻井船的队长钻井是内行，对航海并不内行。这位副处长的意见至少可以讨论吧。但是不行！因为这违反了局里的规定，一位副局长强令按原规定拖航，这个副处长拒绝参加，就被批判三次，后来被调离了船舶处。到底是讲科学、抵制违章指挥的是对四化建设负责的好工人、好干部，还是只知服从、盲目蛮干的是好工人、好干部？这个重要的问题被弄颠倒了。

这种不讲科学的态度，还表现在不尊重来自生产第一线的干部、工人的建议和意见。这次"渤2"拖航前，队长刘学曾几次打电报来要求卸载、捞潜水泵和请求用3条拖轮拖航。但是这些正确的意见，却被搁置一旁。如果按刘学的意见办，这次事故就有可能避免，至少能大大减少死亡和损失。可惜，有的人就不愿意承认生产第一线的干部工人比自己的认识更接近实际，他们的意见更值得重视和尊重！

只讲生产　不顾安全

职工们在事故调查的座谈中，揭露了该局领导只顾生产、不顾工人安全的大量事实。在海上采油平台上，采油区和生活区、油罐区之间，有不少地方没有走梯和走台，工人们要顶着大风，在一米粗的拉筋管道上来回走，没有扶手栏杆，下面就是大海。职工从交通船爬上平台也总得捏把汗：船在水里晃动，搭上一块一尺宽、几米长的跳板，工人们就在跳板上走上走下。

海上的救生、防火等设备很少配齐过。"渤3"出海半年多以后才配上救生筏。工人们出海换班的交通船上也只有很少的救生设备。如海上井喷、起火时救生用的耐火救生球数量配备太少，有的有了球，却没有放下海的设备，还是不能起到救生作用。更为严重的是，这些海上救生设备即使有了，工人也不会使用，因为平时不组织学习、演习。

这个局海上作业的职工只占1/6，以5/6的人来保障1/6的前线职工的生产安全和生活，应该是照顾得比较周到的，但是事实上对海上作业工人的照顾却很差。工人出海换班有的要自带行李，船上又无舱房，冬季在甲板上或过道里任凭刺骨寒风吹打。国产钻井船设备较差，工人们每天一身泥水，20天才能洗一次澡。进口船上原来配有沙发，但引进后一到码头，沙发就被搬到岸上使用。特别是工人在海上得了重病，或出了工伤，更是难以及时回港就医。一次，"渤4"有个工人在船上摔伤，伤势严重，处于昏迷状态。钻井船要求局里紧急派直升机抢救。飞机来了，机上坐着钻井处处长孙治业和另一位海工处的处长。因为飞机只能坐3个人，队长和指导员说明情况，要求他们下机，先把工人护送到岸上抢救。海工处长下了飞机，孙处长无论如何不肯下机，钻井队队干部说了很多好话，他还是无动于衷。最后，只好派一名工人跪在机舱里护送伤员，而孙处长却端坐舱中，不肯帮一手。

海洋局领导不去真心实意地关心和爱护职工，却说什么"要奋斗就要有牺牲"。一味地要求工人"一不怕苦，二不怕死"。"渤2"翻船后，局领导还是用这一套来统一思想。局政治部的一位副主任，在对事故调查组汇报时，竟然说："要奋斗就要有牺牲，战争年代要付出代价，搞四化也要付出代价，72人死的是值得的，他们是英雄，要交学费嘛！"

掩盖矛盾　逃避责任

海洋石油勘探局成立 7 年多来，发生过许多次大小事故，但是领导上从不认真总结教训，常常用评英雄、追认烈士的办法，逃避领导责任，不了了之。群众批评说："我们海洋局是事故出英雄，一次事故，一批英雄；事故越多，英雄越多。"

1977 年冬，"渤 1"断脚事故，其严重程度并不亚于这次"渤 2"事故，只是由于工人英勇抢救，侥幸没有造成人身伤亡。可是事后领导上不总结教训，钻井船被抢救回港后，给人们披红戴花，设宴摆酒，评了英雄，就算了事。这次"渤 2"翻船后，局领导仍想用这种办法来逃脱责任。在事故后的第三天，就急急忙忙写出不如实反映情况的报告，定了"突遇大风，不可抗拒"，"指挥无误"，"抢救英勇"的调子，要在全局大讲"渤 2"不怕牺牲的功绩，开展所谓大总结、大评比、大宣传、大表彰的活动，绝口不提查清事故责任问题。而且以此在全局强行统一思想，连说"事故"二字都不允许，还宣称要"注意阶级斗争新动向"，"防止别有用心的人把水搅浑"。其实，局领导所谓的"突遇大风，不可抗拒"的说法是完全没有事实根据的。他们说突遇十级至十一级大风，但是据查，当天距"渤 2"只有 3 海里航行的"大庆 9 号"油轮的气象记录是："11 月 24 日 24 点，西风九级；25 日 4 点，东北风七级。"天津、山东等气象台实况记录，也都只有八九级风，最大阵风只有十级。"渤 2"从新加坡拖运进来和送日本大修时，在拖航途中都遇到过十一级大风，但是因为照规程办事，钻井船安然无恙。

随后局领导又根据这个报告，向有关领导机关提出追认英雄烈士的要求。职工群众认为，"渤 2"船队是有功绩的，72 名职工也是英勇的，但是不能允许领导上借此来掩盖自己的责任。职工群众非常担心地说："如果这次仍然不了了之，我们总有一天要被他们'指挥'到海里去。"

人们强烈地要求按照党纪国法严肃处理对事故负有重要责任的领导人员，同时要求肃清极左路线的流毒，确实保障职工在生产过程中的生命安全和身体健康，保证国家财产不被糟蹋，是理所当然的。我们不能总是交这些冤枉的学费！一定要从这次惨痛的事故中引出积极的结果来，把海洋石油事业办好，为四化建设作出应有的贡献。

改革开放缩小了我国城乡人民的生活差距

作者：焦然

新华社北京分社　1988年8月21日

我国城乡人民的生活差距已由改革前的2.9∶1缩小到2.2∶1。据统计，从1978年至1988年，按可比价格计算，农民生活消费水平平均每年提高9.7%，而城市居民则平均每年提高5.6%，农民生活水平提高的速度快于市民生活水平提高的速度。

是改革开放使农民生活发生了改革前难以想象的巨大变化。1988年全国农民人均纯收入达545元，比10年前增加411元，按可比价格计算，平均每年增长11.8%。而1949年至1978年的29年间，农民人均纯收入只增加90元。目前，按国家贫困户标准由人均纯收入150元以下提高到人均200元以下计算，全国农村贫困户占农户总数的比重由10年前的82.6%下降到8.3%；同时，每100户农民，已有47户人均纯收入在500元以上。"吃细粮、住新房、穿新衣"，这种长期被亿万农家当成奢望的生活，如今神话般地降临在头上。

现在，农民餐桌上的食品与市民餐桌上的差距在缩小。农民每吃5公斤粮食中，就有4.075公斤是大米、白面，而10年前一半以上是粗粮；肉、禽、蛋、鱼虾上餐桌在农家已不稀罕，去年全国农民副食品消费额已大于主食消费额。现在每个农民每天摄入的热量为2627千卡，比10年前增加416千卡，已接近中等收入国家1980年的水平。农民的恩格尔系数，即生活费用中用于伙食的费用，也由10年前的67.7%下降到55%，接近市民的恩格尔系数。

在城市居民服装样式追求千姿百态的时候，广大农民也告别了"一衣多季"，"一季多衣"成为他们新的消费特征。农村五彩缤纷的服装市场处处可见。

在住房上，城市青年就很羡慕农村小伙了。10年来，每100户农民就有75户盖了新房，人均住房由8平方米增加到17平方米，在1988年新建住房中，100间就有83间是砖木结构和钢筋混凝土结构的，土草房、纸糊窗已经少见,"茅屋为秋风所破"只是往昔生活的写照。

在改革初期,电视机、电冰箱、洗衣机、照相机、摩托车只是城市居民的专利消费。而现在,平均每100个农户,就有31户有电视机。彩色电视、双门电冰箱、摩托车、照相机、洗衣机也都开始在农家使用。东部沿海的大部分地区和大、中城市郊区,农民消费日用品和高档耐用消费品的水平已与市民十分相近。现在,平均每个农民在银行、信用社的储蓄已由10年前的7元,增加到200元以上;此外,估计他们手持现金有1000亿元左右。目前,全社会一半以上的购买力在农民那里,零售社会商品60%以上销向农村。这表明,8亿农民已为国民经济发展提供了一个广阔的、有潜力的巨大市场。

真正的"秘密武器"——齐鲁纪行之一

作者：范敬宜

《经济日报》1991年3月19日

站在从威海驶往刘公岛的轮船甲板上，披襟当风，遥望甲午鏖战的海面，回首碧树红瓦的新城，心旷神怡，不禁轻轻吟出杜甫的诗句："江流大自在，坐稳兴悠哉！"

一个"稳"字，惹出无数联想。

从2月下旬到3月上旬，记者在山东进行了半个月的采访，行程三千里，涉足九市地，深深被这里经济繁荣、社会安定的景象所激动。所见所闻，印证了一句过去不甚相信的评价：山东在悄悄地崛起。

络绎不绝地来自全国各地的考察者，都在这块土地上研究、思索：这个历史上曾经哀鸿遍野、温饱难继的省份，如今不动声色地走到了全国经济发展的前列，究竟靠的是什么？它究竟有什么"秘密武器"？

答案是多种多样的。比如，山东坚持了以经济建设为中心，山东发挥了得天独厚的地理优势，山东的干部、群众吃苦耐劳，富有实干精神，等等。无疑，这些答案都完全正确，但是，记者印象最深的还是在省政府有关部门座谈会上听到的一句话："山东只有'常规武器'，没有'秘密武器'。如果非要说有什么'秘密武器'，那就是：稳。贯彻党的十一届三中全会以来的政策，不折腾，不翻烧饼，不忽左忽右、大起大落。没有这一条做保证，经济建设、改革开放都不可能按照既定目标稳步发展。"

这，也许说中了问题的实质。

"这里没有断层"

"政策的稳定，来自班子的稳定，班子的稳定，又来自班子的团结。山东政策之所以稳定，关键在于上上下下没有断层！"莱芜市的一位干部列出这样一个"公式"。

对这个"公式"如何理解？记者在同省委书记姜春云、省长赵志浩的谈话中，得到这样一个强烈的印象：保持政策稳定，首先是保持政策的连续性。有了连续性，才有严肃性、权威性，才能取信于民，把广大干部群众的积极性调动起来。

群众不怕大干，就怕白干，尤其怕领导班子一届否定一届，"一个和尚一个磬，一个将军一道令"。从基层一个台阶一个台阶上来的姜春云、赵志浩，十分了解基层干部和群众的心情，因此，他们一上任，就规定一条：必须保持政策的连续性。历届省委班子制订的政策、规划、措施，凡是符合中央精神和实际情况，现在还适用的，都要加以肯定、继承，并在原有基础上完善和发展，决不能割断历史，另起炉灶。这样做，为的是尊重历史，尊重党的传统，也为了尊重和保护群众的积极性，避免不必要的震荡和波折。

看得出来，这种尊重是发自内心的。在与记者交谈中，姜春云、赵志浩很少谈到自己的功绩，总是谦虚、诚恳地说：没有历届领导同志艰苦创业打下的基础，就没有山东的今天。他们举例说，"科教兴鲁"的方针，"东部开放，西部开发，东西结合，共同发展"的战略，就是上届省委提出来的；今天的"八五"规划，也是在前几届省委多年研究成果的基础上制定的。对省委的前几任老书记，对那些经验丰富、德高望重的老同志，新班子至今还经常向他们登门请教。

在山东，经常听到"五世同堂，和平交接"的说法，指的是60年代以来的五任省委书记，都定居在济南，尽管他们原籍并非都是山东。对此，山东的干部群众颇有几分自豪。泰安市委书记王建功对记者说："这种少见的特殊现象，说明这里有一个非常团结、祥和、温暖的环境。我这个外省调来的干部，体会尤为深刻。"唯其如此，当新班子遇到麻烦困难的时候，老将们纷纷主动出马做工作，为他们排难解纷，也就是很自然的事情了。

新老班子如此，现任班子的关系如何呢？赵志浩的回答非常动人："春云同志和我可以说是亲密无间，亲如兄弟。"当我们向姜春云"核实"情况时，他的回答更幽默："完全属实，毫不夸张。"据熟悉内情的同志介绍，他俩确实彼此尊重，彼此理解，互相通气，互相商量，达到了心心相印的程度。

在济南开往烟台的夜行车上，一位富有齐鲁豪爽率直性格的干部，滔滔不绝地向记者倾谈自己的感受：

"一个省委班子是否团结，从常委开会的气氛就可以看得明白。由于常委们思想统一，配合默契，常委会总是气氛和谐，效率很高，即使讨论最复杂的人事问题,也从来没有面红耳赤、议而不决的时候……

"不仅省委、省政府的核心领导这般融洽,省顾委、纪委、人大、政协、济南军区、省军区以及各人民团体,也都齐心协力,紧紧围绕党的中心工作,互相支持,互相配合,捏成一个强有力的拳头。上行下效,下面的班子谁还闹摩擦?这样就形成了一股以团结为重、以团结为荣的正气,上面的政策在各级领导班子中也就畅通无阻、没有断层。古语说,政通人和,其实应该说是人和政通……"

勇气,来自稳固的后方

坚持稳定的政策,不仅需要和谐的环境,还需要坚持唯物主义的勇气。

提起几年来山东省为什么能够持续、稳定、协调地发展经济,干部、群众总是津津乐道两件事情:

——1989年6、7月间,社会上纷纷谣传农村家庭承包制和企业厂长负责制要变了,原来下放给基层的权力要收了,城乡人心惶惶,议论纷纷,眼看就要影响生产。就在这节骨眼上,山东省委、省政府连续召开会议,明确宣布"两不变、一不收",一下子使动荡的人心稳定了下来。

——同年10月,有些地方在打击经济犯罪活动的时候,出现了一些偏颇,造成了极少数人误伤,有些厂长作了坐牢的准备,不少工厂采购人员都不敢出差了,生产受到影响。省委、省政府及时发现情况,当机立断,马上召开紧急电话会议,郑重表态:必须划清罪与非罪的界限。对确实贪污犯罪的一定要坚决依法查处;对由于政策界限不清而发生的某些问题,一概由省里承担责任,决不追究厂长经理的个人责任;对真正的改革者则一定要保护。此言一出,厂长经理们如释重负,激动万分,重新挺起腰杆,理直气壮地去抓工作。

对于省委、省政府在关键时刻的两次表态,人们比喻为大旱中的两场"及时雨"。近两年来山东省的改革开放能够持续发展,不能不说与此有很大关系。后来的事实证明,山东省委、省政府的表态,完全符合党中央、国务院的精神。

在错综复杂的情况下,省委、省政府能够这样头脑清醒、态度明朗,反映了领导者有较高的马克思主义理论水平和政策水平,对坚持"一个中心、两个基本点"的基本路线有很强的自觉性。当时也有人"好心"地劝告他们:现在正是强调解决"一手硬、一手软"的时候,你们这样强调抓经济工作,弄不好会犯错误的。他们毫不含糊地回答:"克服一手硬、一手软,为的是让软的一手硬起来,而不是让硬的一手软下去。以经济建设为中心是党的根本方针,任何时候都不能动摇。"这番话在基层干部中流传很广,印象很深,成为他们坚持经济建设这个中心的主心骨。

但是,认识是一回事,真正做到却要冒一定的风险。省委、省政府的主要领导同志敢于冒这个风险,勇气也来自班子的团结,全省上下的团结,在重大问题上的认识统一。有的同志说得很深刻:如果没有稳固的"后方",一个班子里有人搞内耗,老踩你脚后跟,你得老防背后的暗箭,有天大的勇气也不济,执行政策非"扭秧歌"不可。

"看到省里这样团结一致,这样勇于承担责任,我们下面工作就有一种安全感,像走路一样,不用绕弯子,不用侧身子,尽走直线,速度就快了。"泰安市的领导这么说,烟台市的领导这么说,威海市的领导也这么说。

为 8400 万山东人民的利益负责

山东省的领导班子为什么能这样团结?团结靠的是什么?

下面干部的回答也许更有说服力:"他们确实亲密无间,但绝不是拉拉扯扯、吃吃喝喝的酒肉朋友,他们的团结是建立在党的原则基础上的。"

记者曾问赵志浩:你在工作中难道从来没有遇到过不愉快的事情?他笑了,坦率地说:"山东不是与世隔绝的真空地带,社会上的矛盾同样会反映到各级班子里来,我们当书记、省长的也是食人间烟火的凡人,当然也有烦恼、生气的时候。但是,我们有一个基本出发点:要为 8400 万山东人民的利益负责。党把你派到这里来,不是让你来搞'窝里斗'的,而是让你为 8400 万人民造福的。山东是革命老区,无数革命先烈为了解放这块土地洒下了鲜血,可是建国几十年,山东还很穷,每年有大批农民为生活所迫闯关东,你不去带领他们发展经济,改变面貌,还称得上是共产党的干部吗?这么考虑问题,一种历史责任感和迫切感就上来了,压倒了个人恩怨和个人意气。"

新闻记者的眼光总是挑剔的。当听到一片赞美团结之声的时候,我们往往怀疑自己所获情况是否全面。在采访烟台市市长的时候,记者不揣冒昧地提出了自己的疑问。

这位年轻的市长听了哈哈大笑:"我们在省里领导面前可从来不讲这些哟!他们来了,我们不但不夸他们,还经常跟他们吵,要项目,要材料,要资金,有时还吵得厉害呢!"

"不过,这是不甘落后的吵,敢为人先的吵,团结进取的吵!"旁边省里干部的一句插话,引起一屋欢快的笑声。

我们起身告辞,继续驱车前进。这是难忘的1991年3月8日下午,去冬以来第一场好雪,正纷纷扬扬地洒向那一片新绿、但亟待灌返青水的麦田……

学习思考题

1. 分析《渤海2号钻井船翻沉事故说明了什么?》的文章结构与行文安排特征,分析文章几个部分之间的逻辑关系。

2. 阅读与思考作品《改革开放缩小了我国城乡人民的生活差距》在哪些方面反映了城乡人民生活差距的缩小?每一个方面分别使用了哪些数据来证实差距的缩小?你是否可以将这些数据进行可视化处理,生成一篇融合新闻作品?

3. 阅读并分析《真正的"秘密武器"——齐鲁纪行之一》的写作特征。

附录 3

《实践是检验真理的唯一标准》主要作者胡福明：我只是跟上了时代和国家的需要

作者：刘照普

《中国经济周刊》2018 年第 22 期

今年是改革开放 40 周年，也是《实践是检验真理的唯一标准》一文发表 40 周年。

1978 年 5 月 11 日，《光明日报》发表特约评论员文章《实践是检验真理的唯一标准》。文章发表后，在全国范围内引发了一场真理标准问题大讨论。该文初稿由时任南京大学政治系教师胡福明撰写，后经数度修改，最终以《光明日报》"本报特约评论员"的名义发表。

2018 年初夏，距离这篇重要文章发表 40 年后，《中国经济周刊》记者走进了胡福明的寓所，对他进行专访，听他讲述写作《实践是检验真理的唯一标准》的前前后后。

采访过程中，胡福明面前摆放着一篇自撰的《实事求是无禁区，解放思想无止境》讲稿，书桌上摆满了《马克思恩格斯选集》《邓小平文选》《习近平谈治国理政》等书籍和《人民日报》《参考消息》等报纸。83 岁高龄的胡福明仍旧每天密切关注国家大事和时政要闻，一些重要新闻还要老伴一字一句念给他听。

胡福明的烟瘾很大，接受采访时一支接一支地抽，如今每天还要抽两三包香烟，他说抽烟时可以集中精力、全神贯注思考。"思考是一生最要紧的事，党的理论工作者，时时刻刻都不能停止学习和思考，要始终保持思想的先进性和敏锐性，走在思想理论界的最前沿。"

"当时我不站出来,也会有其他人站出来"

《中国经济周刊》:您写作《实践是检验真理的唯一标准》这篇文章的初心是什么?

胡福明:时代是思想之母,这篇文章是时代的产物。当时中国面临向何处去的大问题,古老东方大国在经历十年苦难之后该怎么办?

我作为一名学哲学的知识分子,南京大学政治系副主任、党总支委员,只能拿起理论武器,1976到1977年我在《南京大学学报》上连续发表4篇文章,利用马克思主义积极参加揭批"四人帮"的斗争,批判"文革"的错误主张,推动拨乱反正。在南京大学召开的第一次揭批"四人帮"大会上,我第一个发言,后来在江苏省委第一次揭批"四人帮"的万人大会上,我也是第一个发言。

张春桥有一篇文章《论对资产阶级的全面专政》,我就写了一篇《评张春桥的〈论对资产阶级的全面专政〉》,发表在《南京大学学报》1976年第4期上,我认为张春桥的观点是历史唯心论,是一种上层建筑决定论,是极端错误的,违背了马克思主义的基本观点。这篇文章发表后不久,"两个凡是"就被提出来了。

1977年2月7日,"两报一刊"(《人民日报》、《解放军报》、《红旗》杂志)联合发表社论《学好文件抓住纲》,提出"两个凡是"的观点。我反复阅读这篇社论,感到"两个凡是"就是这篇社论的主题,没有一点拨乱反正的意思,无产阶级还要继续革命,还要继续进行阶级斗争,继续维护无产阶级"文化大革命"的理论路线和政策,所以我不认同这个观点。

"两个凡是"被提出来后从北京传来一个消息,称中宣部规定毛主席圈阅过的文章不能批判,张春桥的那篇文章是经毛主席圈阅的,因此不准批判。

我觉得荒唐而奇怪,张春桥如此荒谬的文章,只因是毛主席圈阅过就不能批判,那我们还能批判什么?

当"两个凡是"的口号提出后,拨乱反正和平反冤假错案就寸步难行,揭批"四人帮"的热潮也突然降温,我认为"两个凡是"是阻碍拨乱反正的主要障碍。"两个凡是"不消除,拨乱反正、建设现代化是没有希望的。当时中国处在这样一个十字路口,面临两种前途、两种命运的斗争,因此我下定决心要批判"两个凡是"。

《中国经济周刊》：当时冲破"两个凡是"的政治束缚是要冒着巨大压力和风险的，您的政治和理论勇气从哪里来？

胡福明："两个凡是"打的是什么幌子？它打的幌子是维护毛主席，维护毛泽东思想，因此去批判"两个凡是"有人就会给你扣帽子。所以我也很惧怕，我已经当过一次"反革命"了，那次考虑到我的家庭出身好，对我进行了平反。这次是我主动去写文章，如果再给我扣上一顶"现行反革命"的帽子，那我就永世不得翻身了，我也是有家庭的人。

我读了不少古书，明白"天下兴亡、匹夫有责"的道理，这是中国知识分子的传统，中国知识分子是有骨气和担当的，特别是在大是大非面前。作为南京大学的一名教师，我对自己的定位就是一名知识分子、一名普通的知识分子，因此我应该有责任和担当，挺身而出批判"两个凡是"的错误思想。

同样，作为一名共产党员，作为一位马克思主义的理论工作者，我的责任就是坚持真理，我有责任为党的事业、为人民的利益服务，为马克思主义真理而斗争，这是我义不容辞的担当。如果看不到"两个凡是"的问题，我不去批驳可以理解，我看到了"两个凡是"的反马克思主义本质、对我国社会前进的阻碍而不去批判和斗争，我就不是一名合格的共产党员。

因此，"两个凡是"违背历史潮流，批判"两个凡是"势在必行，人民早晚要站出来说话，如果当时我不站出来，也会有其他人站出来，事实上当时中央党校已经有同志在撰写类似的文章了，我只是跟上了时代和国家的需要，在一个特殊的时间节点获得了一个机遇，做了一件自己应该做而且也想做的事情，幸好还获得了巨大的反响，推动了历史进步。

陪护妻子住院时写好文章提纲

《中国经济周刊》：这篇文章的具体写作过程是怎样的？

胡福明：1977年7月初，南京那年的夏天闷热难耐，我的妻子因为良性肿瘤住进了当时的工人医院，也就是现在的江苏省人民医院，需要做手术，白天由女儿和儿子轮流陪护，晚上我去陪护，当时一个病房里住了四五名女病人，我不能进房间陪护，也不像现在这样可以请护工，有问题只能找护士帮助解决。我就守候在医院的走廊里，把《马克思恩格斯选集》《列宁选集》《毛泽东选集》等分批带到医院，借着楼道的灯光，趴在凳子上不停地翻查，把关于真理标准的语录都标出来，一下子查出40多条相关的伟人语录，然后就蹲在凳子上构思文章提纲,当时将标题定为"实践是检验真理的标准",文章分为三大部分。到下半夜我就把两三张凳子拼在一起在上面睡一会儿,醒了再看、再写、再改,一个星期后,我的妻子出院了,文章提纲也写好了。

妻子出院后南京大学也放暑假了,这是"文革"后的第一个假期,我一边陪妻子,一边写作,当时没有电脑,写文章也不太方便,一直写到8月中旬,到8月底我的初稿就写好了,但不知道寄给谁。这时我想起了王强华,他是《光明日报》哲学组组长。

1977年春天,南京理论工作者在当时的江苏省委党校召开理论座谈会,我在这个会上作了唯生产力论的发言。休息时,王强华告诉我,于光远(著名经济学家)跟你的看法是相同的。他向我约稿,但是没有出题目,因此我写完文章后就想到了王强华,把文章寄给了他。

《中国经济周刊》:通读《实践是检验真理的唯一标准》,可以发现批判的矛头对准林彪的"天才论""句句是真理"等,通篇不见"两个凡是",原因是什么?这篇文章的写作构思有何讲究?

胡福明:"两个凡是"是两报一刊社论提出的,批判以后哪家报刊会发表?怎么办?我就想到一个办法,找个替代的批判对象,这个"替身"就是林彪的"天才论""毛主席的话句句是真理,一句顶一万句"。我用林彪"天才论"和"句句是真理"来影射"两个凡是",批判它的唯心主义和个人崇拜,批判它的荒谬和迷信。

马克思主义原理很多,用哪一个观点批判"两个凡是"是个问题。我在阅读《关于费尔巴哈的提纲》第二条时,突然找到写作的突破口,即批判唯心主义先验论就要运用马克思主义实践论。我认为"两个凡是"否认马克思主义的实践观点,毛主席的理论、思想、政策、观点是不是正确,也必须经过社会实践的检验。但"两个凡是"的逻辑是什么?它是如何验证和举例的?我认为它的逻辑是这样的:毛主席是天才,毛主席所讲的话句句是真理,不需要经过社会实践检验,毛主席永远不会犯错误,因此要永远地执行和维护。因此"两个凡是"等同于林彪鼓吹的"天才论""句句是真理"等错误论断,其本质就是唯心主义的先验论。

"这篇文章是集体智慧的结晶,不是我一个人的功劳"。

《中国经济周刊》:您一直强调这篇文章是"集体智慧的结晶",您为什么这么说?

胡福明：1977年9月初，要开学时我把文章寄给《光明日报》哲学组组长王强华，过了4个多月，直到1978年1月中旬，王强华寄来一份《光明日报》大样，也就是《实践是检验真理的标准》这篇文章清样，并附带一封信，称这篇文章你要说什么我们很清楚，文章也肯定要用，但要做点修改，不要使人产生马列主义过时的感觉。我仔细推敲后觉得不存在过时这个问题，做了一点补充后寄了回去。当时都是通过邮局邮寄，没有电脑也没有传真，这样经过了大概五六个来回。

一直到1978年4月下旬，我去参加中国科学院哲学研究所召开的全国哲学讨论会，到北京的当天晚上，王强华就把我接到光明日报社，当天参加会议的除了王强华，还有《光明日报》总编辑杨西光、《光明日报》理论部主任马沛文、中央党校教授孙长江，每人手里都有一份《实践是检验真理的标准》的清样，杨西光说："这篇文章本来要在《光明日报》4月2日哲学版刊出，我看后感觉这篇文章很重要，在哲学版发表太可惜了，要放在第一版作为重要文章推出，但是要修改，今天请大家来，就是要讨论这篇文章如何修改，请大家提意见。"

大家纷纷提意见，马沛文同志当时提出，可以公开点名批判"两个凡是"。我听后说，恐怕现在不合适。杨西光提了几点意见，主要是文章要讲究战斗性，要更尖锐，同时还要稳妥，不要给人家抓住"小辫子"，让我回去继续修改。

于是我在哲学讨论会期间，白天参加讨论，晚上修改文章，第二天一早《光明日报》的工作人员开车把我修改后的文章拿到报社去，晚上再把重新排版的清样送过来，这样来来回回又修改了四五次。杨西光、马培文、王强华等人花了很大工夫，中央党校孙长江、吴江等人也花了很大力气，所以说这篇文章是集体智慧的结晶，不是我一个人的功劳。

与我同来北京开会住在一起的是华南师范学院的黎克明教授，他提醒我说："老胡啊，你已经卷进中央高层政治斗争里面了，风险很大啊。"我说我心里有数，你是支持我的观点的，我坐牢你要送饭。他说那当然，你坐牢我肯定会送饭。后来他在广东省的一个座谈会上还讲了这件事，并出了一份简报。

《中国经济周刊》：文章的初稿标题中没有"唯一"，后来是如何加上的？

署名为何用"本报特约评论员"?

胡福明：我在北京参加哲学讨论会结束后，杨西光把我接到《光明日报》招待所，他当时也刚刚调到光明日报社，也住在这个招待所，因此我与他就文章讨论沟通就更方便了。

杨西光两次来到我的房间看我，他全力支持这篇文章的修改，跟我有过两次谈话。第一次谈话时他说，他原来任复旦大学党委书记，"文革"时期被打倒，"文革"结束后被安排到中央党校学习，胡耀邦同志找他谈话，欲调他到《光明日报》当总编辑，他说胡耀邦交给他一项政治任务，就是改变光明日报社的政治面貌，要将"两个凡是"转到拨乱反正，他指着文章清样说怎么改变啊，就从发表这篇文章开始，推动拨乱反正。我受到很大启发。

第二次谈话是1978年5月1日前两三天，他来看我时说，我跟你商量个事情，文章修改到现在，署名还是胡福明，但发表时不想以你的名义发表，想以"本报特约评论员"名义发表，你看行不行？杨西光当即表示要聘请我为《光明日报》特约评论员。

我立刻表态说当然同意，我是学新闻出身的，胡福明只是一位名不见经传的南大教师，当时没有什么影响力，但如果以《光明日报》特约评论员的名义发表，读者肯定要猜测："这个人是什么大人物？"影响和作用就完全不同了。我说只要文章能发挥更大的作用，我赞成这种形式。

杨西光还向我透露，这篇文章最后要请中央党校理论研究室的同志帮助修改，要请胡耀邦同志最后审定发表，先在《理论动态》发表，这是中央党校理论研究室内部办的一个刊物，逢五逢十出版，只要这个刊物刊发了这篇文章，《光明日报》次日就见报，《光明日报》发表文章当天晚上，新华社向全国发通稿，第二天《人民日报》《解放军报》全文转载。这时我才意识到，这已经不是简单发表一篇文章的问题了，《光明日报》之所以要在最后将文章送到中央党校理论研究室修改，并由当时的中央党校副校长胡耀邦同志拍板，自有其特定的考虑。我当时想，写文章时只是个人考虑，文章发表时已是一个强大的组织行为，要向"两个凡是"发动总攻了。

最后这篇文章由胡耀邦同志审定，1978年5月10日，先在中央党校《理论动态》第60期刊发；5月11日，《光明日报》在头版重要位置以"本报特约评论员"名义刊发。

在《光明日报》发表时的文章题目是《实践是检验真理的唯一标准》，"唯一"两个字是从毛主席文章中分析出来的。毛主席说，只有实践才是检验真理的标准，那么这个"只有""才是"就说明真理标准只有一个。但到底是谁把它加到题目上的，我并不知道。

"文章发表后给我的生活带来巨大变化"

《中国经济周刊》：文章发表后是如何引发真理标准大讨论的？对您个人有何影响？

胡福明：1978年5月11日，文章在《光明日报》发表后，新华社当天向全国发了通稿，《人民日报》《解放军报》第二天也转载了，许多省级报纸也进行了转载。

巨大的反响和来自最高层的指责几乎同时产生，参与的人都承受着巨大压力。1978年5月12日晚，曾任《人民日报》总编辑兼新华社社长打电话给时任《人民日报》总编辑说，《实践是检验真理的唯一标准》这篇文章很坏很坏，理论上是荒谬的、错误的，政治上的问题很大，它是"砍旗的"，砍毛泽东思想的旗帜；是"丢刀子的"，反对毛主席的。

党中央分管意识形态工作的副主席汪东兴大发雷霆，批评胡耀邦、杨西光和《光明日报》，说他们犯了严重错误，违背纪律。就这样，刚刚开始的真理标准大讨论一下子又被压下去了。

在此关键时刻，邓小平出来讲话了，他说本来没有注意到这篇文章，文章发表后引起纷纷议论，他拿来看了看，说这篇文章讲得很好嘛，没有错误观点嘛。

罗瑞卿邀请他到中国人民解放军全军政治工作会议上作讲话，来对这个问题进行表态，因为罗瑞卿同志是坚决支持这篇文章的。邓小平同志在1978年6月2日全军政治工作会议上作了重要讲话，内容是态度鲜明地支持真理标准大讨论，强调实践是检验真理的标准，严厉批评了照抄照传上级指示、文件的"本本主义"，批判了唯书唯上的态度。

从此，真理标准大讨论又重新起来了。在邓小平的领导下，陈云同志也坚决支持真理标准大讨论。真理标准大讨论的规模是全国性的，各省份的主要领导，各大军区的司令员、政委，中央各部门的领导等几乎都发言了，全国广大干部、知识分子，特别是媒体积极投身于真理标准大讨论，报道真理标准大讨论的消息，连工人农民都参加了。所以说，这一次大概是中华民族历史上罕见的思想解放运动。

《实践是检验真理的唯一标准》一文发表后，给我的生活带来巨大变化。1980年春天，南大党委副书记告诉我，胡耀邦同志要我到中宣部工作，组织部调令都下了，可我始终想待在校园。后来江苏省委调我到宣传部工作，我写了封意愿书，提了6条理由，表示愿意留在南京大学。1982年11月我还是被调到江苏省委宣传部任副部长。其实从内心来说，我是一直希望待在大学校园做学问，做一个纯粹的知识分子。如果没有这篇文章，我可能会成为南大的一位教授、博导。

范敬宜：莫把"开头"当"过头"

《文摘报》2018年6月9日

主持人：您写的一篇报道《莫把开头当"过头"》被1979年5月16日的《人民日报》转载了，这篇报道原发于5月13日的《辽宁日报》。当时在全国产生很大的轰动效应，为什么会产生这么大的轰动效应？

范敬宜：我觉得很多事需要回头看，回头看才可以越来越清楚。就像我们坐在一只船上，往往觉得怎么那么慢呢？好像船没有动，这时回过头看一看，才发现我们离开原来出发的地点已经那么远了，而离我们的目标越来越近了。所以刚才又看到了30年前那篇报道，我非常感慨。

那篇文章，30年前是非常轰动，30年后看是非常平淡，这就说明我们进步了。我想讲一下为什么会写这样一篇文章。

当时我是《辽宁日报》的记者，是一个刚刚结束20年"右派"生活的人，那时叫"落实政策"，当时我已经年近50了。那么，我为什么能够写出那样一篇文章呢？现在想来，应当"归功于"20年的"右派"生活，它使我认识到，苦难是一种不幸，但是苦难也有它的两面性，会有一些偏得，有你正常情况下得不到的东西。

我在辽宁西部的朝阳地区建昌县插队落户，我本来是上海出生的，是一个五谷不分、养尊处优的知识分子，"右派"生活使我了解了农村，了解了农民，了解了我们的国情，了解了中国农村、农民现在最需要的是什么，我觉得这是最大的偏得。

1978年12月，十一届三中全会一开，我就马上意识到，我说中国的农民、中国的农村有救了，有活路了。所以我特别兴奋，由衷地拥护，这是很自然的一种状态。

当时一回到《辽宁日报》，他们征求我的意见，我主动要求去农村部。那个时期我写了许多报道，就是要把失掉的20年时间争夺回来，写出了一些有影响的作品。但是好景不长，1979年三四月份的时候，全国出现了一股"否定三中全会精神"，就是"倒春寒"，突然一下子气候就变了，来势还很猛。主要是认为，十一届三中全会的政策"过头了"，诱发了资本主义的倾向，现在资本主义势力正在向我们社会主义"进攻",就是说"辛辛苦苦20年,一夜退到解放前",真有一种"黑云压城城欲摧"的感觉。

农村部同志们都非常困惑,怎么一下子气候就发生变化,每天收到的基层来稿,几乎都是说"某某党支部,带领群众反对资本主义的进攻",到底怎么认识当前农村形势?到底农村的形势是什么样?大家认为,结论必须产生在调查研究之后,必须先做调查,不能随波逐流。我们亲自做调查,当时分了三个小组,在辽宁东部、西部、北部几个地方调查,我自己要求到西部,因为我对西部比较熟悉。

调查完回来以后,结论大致相同,就是说农村改革以后出现一些新的问题,但是绝不像说的那么严重,农村、农民对三中全会制定出来的政策都是特别拥护,兴高采烈,生产积极性空前高涨,几乎都是这样一个结论。后来就说我们要写一系列的文章,来正确宣传当前的形势。我就被分到写了第一篇。这在当时是很自然的事情,当时没有像你想象那样,有多大的思想斗争,下了多大的决心,我觉得是很正常的,只是如实反映情况,根本没有想到正面、反面的轰动效应。所以我自己老说,我是在一种"不经意"的情况下写出来的。我翻了当天的日记,很平淡地就写了一句话,"5月13日,《莫把开头当'过头'》,在今天一版头条发表了,没想到会发得这么显著",所以我没有把它当成什么,文章发表的当天早上,我报纸还没有来得及看,就下乡了,我万万没有想到,5月16日的《人民日报》以罕见的版面刊登出来。原来我那个标题很简单,《莫把开头当"过头"》,《人民日报》转载时标题是"《辽宁日报》记者评述尊重生产的自主权政策现状时指出(肩题),分清主流与支流 莫把'开头'当'过头'",主题还有一个副题:"各级领导干部要解放思想,保证生产形式自主权的关键,要坚定不移地落实党的方针政策"。特别点名表扬了我,还加了一个很长的编者按。

主持人:您能给我们总结一下《莫把开头当"过头"》这篇作品诞生的前因和后果吗?

范敬宜:有很多同志问我,您那时怎么会有这么大的勇气,怎么会这么大胆?我说我并没有什么,我说我就只有两句话,一个叫"有恃无恐",这个当然要加引号。一个叫"无知无畏"。有人觉得我"无私",我说我不是"无私",我是"无知",所谓"有恃无恐",是我知道是真正反映广大人民群众的心声,不是我杜撰的;"无知无畏"是我当时并不了解上层有这么复杂的斗争。我认为这恐怕是符合我当时思想实际的。

主持人:您这篇文章当时看起来是逆潮流而写的,但是却实实在在顺应了潮流的发展,您认为其中的原因是什么?

范敬宜:文章所表述的观点,是我采访了很多老百姓得出的,大家几乎都这么认为,历史长河中经常会出现各种各样的曲折,甚至是逆流,但是千回百转最后还是顺应老百姓的愿望。所有的历史都是这样的,拿我们新中国成立以来的历史来看,都是这样的。

主持人:您还写过一篇评论叫《"大锅饭"与"铁交椅"》,这是您刚刚结束"文革"十年下放的生活后写的吗?

范敬宜:这篇比《莫把开头当"过头"》还早一点。我回到《辽宁日报》时,当时正好是农村改革刚开始时,那时各种各样的思想矛盾表现很多,所以我当时写了一系列的"辩",辩论的"辩"。比如有一种说法是说现在走回头路了,我就"回头路辩";有人说我们倒退了,我又写了"倒退辩";有人说农村承包制调动的是农民的"私心",我又写了《私心"辩"》。当时写了很多"辩",还有很多"说",如《说"变"》等等,当然这也是其中之一。

我从实践中总结出一条,离基层越近,离真理也就越近。所以遇到议论纷纷、莫衷一是的情况,我就到下面去,听他们讲,他们有一些见解是我们自己脑子想不到的。我们到下面采访,就是要出思想,我们写了几个"辩",大部分观点都是老百姓自己的。

主持人:您在多年采访中,有什么人或者事给您留下深刻的印象?

范敬宜:这样的人挺多的,我想挑出最突出的一个人讲,任仲夷。任仲夷当时是辽宁省委第一书记。

《莫把开头当"过头"》发表的那天,省委正好开农村三届干部会议,《辽宁日报》一出来,舆论一片哗然:现在都这个样子了,还说没有过头,要什么样才过头?《辽宁日报》怎么能登这样的文章?我那几天不在沈阳,文章发表以后又去采访去了,这是后来才知道的。最后任仲夷出来表态,他说,我认为范敬宜这篇文章没有任何不对,我完全赞成他的意见,只是标题还不够劲,原来标题就是"莫把开头当'过头'",没有副题,也没有肩题。他说应该加上"莫把支流当主流",他这样说的,结果这个话跟《人民日报》的题不约而同。

献给人生意义的思考者

作者：本刊编辑部

《中国青年》1981 年第 6 期

应该怎样认识人生？

怎样才能使青春放出光彩？

在建设祖国的伟大征程中，在振兴民族的历史转折关头，当代中国青年在倍加认真地思考着这一重大课题。

八十年代第一个春天，由潘晓的信所引起的"人生的意义究竟是什么？"的讨论，牵动了千千万万青年的心。他们"抑制不住揭笔而起的满腔激情，投身到这场充满青春活力以及人生哲理的讨论的行列里来"。在短短几个月里，编辑部收到参加讨论的信稿达六万件。投来稿件的，有全国各地工、农、商、学、兵和党、政、工、青、妇等各条战线各个部门的青年、团员和青年工作者以及成老年同志，还有港澳同胞和大洋彼岸的青年朋友。不少的信稿是几十、上百青年联名写来的。一封青年来信竟会引起如此广泛、强烈的回响，这生动地表明，它反映了人们的心声。

参加讨论的青年们，用切身的经历和马克思主义的观点回答了潘晓提出的问题，向寻求中的青年朋友热情呼唤；他们在真诚坦率的思想交流中，初步领悟了人生的真谛；他们在广泛、平等的讨论中，体察到了党的实事求是作风的恢复和发扬，感受到了党的亲切和温暖。

六万件信稿里，跳动着青年们渴望为祖国四化大业贡献才智的赤子之心，洋溢着青年们探索真理、追求理想的激情。我们高兴地看到，风华正茂的一代新青年，已经从十年浩劫的创痛中坚强地站立起来，正在新时代的曙光中奋然前行。

本刊的讨论暂告结束了，但生活中的寻求却没有结束，也永远不会结束。对人生意义的探索，将伴随着我们全部人生之路。

我们作为参加讨论的一个探求者，在这里谈谈对于几个问题的粗浅看法，以求教于同志们。

重新探索人生意义是历史的需要

潘晓的信,真实地反映了当前许多青年对人生意义的思考。早在本刊开展讨论之前,粉碎"四人帮"之后不久,在青年中就已经开始了对这个问题的重新思索和认真讨论。我们曾经陆续收到全国各地不少青年来信,反映他们对人生意义的种种看法,以及他们在人生道路上的彷徨和疑问。本刊的讨论正是在这个基础上开展起来的。

为什么广大青年会如此热切地要求重新探索人生意义呢?

要回答这个问题,就有必要回顾刚刚过去的那段历史,了解这代青年成长的特殊条件,也有必要正视今天的现实,弄清新的时期在这方面向人们提出了什么新的课题。

我们的社会曾经把崇高的革命信念,注入青年们一泓清水般的心田。"在'史无前例'的时期来临以前,在我们面前仿佛都平铺着一条通往理想境界的道路。"然而,"'文化大革命'像一个霹雳在我们头上炸开"。在"革命""造反"这一类华丽辞藻掩盖下,中华大地,到处上演着人间惨剧。许多青年上当受骗,而且比成年人老年人更深些,更重些;许多青年惨遭迫害;还有许多青年则兼有二者。"难道这就是革命?"不少青年产生了幻灭感,他们说:"没有任何一代人遭受过我们这一代所经历过的精神崩溃和精神折磨。"

青年们和整个民族一样,在经过痛苦的时代反省之后,终于唾弃了现代迷信和它衍生的"最大的'公'就是'忠'"一类的人生教义。但是,为了使我们的民族不再重陷深渊,自己不再被人愚弄,青年们深入思考的,就不只是十年浩劫中的哪些东西应该唾弃,而且渴望着弄清楚:它们究竟是怎样发展来的?

历史,有自己的延续性。正如在政治领域和经济领域我们党总结历史教训时,由"十年"追溯到"十七年"一样,青年们对人生意义的探求,也要求有一个同样的历史的追溯和清理。

噩梦初醒的思考,要求在实践检验的基础上重建人生信念,这是促使青年重新探索人生意义的第一个原因。

1976年10月,是我们民族命运的伟大转折。青年们从十月的胜利中,看到了新时代的曙光。历史翻开了崭新的一页。但是,十年浩劫的后遗症并没有消除,"左"倾思潮也没有在庆祝胜利的鞭炮声中就此隐退。困难、麻烦、问题，仍然像大山一样挡在我们前进的路上。由于青年在社会中所处的地位，当代社会的种种矛盾，比较突出地、集中地反映在青年身上。这些矛盾不容易解决。而青年囿于自身的弱点，又往往不善于全面地、辩证地认识这些矛盾。除了少数已经立足在科学人生观的坚实基础上的青年之外，在生活的教训面前，许多青年痛苦地发现：无论是"从书本里树立起来的生活信念"，还是从别人那里"领来的水晶球般的人生观"，都还不足以解答生活中提出来的复杂问题。相反，不正之风，阿谀奉承、损人利己、损公肥私等等，本来应该遭到唾弃的、丑恶的东西，却常常得以顺利通行。

面对现实，不少青年心中充满了光明与黑暗、苦闷与追求、彷徨与抉择的斗争。他们不愿意随波逐流，不甘心就此沉沦，他们渴望在人生的探索中找到实实在在的精神支柱，找到可供遵循的正确的行为准则。

现实社会的客观矛盾，实际生活中的种种难题，这是促使青年重新探索人生意义的第二个原因。

当前深刻的社会经济变革，要求社会道德观念也相应地在科学的基础上重新得到审视和向前发展。

十一届三中全会以来，我们党遵循实事求是的原则，在国家政治、经济生活的很多方面排除了"左"的思想的羁绊，着眼于调动社会各方面的积极性：开始纠正忽视个人利益的做法，注意贯彻按劳分配的原则，对作出较多贡献的集体和个人给以相应的物质报酬和精神荣誉；鼓励国家计划指导下的竞争；实行技术业务职称、学位制度；等等。这些政策的核心，就是要正确调整国家、集体和个人的关系，也即公私关系，把国家、集体和个人三者的利益更好地结合起来，从而广泛地鼓励人们积极劳动，努力向上，增长才干，为社会主义多作贡献。这些做法，同多年来流行的把正当的个人利益混同于"个人主义"，把积极的个人进取精神批作"资产阶级思想"的"左"的思想，发生了尖锐的矛盾。

这种矛盾冲突，同样向青年提出了一个必须解答的人生课题：是用那种"左"的思想情绪去否定新政策和在新政策下激励起来的人们的进取心？或者是用唯利是图、损人利己、损公肥私的错误思想来对待新政策？还是面对新政策、新实践，重新审视现存的种种观念，在科学的基础上对它们采取或者肯定、或者否定、或者修改、或者作新的理解的不同态度？

面对变革,怎样选择正确的人生道路?这是促使青年重新探索人生意义的第三个原因。人生意义的讨论是思想解放运动激起的浪花。以真理标准的讨论为起点的思想解放运动,对青年一代是重要的马克思主义哲学理论的启蒙。它推动着青年一代去寻求人生意义的科学答案。这种探索,虽然是以回顾的形式出现,但却是向前的寻求;回顾,虽然包含着创伤与痛苦,但却是痛苦中求奋起的呐喊。

青年们热切探求的是"从实际中来的、科学的、制胜的人生观"。他们说:"人生观,作为生活实践在意识上的反映,从来就不应该是干瘪瘪的几句言辞,而应该是深刻的、丰富的生活理论。青年不仅要知道为什么生活,还要知道怎样生活。他们要求在人生的道路上学会怎样涉水,怎样穿越荆棘,怎样攀登,学会驾驭生活的一套本领。只有能在实践中指导我们不畏艰险去掌握这些本领的人,才真正是青年的朋友和导师。"

满足青年们的这种渴望,是一代新人成长的要求,是四化建设的客观需要。而满足的办法,只能是通过疏导,通过平等的、充分的讨论,让青年们从生活中提出的疑问,在马克思主义指导下的认真思考和相互切磋中,得到科学的解答,从而使青年找到怎样在实践中树立革命人生观的正确方向。

这些,就是八十年代初发生这场人生意义大讨论的背景和由来。

正确认识"人的价值"

在这次讨论中,许多青年不约而同地对"人的价值"问题进行了探索。

"社会应重视'人的价值',集体应重视'个人价值',个人应自觉地按照社会需要提高'自我价值'。"

这种认识,来自对于现实社会的痛切感受和深刻思考。

新中国的建立和随后进行的土改、民主改革、社会主义改造等,使中国人民从阶级剥削和压迫下解放出来,历史上第一次从"非人"变成了"人"。我们党的宗旨,当时党的一系列方针、政策,出发点十分明确,是不断地提高人民的政治地位和在发展生产的基础上逐步改善人民的物质文化生活。可是,1957年以后,由于"左"的思想作祟,对许多事情的出发点、目的性的认识模糊起来了。

发展生产的目的是什么?——是提高人民的生活水平,还是为生产而生产?

巩固无产阶级专政即人民民主专政的目的是什么？——是更好地保护人民的权益，保卫人民的安全和胜利成果，还是巩固专政本身就是目的？

怎样对待正当的个人利益？——是给以承认和尊重，还是对之冷漠，甚至加以抹杀？

怎样对待青年健康的爱好、志趣和发展自己才能的愿望？——是珍惜、爱护，努力创造条件促其开花结果，还是横加干涉，甚至无情扼杀？

由于"阶级斗争为纲"逐渐取代了"人民的需求高于一切"，人民的权利和利益越来越遭到忽视。特别是到了"文化大革命"时期，在现代迷信的笼罩下，领袖被从人抬高为神；而与此相对的是，亿万人却被从人降低为"工具"，丧失了自己的尊严和意志，在"神"的面前自轻自贱，而且互轻互贱。

林彪、"四人帮"利用"文化大革命"实行残酷的封建法西斯专政，肆意践踏人民的权利，使人不成其为人。用青年们自己的话来说："我们目睹了人的基本权利丧失殆尽，人的尊严受到粗暴的践踏；目睹了在疯狂煽动下的自相残杀；目睹了人与人之间的关系因告密、提防和自保而极度恶化，在竭力繁殖自卑感和赎罪感……"

青年一代和父辈一起经受了历史的灾难，又面对现实的矛盾，所以，毫不奇怪，"人的价值"问题，成了震撼他们的心灵的问题。

"人的价值"问题的提出，也是对马克思主义重新认识的结果。

长期以来，我们许多人习惯于把"人道主义""人性"和"人的价值"等与"人"沾边的词，当作资产阶级的或者修正主义的。其实，这是一种误解。马克思主义从来是重视"人"和"人的价值"的。马克思在痛斥普鲁士专制制度时曾指出：这种制度的原则"总的说来就是轻视人，蔑视人，使人不成其为人"。(《摘自〈德法年鉴〉的书信》)马克思和恩格斯还提出，无产阶级必须消灭"集中表现在它本身处境中的现代社会的一切违反人性的生活条件"(《神圣家族》)。

在马克思主义看来，人是目的，而不是手段。共产主义运动的最高目标，就是要解放全人类，实现人类从必然王国进入自由王国的飞跃，使每个人都得到全面的、自由的、和谐的发展。马克思和恩格斯在《共产党宣言》中说："代替那存在着阶级和阶级对立的资产阶级旧社会的，将是这样一个联合体，在那里，每个人的自由发展是一切人的自由发展的条件。"

社会主义社会应当在客观条件许可的范围内，努力满足每个人正当的物质和精神生活需要，逐步创造使每个人全面发展其品格、才能、体力和多样化的个性，成为社会真正主人的客观条件。

社会主义社会也有了创造出这些条件的前提，因为社会主义已经消灭了人奴役人的根源——剥削制度。正确的路线、政策，就在于努力把这种可能性逐步变成美好的现实。

粉碎"四人帮"之后，特别是党的十一届三中全会以来，党所采取的一系列的调整、改革的措施，都是朝着这个方向迈进的。

"人的价值"的实现和提高，归根到底，取决于社会经济发展水平和社会精神发展水平。到了物质文明和精神文明都极为发达的共产主义高级阶段，人就将成为社会和自然界"自觉的和真正的主人"（恩格斯语）。只有共产主义社会，才能为全体社会成员的全面发展提供充分的条件。

有的青年提出："怎样才能实现和提高'自我价值'？"我们认为，关键是要正确地认识和处理"自我"与社会的关系，努力使"自我"与社会达到和谐统一。

要求社会承认"自我"，要求发展"自我"，这是合理的，积极的。但是，如果认为"只有自我才是绝对的"，甚至认为"整个社会在觉悟的个人面前显得多么渺小、可怜"，那就走向了另一极端，歪曲了个人同社会的关系。

马克思主义告诉我们："人是最名副其实的社会动物，不仅是一种合群的动物，而且是只有在社会中才能独立的动物。"（《〈政治经济学批判〉导言》）"只有在集体中，个人才能获得全面发展其才能的手段，也就是说，只有在集体中才可能有个人自由。"（《德意志意识形态》）

伟大的科学家爱因斯坦讲过自己深刻的体会："我每天上百次地提醒自己，我的精神生活和物质生活都依靠着别人（包括活着的人和死去的人）的劳动。我必须尽力以同样的分量来报偿我所领受了的和至今还在领受着的东西……"

正因为人只有在社会中才能生存、独立、自由和发展，所以"自我"离不开社会。"自我"就是在社会中形成和发展的。"自我价值"的实现和提高，必须从社会获得客观条件，而又以为社会，的需要服务为途径。把"自我"绝对化、藐视社会的观点，就是把个人与社会割裂开来、对立起来，以至把个人凌驾于社会之上。这也就是把一己的"自我"凌驾于亿万个其他人的"自我"之上。这种观点可能导致极端个人主义、无政府主义。历史上的野心家和独裁者，就是在极端个人主义的世界观的基础上发展起来的。

青年们说得好：我们无疑都是不同的个体，但我们绝不是荒岛上的个体，而是民族中的个体，国家中的个体，人类中的个体。个体只有在为整体的奋斗中，才能得到彻底的解放。"我"的"价值"，是由"我"对他人和社会的意义而定的。演员的"价值"，往往在观众兴奋的掌声中反映出来；服务员的"价值"，往往在服务对象的由衷感谢中反映出来。那些为人民作出各种贡献，推动社会加速前进的人，他们的"价值"将会永远铭记在老百姓的心头或载入史册。

青年马克思说过："应该指导我们如何选择职业的主要引导者，是人类幸福和我们自身的完善。不应该认为这两种利益会成为敌对，会相互争斗，不应该认为这一个应该消灭那一个。人类本性是这样确定的：人只有为自己同时代人的完善、为他们的幸福而工作，他才能达到自身的完美。"（《青年对选择职业的考虑》）马克思伟大的一生证明，他青年时代确定的人生目的是科学的、崇高的。

在为社会进步和人类解放事业的奋斗中，实现和提高"人的价值"——这应该成为科学人生观的出发点。

科学地看待"公"与"私"

青年们在讨论中也探索了"为公"与"为私"的关系问题。这确是人生观的一个中心问题。讨论中出现了两种有代表性的不同观点：一种是"主观为自我，客观为别人（社会）"；另一种是"'为自我'又岂能'为他人'"，完全否定"为自我"。怎样看待这两种观点呢？这就有必要先分析一下"公"与"私"的基本关系。（请注意：本文使用"私"这个词时，是指它的本来含义——"个人的"，而不是它的引申含义——"个人主义观念"）

"公"与"私"的关系，在不同的社会中，在不同的条件下，呈现出错综复杂的不同状况。我们这里所讨论的"公"与"私"的关系，是指社会主义社会中公共利益与个人利益的关系。"公"与"私"的关系，首先是统一的，它们相互依存，相互转化。马克思和恩格斯说："'共同利益'在历史上任何时候都是由作为'私人'的个人造成的……这种对立只是表面的，因为这种对立的一面即所谓'普遍的'一面总是不断地由另一面即私人利益的一面产生的，它决不是作为一种具有独立历史的独立力量而与私人利益相对抗,所以这种对立在实践中总是产生了消灭,消灭了又产生。"(《德意志意识形态》)

这就是说,不应把"公"看成可以脱离"私"而独立存在和发展的东西,"公"和"私"的对立是相对的而不是绝对的。"公"与"私"不断地相互转化:"大河有水小河满""小河无水大河干"。"公"与"私"就是这样密切地联系在一起的。毛泽东同志也说过:公是对私来说的,私是对公来说的。公和私是对立的统一,不能有公无私,也不能有私无公。

在基本上实行了生产资料公有制和按劳分配的社会主义社会,"公"与"私"的统一不再局限于主要是同一个阶级的范围内,而是扩大到全社会(除少数敌对分子外)。比如:人们需要改善自己的生活,千百万"个人"的这种"私人利益",产生出了"国家需要富强"这种"共同利益"。个人为了改善生活而积极劳动,为社会创造了又多又好的产品,也就增进了共同利益。社会财富多了,反过来用以改善社会各个成员的生活,谁劳动得好还可以多得到改善,共同利益就又转化成了个人利益。正由于"公"与"私"在基本方面的统一性,因此,"为私"与"为公"在一定条件下是统一的。

其次,"公"与"私"又存在着矛盾,在一定条件下又是分裂的甚至对立的。"公"与"私"的统一性只是在于"公"从根本上和全体上代表了"私",而不是在一切情况下都代表着每一个个别的"私",不能把二者等同起来。比如:某位青年希望解决住房问题,这是合理的"私"。但是,虽然党和政府这几年加快建造住房,由于我国过去在这方面"欠账"较多,而目前财力物力又有限,为了全体人民长远的根本的利益,须要拿出相当的力量用来发展生产、发展文教卫生事业和加强国防等等,因而短期内不可能解决所有人的住房困难,这位青年的需要也就不一定能得到满足。这是"公"与"私"矛盾的一种表现。这种矛盾即使在社会主义社会中,也是避免不了的。而路线、政策上可能出现的缺点、错误,制度上某些不合理、不完善之处,领导者的官僚主义、不正之风,以及某个个人错误理解公私关系、要求实现不合理的"私",等等,都会人为地扩大、加剧"公"与"私"的分裂和对立。正由于"公"与"私"存在着矛盾,因此,"为私"与"为公"在一定条件下是矛盾的。

如果我们承认"为公"与"为私"既有统一的一面又有矛盾的一面,那么,"主观为自我,客观为别人(社会)"和"'为自我'又岂能'为他人'"这两种观点，就都只分别反映了一个方面，而与另一个方面发生抵触，所以，它们虽然各有一定的道理，但总起来说，都是不全面的，不科学的，不应作为我们遵循的原则。

有的青年说：我承认"主观为自我"有时候不能够"客观为别人"，可是我把主观"为自我"的行动，限制在客观能"为别人"的范围内，而不做二者不统一的事情，这样，"主观为自我，客观为别人"这种人生态度是不是就合乎科学了？我们说，它既然作为一种"定律"来说，只反映出"公"与"私"统一的一面，而并没有反映出矛盾的一面，那么，如果把它作为一种人生态度，在实践中就必然会碰到很多行不通的困境：当"公"与"私"发生对立，"主观为自我"不可能"客观为别人"的时候，如果选择把"客观为别人"放在首位，就得放弃"主观为自我"，这实际上已变成了"主观为别人"；如果坚持只顾"主观为自我"，势必放弃"客观为别人"，变成"客观为自己"，这就可能滑向损公肥私、损人利己。

社会主义社会的原则，就是把"公"和"私"合理地结合起来，正确处理国家利益、集体利益和个人利益三者之间的关系。既不应该以"公"抹杀"私"，也不允许以"私"损害"公"。但是，"私"应当服从"公"，"小公"应当服从"大公"。从长远看，这样做也有利于"私"和"小公"。

根据现实社会中对待"公"与"私"的态度，大致可以把人生观区分为三种层次。

第一种，高层次的。明确地把"公"放在首位，把共产主义事业看成最大的"公"。在处理"公"与"私"的关系时，自觉做到先公后私，先人后己，公而忘私，必要时不惜为"公"牺牲一切，直到牺牲自己宝贵的生命。它以保尔的那段名言作为人生信念，以雷锋的"把有限的生命，投入到无限的'为人民服务之中去"作为人生态度。这是革命人生观。

第二种，中层次的。基本上也能把"公"放在首位，但有时对"私"考虑较多。当"公"与"私"发生对立时，可以按照法律、政策或者社会公德的要求牺牲一定的"私"，但有时容易在先公后私和先私后公之间摇摆。它的基本守则是："奉公守法，勤恳劳动，养家活口。"具有这种人生观的人较多。

第三种，低层次的。目中无"公"，唯"私"是图。把"私"理解成自己任性的欲望，不管要求是否合理，手段是否正当，后果是否有害。自私自利，损公肥私，损人利己。它的信条是："对我有利的就是好的"，"不捞白不捞"，"不占便宜等于吃亏"。这是极端利己的人生观。

这三种人生观，只是基本上的划分。在它们之间，还有各种过渡层次。

我们青年应该对上述三种人生观采取不同的态度。

对于极端利己的人生观——唾弃和斗争。它同社会需要和完善"自我"都背道而驰，只会贬低和败坏"人的价值"。它是剥削阶级的思想意识，是腐朽、没落的东西，同社会主义精神文明和一切人类的美德相对立，是败坏社会风气和诱使青年堕落的腐蚀剂，是产生破坏分子、违法乱纪分子和野心家的温床。所有青年都应该同它划清界限，向它进行斗争。对于受它影响的个别青年，则要耐心教育，把他们拉上正道。

对于中层次的人生观——承认和超越。我们承认它在现阶段社会条件下有存在的合理性，不要完全否定它。否则，就可能挫伤相当数量青年的正当的个人进取心。简单化地对待它，只能产生有害的效果。但是，又要看到它的局限性，看到它在一定条件下可能同"公"发生冲突，它不能更好地满足社会的需要，也不能更好地实现和提高"人的价值"。目前有一部分青年对"公"不够热心，对"私"比较感兴趣，这跟十年浩劫中假"公"害人有很大关系。林彪、江青之流，把他们的一己私利冒充为"公"，假公济私，坑害青年，败坏了真"公"的声誉，致使有些青年唾弃假"公"，就连真"公"也怀疑起来了。我们可以理解这些青年的心情，但却不能同意他们的看法。不能由于上过江湖骗子的当，就不相信世上有真正的医生。我们唾弃假"公"，是为了维护真"公"，发展真"公"。只有维护、发展真"公"，才能保证合理的"私"的发展。只有维护、发展科学社会主义，才能保证每个青年的切身利益。关键的问题是，应该认真识别真假。共青团员和一切有上进心的青年，应该超越这种人生观，并且带动别的青年超越它。怎样恰当地对待这种人生观，是思想政治工作和政策的一个复杂而重要的问题。

对于革命人生观——信奉和推广。它最符合社会的需要，也最能实现和提高"人的价值"。因此，它最高尚，也最能使人感到充实和幸福。革命导师马克思在青年时代就确立了这样的信念："历史把那些为了广大的目标而工作，因而使自己变得高尚的人看作是伟大的人；经验则把使最大多数人幸福的人称赞为最幸福的人。"革命人生观永远是牵引社会前进的精神动力，是建设高度物质文明和精神文明的美好社会必不可少的条件。青年一代肩负着改造现实、创造未来的革命责任。从某种意义上说，当代青年的精神面貌，决定着四化的成败，也决定着未来社会的道德风尚。我们青年应该在科学认识和积极实践的基础上，逐步确立革命人生观。并且热情地宣传、推广它，促使更多的青年自觉自愿地选择它，实践它。

在振兴祖国的奋斗中开拓人生之路

革命人生观必须建立在科学地认识社会和能动地改造社会的基础上。

有的青年说："由于过去的'全红'教育和'报喜不报忧'的宣传，使我们习惯于'一片光明'的幻想。但现实的鞭子把我们从幻想中抽醒了，我们面对真实的社会，跌落到了'一片黑暗'。"他们相信自己看到了"真实"。

但真实的社会，却远不是"一片光明"或"一片黑暗"这样两个概念就能概括的。它远比这样的逻辑复杂得多，丰富得多。有的青年说得好："要是现实就像一个穿衣柜，朝门的一面亮，背门的一面暗，黑白分明，又何须我们那样痛苦地探索。"事实如此。完全光明与完全黑暗的社会是没有的，有的只是光明占主流或者黑暗占主流的社会；只讲有鲜花固然是片面，只看到有垃圾也同样并非真实。由于多年来形而上学的灌输，束缚了某些青年的正确思维。从一定意义上讲，今天某些青年的这种"一片黑暗说"，正是昨天的"一片光明论"的"反馈"。科学地认识社会，应该越过这种形而上学的直线式的看问题方法，前进到历史地、唯物地、辩证地思维。这就要求认真地学习马克思主义，自觉地用马克思主义的科学的世界观和方法论来观察社会。

当前的中国社会，正处在新旧交替的大变革时期。一方面，科学的、民主的、进步的新事物每日每时都在萌芽、生长；另一方面，愚昧的、专制的、倒退的旧事物又在顽固地企图阻挡历史的步伐。一方面，充满了生机与希望；另一方面，又面临着矛盾与困难。我们既要看到前进道路上有困难、有风险，需要付出代价；但又必须看到，党的十一届三中全会提出的正确的路线、方针为我们指明了胜利的方向，时代的主流不可逆转。

中国要富强，民族要兴盛，这是民心所向、党心所向的第一条。清算了十年的混乱和愚昧，总结了三十年的经验和教训，中国人民终于在对"左"的思想的清理中，确定了举国一致的奋斗目标：团结起来干四化，走向祖国的繁荣富强。这个意志一，是任何个人、任何势力也阻挡不了的。

实行改革，健全社会主义民主和法制，这是民心所向、党心所向的第二条。党的十一届三中全会以来，党中央领导全党和全国人民，坚定不移地沿着这个方向前进，采取了很多重大措施，政治局面有了显著的改观。当前，为了使国民经济摆脱潜在的危险，党中央强调要在安定团结的基础上实现经济调整的巨大任务。这是牵动全局的大事。经济调整好了，才能长期稳步发展。改革的步骤须要适应调整的要求。但这绝不是改变了实行改革、健全社会主义民主和法制的基本方针。改革，是客观矛盾提出来的时代需要，只有改革，国家才有出路。这个方针，也是任何个人、任何势力扭转不了的。

坚持和改善党的领导，搞好党风，这是民心所向、党心所向的第三条。中国人民从长期的革命实践中认识到，中国共产党是一个久经考验的马克思主义政党。必须有中国共产党作为中国人民的领导核心。在中国这样一个十亿人口的大国，没有共产党的领导，必然四分五裂，一事无成。其他任何政党、任何政治力量，都不可能团结全体人民，领导中国走向繁荣富强。我们党过去犯过错误，今天也还会有缺点、犯错误，也还存在党风不正的问题。但是，党的体质中蕴含着清除污垢、纠正错误的强大力量。我们党在历史上犯过的错误都是由党自己纠正过来的。没有其他任何政党有这样强大的再生能力。人民寄希望于我们的党，相信党能够改善领导，搞好党风，这是完全正确的。任何削弱和摆脱党的领导的倾向，都不符合人民的意愿。那种取消和反对党的领导的企图，是逆历史潮流而动，是注定要失败的。

这三股潮流，正在汇合成为汹涌澎湃的历史潮流：要建设一个高度物质文明和高度精神文明的社会主义新中华。这就是我们民族的希望所在。

经历过祖国沧桑的人，会公正地看到：我们的时代毕竟发生了巨大的变化；我们的祖国，已经从十年浩劫的巨大创伤中站起来了。我们确信，历史的灾难，必将以历史的进步来补偿。

怎样认识今天的社会现实？正确的回答应该是：我们的社会还有弊病，但同时存在着同弊病作斗争的力量，这种力量已经占了上风；我们的社会还有黑暗，但光明毕竟占主导地位，光明面正在扩大。

科学地认识社会，是为了找到前进的路标。对人生意义的真切理解，还须要投身于创造和改革的社会实践。

马克思这样讲过："人们自己创造自己的历史，但是他们并不是随心所欲地创造，并不是在他们自己选定的条件下创造，而是在直接碰到的、既定的、从过去承继下来的条件下创造。"（《路易·波拿巴的雾月十八日》）任何人都无法选择自己面前的社会现实，都无法拔着自己的头发离开它。他可能有什么样的人生理想，什么样的个人抱负，以及怎样得以实现等等，都要受到社会条件的制约。只有正视现实，立足现实，才能找到正确的生活目标和实现这一目标的正确途径。生活的辩证法，不是社会应该如何来适应我们，而是我们自己应该如何去适应社会并改造社会。彷徨、苦闷对于麻木僵化是一个进步，但还不是真正的觉醒；真正的觉醒，还须要从彷徨和苦闷中走出来，奋起投身到千百万创造者与革新者的行列之中。

对于社会弊病和贫穷落后，我们不应该只是叹息、不满，还要去消除它们。我们要在党的指引下，同人民群众站在一起，以主人翁的责任感，卷起袖子实干。正如共青团十届二中全会提出的，搞四化"需要的不是坐而论道的政治空谈，而是脚踏实地的创业精神；需要的不是评头品足、袖手旁观的'观察员'，而是身体力行、兢兢业业的'实干家'；需要的不是怨天尤人的情绪，而是勇于献身的气概"。青年们说得好："我们从各方面都来为发展经济和改革社会尽自己的一份力量，那么，不仅有助于社会问题的解决，还可以加深我们对人生意义的理解。""一个人是一盏灯，每盏灯都放出自己的亮光，整个社会就会更加光明。"

人生的价值是锤炼出来的。在人生的道路上必须有韧性战斗的精神。很多青年都谈到：生活中的不可避免的挫折并不只有坏的一面。严酷的生活可以使人消极、颓唐，可以使人绝望、毁灭，但也可以把人锤炼得更成熟、坚强。重要的是，在任何环境中都要自强不息。十年浩劫曾经把一代青年推到十分痛苦和艰难的境地。但正是在这种不幸和艰难中的追索，使许多青年完成了成长过程中的"否定之否定"。

青年一代朝气蓬勃，富于探索和革新的精神。但是，一般说来，由于生活阅历和知识修养不够丰富，因而不那么成熟，还处在成长时期。为了认清历史前进的方向，保持奋发进击的豪气，为了我们青年的健康成长，我们在发扬优点的同时，也要自觉地克服自身的弱点。美好的社会要靠美好的人来创造，也是由美好的人组成的。

知识就是力量。建设和改革的事业，需要无数各行各业的行家里手。我们青年的基本任务是学习、学习、再学习。我们要刻苦学习知识和本领，使自己一天比一天更充实，更聪明能干。

新中国的未来，取决于我们这一代青年的素质和面貌。我们要努力把自己锻炼成为有理想、有道德、有知识、有体力的新一代。我们也热切地期望和呼吁，整个社会能为青年的成才提供更加有利的条件。八十年代的中国，已经拉开了新时期的帷幕。在这场除旧布新的伟大斗争中，年轻的朋友，急流勇进吧！投身到历史前进的潮流中去，做新时期建设的生力军，改革的促进派，安定团结的模范，振兴民族的中坚。人生的真谛，不在"自我归宿"中；"自我"的实现，应该在振兴祖国的神圣事业里！

"人最宝贵的东西是生命。生命属于人只有一次。一个人的生命是应当这样度过的：当他回首往事的时候，他不会因为虚度年华而悔恨，也不会因为碌碌无为而羞耻。这样，在临死的时候，他就能够说：'我整个的生命和全部的精力，都已献给世界上最壮丽的事业——为人类的解放而斗争！'"这是保尔的一段名言，它曾经激励了千千万万人。今天，我们重新把它抄录在这里，赠献给八十年代探求人生意义的青年朋友们。

乔安山：离不开雷锋的日子

作者：付雁南

《中国青年报》2013 年 5 月 3 日

因为《中国青年报》的一篇"冰点特稿"，乔安山的人生被分为截然不同的两段。

前半段人生里，他是个默默无闻的退伍老兵、长途车司机，后来又成了生计艰难的下岗工人。后半段人生，因为那篇题为《乔安山的故事》的报道，他成了"名人"，每年全国巡回演讲，甚至还有一部以他为原型的电影《离开雷锋的日子》，在全国引发热烈的讨论。

迥异的两段人生里，也有些不变的东西，那就是雷锋。

乔安山曾和雷锋是亲密战友。两人一起在工厂当工人，后来又一起入伍当了兵。广为流传的一张照片里，在认真学习毛选的雷锋身边的人，就是乔安山。但他也曾"看到关于雷锋的东西就难受"。1962 年，他在部队倒车时不小心蹭倒一根电线杆，撞上雷锋的太阳穴，导致这位全国闻名的模范人物猝然离世。

那一年，乔安山 21 岁。

从那之后，几十年的时间里，乔安山几乎从未向他人提起过自己和雷锋的关系。他安静地退伍，在铁岭这个陌生的城市里，成了运输公司一名普通的长途车司机。要不是《中国青年报》记者王伟群从部队的宣传干事那里听说了乔安山的故事，又把它们化成了一个整版的新闻特稿，乔安山恐怕永远都会这样默默无闻下去。

最艰难的时候，他失去了工作，和两个儿子一起待岗在家，"精神都几乎崩溃了"。

如今他 72 岁，却前所未有地充实和忙碌。去年一年，他有 10 个月的时间在全国四处巡回演讲，宣传雷锋精神。今年从正月初七开始出门，"几乎没怎么在家里待"。4 月 25 日，在来中国青年报社参加"金牌读者授牌暨邀请报道对象回家"的活动之前，乔安山刚刚结束了面向海南三亚中小学生的一场报告。他说自己最喜欢给小学生、中学生讲雷锋的故事，因为那是"中华民族的传统美德"，应该"从孩子抓起"。

一个孩子曾向他提问："我做了好事，却不被同学们理解，应该怎么办？"

乔安山带着浓浓的东北口音回答："只要心里觉得这件事是对的，你就去做，不要让别人的言语左右你。"

在成为"名人"之前的很长时间里，乔安山一直用最低调的方式怀念雷锋。他偷偷地帮公司的长途汽车补轮胎，给自己的孙子孙女讲"一个好爷爷的故事"，却从不愿提及自己曾是雷锋的战友。《中国青年报》记者采访他之前，曾被一次又一次地告诫："乔叔"性子很倔，不接受采访。而在他的事迹被拍成电影之前，他也曾百般抵触，直到编剧给他拍桌子发了火："人们现在正需要雷锋，你作为他的战友，怎么不出来说话呢？"

"是啊，战友对我那么好，我应该让更多人知道他。"乔安山说。

他曾在铁岭街头看到有一家店铺起名叫"雷锋食杂店"，立刻跑去跟人家理论。这个外表温驯的老人强硬地说：除非店家能写张保证书，保证自己"做得跟雷锋一样"，否则就必须改名。

在他看来，雷锋的名头要用得有意义。在河南，他和当地教育部门一起，把一所小学改名"雷锋小学"，希望孩子们"把雷锋精神传下去"；在山东，他参与把一个储蓄所改名为"雷锋储蓄所"，他说，这是"把雷锋精神带入金融界"。

"用高工资反腐不一定行，但用雷锋精神，就能反腐。"老人用笃定的语气说。

他的孙女乔婷娇，大学期间参军入伍，成了沈阳军区雷锋纪念馆解说班的一名解说员。前阵子，她还在网上发帖，组织网友给一位身患重病的母亲捐款。她偶尔会向爷爷提起，关于雷锋，网上有一些"乱七八糟的声音"。这让乔安山很生气，"总有人说，'现在还要学雷锋啊？'或者'雷锋精神已经过时了'，但其实每个人生下来就一种善心，那就是我们自己的雷锋精神。"

这位年过七旬老人的人生有很多场景，曾让他备感光荣或者饱受委屈，但如今，这些岁月只有寥寥数句的轻描淡写。而与雷锋共处的那3年，却被他还原到了每一个瞬间、每个细节。

他牢牢记得第一次在工厂宿舍见到雷锋时他笑眯眯的样子，也牢牢记得雷锋怎样劝自己一起参军，"保卫家园"。那个在媒体报道中像"神"一样的雷锋，在他心中却像个"大哥"一样亲切、好脾气，总是笑呵呵的，好像"每个人都是他的亲人"。

寂寂无闻的那段岁月里，乔安山始终把雷锋的肖像挂在床头。他说，这位战友就像一面镜子。每每生活遇到困难，他都会提醒自己想一想，"如果雷锋还活着，他会怎么做"。这些困难包括"撞死雷锋"的风言风语，也包括救人却被诬陷成肇事者的巨大委屈。

来中国青年报社参加活动的时候，乔安山穿着灰色的羊绒衫，胸前一枚红色的雷锋像章格外显眼。他说，战友的头像，就是自己的"标志"。

4月26日的网络访谈中，乔安山两次向中青报表示感谢。一次是为了那篇《乔安山的故事》，让他的人生因此天翻地覆。更重要的一次感谢，却不是为了自己，而是为了雷锋。

他说："如果当年没有《中国青年报》对雷锋的报道，毛主席就不会题词向他学习。我感谢你们。"

东方风来满眼春——邓小平同志在深圳纪实

作者：陈锡添

《深圳特区报》1992 年 3 月 26 日

南国春早。

一月的鹏城，花木葱茏，春意荡漾。

跨进新年，深圳正以勃勃英姿，在改革开放的道路上阔步前进。

就在这个时候，我国改革开放的总设计师、各族人民敬爱的邓小平同志到深圳来了！

在我国社会主义现代化建设的关键时期，小平同志的到来，是对深圳特区最大的关怀和支持，是对深圳人民最大的鼓舞和鞭策。

（一）

1 月 19 日上午 8 时许，在深圳火车站月台上，几位省、市负责人和其他迎候的人们，在来回踱步，互相交谈，他们正以兴奋而激动的心情等待着……

来了！远处传来马达的轰鸣声。接着一列长长的火车徐徐进站。时钟正指 9 时，列车停在月台旁边。

一节车厢门打开，车站服务人员敏捷地把一块铺着红色地毯的长条木板放在车厢门口。

不一会，邓小平同志出现了！人们的目光和闪光灯束都一齐投向这位领一代风骚的伟人身上。

他，身体十分健康，炯炯的眼神，慈祥的笑脸，身着深灰色的夹克、黑色西裤，神采奕奕地步出车门。他的足迹，在时隔 8 年之后，又一次踏在处于改革开放前沿的深圳这块热土上。

下车后，邓小平同志满面笑容地同前来欢迎的广东省委书记谢非、深圳市委书记李灏、市长郑良玉一一握手。

握手时，谢非说："我们非常想念您。"

李灏说："我们全市人民欢迎您的光临。"

郑良玉说："深圳人民盼望您来，已经盼了 8 年了。"

简洁的话语，充分表达了全省、全市人民对小平同志的想念和崇敬之情。

邓小平同志同省市负责人登上一辆中巴，一直驶到下榻的市迎宾馆桂园，在这里恭候的市委副书记厉有为、市委常委李海东迎上前来，同小平同志握手并向他问好。

千里迢迢，舟车劳顿，市负责人劝他老人家好好休息。

但是，小平同志却毫无倦意。他说："到了深圳，我坐不住啊，想到处去看看。"

众所周知，邓小平同志是创办经济特区的主要决策者。早在1979年4月，他在听取当时中共广东省委主要负责人的汇报后说：可以划出一块地方叫作特区。陕甘宁就是特区嘛。中央没有钱，要你们自己搞，杀出一条"血路"。次年8月，全国人大常委会正式通过并颁布《广东省经济特区条例》，中国经济特区就这样诞生了。深圳特区是邓小平同志亲自开辟的最早的改革开放的试验地之一。它的发展情况，小平同志当然十分关注。1984年1月，小平同志曾到深圳视察过。一晃，8年过去了。深圳的面貌又发生什么样的变化？老人家迫不及待要目睹一番。

随行人员说，小平同志身体好，昨晚在车上休息得不错，既然他兴致高，就安排活动吧。

在桂园休息约10分钟，小平同志和谢非等同志在迎宾馆内散步。

散步时，邓楠向小平同志提起他在1984年1月26日为深圳特区题词一事。邓小平同志接着将题词一字一句念出来："深圳的发展和经验证明，我们建立经济特区的政策是正确的。"一个字没有漏，一个字没有错。在场的人都很佩服他那惊人的记忆力。

1984年，特区建设遇到不少困难和阻力，有些人对办特区持怀疑观望态度。是年1月24日，当时任中共中央政治局常委、中顾委主任的邓小平同志，同王震、杨尚昆同志在中顾委委员刘田夫和广东省省长梁灵光的陪同下，到深圳视察，给深圳特区题了词，肯定了深圳特区的建设成就，肯定了办特区的方针是正确的，给了特区建设以决定性的支持，坚定了人们办特区的决心和信心，使特区的建设事业继续推向前进。

散步后，小平同志在省市负责人陪同下，乘车观光深圳市容。

车子缓缓地在市区穿行。这里，8年前有些还是一汪水田、鱼塘，羊肠小路，低矮的房舍。现在，宽阔的马路纵横交错，成片的高楼耸入云端，到处充满了现代化的气息。小平同志看到这繁荣兴旺、生机勃勃的景象，十分高兴。正如他后来说的："8年过去了，这次来看，深圳、珠海特区和其他一些地方，发展得这么快，我没有想到。看了以后，信心增加了。"

小平同志边观光市容，边同省市负责人亲切交谈。

当谈到办经济特区的问题时，小平同志说，对办特区，从一开始就有不同意见，担心是不是搞资本主义。深圳的建设成就，明确回答了那些有这样那样担心的人。特区姓"社"不姓"资"。从深圳的情况看，公有制是主体，外商投资只占四分之一，就是外资部分，我们还可以从税收、劳务等方面得到益处嘛！多搞点"三资"企业，不要怕。只要我们头脑清醒，就不怕。我们有优势，有国营大中型企业，有乡镇企业，更重要的是政权在我们手里。有的人认为，多一分外资，就多一分资本主义，"三资"企业多了，就是资本主义的东西多了，就是发展了资本主义。这些人连基本常识都没有。

车子行至火车站前，邓林指着火车站大楼那苍劲有力的"深圳"两个大字对小平同志说："您看，这是您的题字，人们都说写得好。"

邓楠打趣说："这是您的专利，也属知识产权问题。"说得小平同志笑了起来。

当谈到经济发展问题时，小平同志说，亚洲"四小龙"发展很快，你们发展也很快。广东要力争用20年的时间赶上亚洲"四小龙"。停了一会，他补充说，不仅经济要上去，社会秩序、社会风气也要搞好，两个文明建设都要超过他们，这才是有中国特色的社会主义。新加坡的社会秩序算是好的，他们管得严，我们应该借鉴他们的经验，而且比他们管得更好。

车子不知不觉到了皇岗口岸。皇岗边防检查站、海关、动植物检疫所的负责同志，热情地欢迎小平同志的到来。

小平同志站在深圳河大桥桥头，深情地眺望对岸的香港，然后察看皇岗口岸的情况。

皇岗边检站站长熊长根向小平同志介绍说，皇岗口岸是1987年初筹建，1989年12月29日开通的。占地一平方公里，有180条通道，最高流量可达5万辆次和5万人次，是亚洲最大的陆路口岸。最近每天约通过7000辆车次和2000人次。小平同志听了很高兴，不断点头，露出满意的笑容。

（二）

国贸中心大厦，高高耸立，直插云霄。这是深圳人民的骄傲。深圳的建设者曾在这里创下了"三天一层楼"的纪录，成了"深圳速度"的象征。到深圳来的中外人士，总要登上楼顶的旋转餐厅，远眺深圳城市的景色。

1月20日上午9时35分，小平同志在省、市负责人陪同下，来到国贸大厦参观，该大厦的女职工，整齐地站在两旁，鼓掌欢迎小平同志，并齐喊"邓爷爷好！"，小平同志高兴地向她们招手，并鼓掌致意。

在53层的旋转餐厅，小平同志俯瞰深圳市容。他看到高楼林立，鳞次栉比，一派欣欣向荣的景象，很是高兴。

坐下来后，他先看一张深圳经济特区总体规划图。接着，李灏向小平同志汇报深圳的改革开放和经济建设的情况。李灏说，深圳的经济建设发展很快，人民生活水平有了很大提高，1984年，人均收入为600元，现在是2000元。改革开放也有了很大的进展。他还说，这些年来，我们的精神文明建设和物质文明建设是同步发展的。深圳人对建设有中国特色的社会主义坚定不移，并且充满信心……

听了汇报后，小平同志和省市负责人作了较长时间的谈话。

小平同志充分肯定了深圳在改革开放和建设中所取得的成绩。然后，他说，要坚持党的十一届三中全会以来的路线、方针、政策，关键是坚持"一个中心、两个基本点"。不坚持社会主义，不改革开放，不发展经济，不改善人民生活，只能是死路一条。基本路线要管一百年，动摇不得。

小平同志又说，要坚持两手抓，一手抓改革开放，一手抓打击各种犯罪活动。这两只手都要硬。打击各种犯罪活动，扫除各种丑恶现象，手软不得。

小平同志思路清晰，记忆力强。他谈笑风生，有时一两句幽默的话语，引得大家发出一阵阵笑声。在场的省、市负责同志聚精会神地聆听他老人家的谈话，不时还插上三几句。谈话气氛轻松活跃。

小平同志侃侃而谈。他还谈到中国要保持稳定；干部和党员要把廉政建设作为大事来抓；要注意培养下一代接班人等重大问题。

在谈话中，小平同志强调要多干实事，少说空话。他说，会太多，文章太长，不行。谈到这里，老人家指着窗外的一片高楼大厦说，深圳发展这么快，是靠实干干出来的，不是靠讲话讲出来的，不是靠写文章写出来的。

小平同志精神健旺，谈兴甚浓。在国贸大厦旋转餐厅，老人家谈话约谈了三十多分钟，使在场的人深受教育和鼓舞。

当小平同志离开旋转餐厅下到一楼大厅时，大厅的音乐喷泉，随着优美的乐曲，喷出图案多变的水柱和水花，蔚为壮观。一楼到三楼，站满了群众，黑压压的一片。人山人海，秩序井然。人人心花怒放，个个喜笑颜开。这是多么令人难忘的时刻！人们为有幸能一睹小平同志的风采而激动万分，也为小平同志的身体健康、精神饱满而无比高兴。

群众在尽情地鼓掌，阵阵雷鸣般的掌声响彻国贸大厦。这掌声，表达了群众对倡导改革开放政策的小平同志的爱戴和崇敬；反映了群众对身受其惠的改革开放政策的坚信和拥护。

小平同志非常高兴，满面笑容地频频向群众招手致意。整个场面十分热烈，呈现出老一辈无产阶级革命家同人民群众融洽无间的动人情景。

（三）

离开国贸大厦后，小平同志乘车去深圳先科激光公司参观。

先科激光公司，是一间高科技企业，引进荷兰飞利浦公司的先进生产技术，是我国目前唯一的生产激光唱片、视盘和光盘放送机的公司。江泽民、李鹏、王震、田纪云、刘华清等党中央、国务院、中央军委的领导人曾先后到过这里视察。

车子到达先科激光公司时，该公司董事长叶华明等人迎上前去，和小平同志热烈握手。

有人介绍说，叶华明是叶挺将军的儿子。

小平同志握住叶华明的手亲切地问："你是叶老二吧？"

"不是，我是老四。"叶华明伸出四只手指回答说。

"呵，我们快40年没见面了。"小平同志深情地说。

"是的，我那时是小孩，现在50多岁了。"

"你弟弟叶正光在哪里工作？"小平同志对革命家的后代十分关心。

叶华明说："在海南岛。"

原来，叶挺将军于1946年不幸飞机失事遇难后，叶华明于当年5月离开延安直到1953年，叶正光于1952年到1960年，都是生活在聂荣臻元帅家里。小平同志同聂帅常有往来，所以那时见过他们兄弟俩。

在公司贵宾厅,小平同志听取了关于公司情况的介绍。先科激光公司于去年 10 月 12 日正式投产,使我国继荷兰、日本、美国之后,成为第四个能够生产激光视、唱盘的国家。该公司可年产激光唱片 500 万张,视盘 150 万张,激光视、唱盘放送机各 5 万台。

邓楠拿起一块闪光锃亮的激光视盘给小平同志观看。这种恍如镜子般的盘片,能储存 10.8 万帧色彩逼真的清晰图像,可长久保存,永不磨损。小平同志听了,十分感兴趣,问:"是什么材料?"公司的同志答:"塑料上面镀一层银。"

他又兴味盎然地看了激光视盘的特性、音响效果、功能和检索能力的表演。当他看到传记资料片《我们的邓大姐》时,对身旁的广东省委书记谢非说:"我今年 88 岁,邓颖超同志和我同年,都是 1904 年生的。我是 8 月出生,她比我约大半岁。"

小平同志出生于 1904 年 8 月 22 日,家乡是四川省广安县协兴乡牌坊村。

小平同志接着说:"邓颖超同志是河南人。"他女儿邓楠说:"不,她是广西人。"小平同志纠正说:"她的原籍是河南。广西是她出生和长大的地方。"小平同志对邓大姐十分熟悉。

接着,公司一位四川籍的业余歌手赵敏,为小平同志演唱了一首《在希望的田野上》。小平同志对他这位老乡的歌喉及音响效果十分赞赏。听完后带头鼓掌。一边起身,一边说:"很好,我听得很清楚,不走调,音响效果不错。"

从贵宾厅出来到激光视盘生产车间,经过 30 米长的过道,许多职工在过道侧热烈鼓掌欢迎小平同志。

小平同志问:"这些职工多大年纪?"

叶华明答:"大多数是 25 岁到 30 岁,由全国各地招聘来的,大部分是科技人员。"

小平同志听了高兴地说:"很好,高科技项目要让年轻人干,希望在青年人身上。"

在激光视盘生产车间,当叶华明介绍他们每年要生产一部分外国电影激光视盘时,小平同志问:"版权怎么解决?"

叶华明回答说:"按国际规定向外国电影公司购买版权。"

小平同志对此表示满意:"应该这样,要遵守国际有关知识产权的规定。"

小平同志边走边问，对公司的情况问得很仔细，他还问及原材料是否进口？我国目前能否生产？产品质量怎样保证等等，公司负责人一一作了回答。

当小平同志看到几位女工正在擦拭刚生产出来的激光视盘时，便停下来问："你们是什么地方人？"女工们回答："汕头人。"小平同志笑着说："我一看就知道你们是广东人。"说得大家都笑起来。

临离开车间前，小平同志问到公司今年的生产目标。叶华明说："今年要生产50万张激光视盘，250部激光视盘电影，国产片和外国片一样多，其中还有科教片和一部分卡拉OK。总产值可达3亿多元，利润8000万元。"小平同志高兴地说，很好，希望你们努力实现这个目标。

小平同志到先科激光公司参观，给了该公司的职工以极大的鼓舞。公司董事长叶华明对记者说："我是一直在党内老同志关怀抚养下成长的，见到邓小平同志身体很健康，我心里特别高兴。我决心在深圳第二个十年建设中，努力把工作做得更好，不辜负小平同志的殷切期望。"

（四）

1月21日，是华侨城建设者永远难忘的日子。这一天，小平同志到这里的中国民俗文化村和锦绣中华微缩景区游览。

"锦绣中华"，是集中国名胜古迹于一体的世界最大的微缩景区。中国民俗文化村，是中国民俗艺术的荟萃之地，是集民间艺术、民族风情、民居于一园的大型游览区。

上午9时50分，小平同志在省、市负责人陪同下，乘车来到中国民俗文化村东大门广场。民俗文化村顿时沸腾起来了。广场上欢声雷动，鼓乐喧天，身穿鲜艳民族服装的各族青年男女，载歌载舞迎接小平同志的到来。

在广场西侧，小平同志登上电瓶车，由徽州街西行，缓缓驶经各个民族村寨。所到之处，各少数民族的演员都在尽情地跳舞欢歌，敲鼓击乐，充满欢乐祥和的气氛。小平同志一行在这里领略了千姿百态的民族风情，欣赏了古朴纯美的民间歌舞。而那别具一格的徽州石牌坊群，富有民族特色的贵州鼓楼、风雨桥，云南藤桥，金碧辉煌的西藏喇嘛寺等，又把小平同志一行带进了中华民族源远流长的传统文化长河中。

正在这里游览的群众、港澳同胞和外国朋友，纷纷驻足道旁，鼓掌向小平同志致意。小平同志亦频频向他们招手。

到新疆维吾尔族民居，小平同志走下电瓶车，在这里坐下来，兴致勃勃地观看维吾尔舞蹈。这时，小平同志的小孙子走过来，邓楠抱住他，说："亲亲爷爷。"小孙子亲昵地吻了一下小平同志的面颊，小平同志十分开心。

小平同志接着到锦绣中华微缩景区游览。在"天安门"前，小平同志下电瓶车观赏了"故宫"景色。然后，他走到"故宫"景点旁边的小卖部，很感兴趣地欣赏玻璃柜内的纪念品。

在"布达拉宫"前，小平同志分别同家人及亲属、陪同的负责同志合影留念。

在驱车回迎宾馆途中，小平同志和陪同的负责同志亲切谈话。

小平同志说，走社会主义道路，就要逐步实现共同富裕。共同富裕的构想是这样提出来的：一部分地区有条件先发展起来，一部分地区发展慢点，先发展起来的地区带动后发展的地区，最终达到共同富裕。如果富的愈来愈富，穷的愈来愈穷，两极分化就会产生，而社会主义制度就应该而且能够避免两极分化。解决的办法之一，就是先富起来的地区多交点利税，支持贫困地区的发展。当然，太早这样办也不行，现在不能削弱发达地区的活力，也不能鼓励吃"大锅饭"。

他接着说，不发达地区又大都是拥有丰富资源的地区，发展潜力是很大的。总之，就全国范围来说，我们一定能够逐步顺利解决沿海同内地贫富差距的问题。

当深圳市市长郑良玉汇报到在发展经济的同时，把社会主义精神文明建设搞好时，小平同志说，只要我们的生产力发展，保持一定的增长速度，人民的精神文明建设也可以搞上去。我们完全有能力把社会主义精神文明建设搞好。

小平同志还谈到要尽快把经济建设抓上去。他说，有条件的地方要尽可能搞快点，只要是讲效益，讲质量，搞外向型经济，就没有什么可以担心的。

（五）

1月22日，边城深圳阳光明媚，仙湖植物园内春意盎然。今天，小平同志和杨尚昆主席带领两家三代人到仙湖植物园种树和游览，给园内园外带来了无尽的喜悦。

上午9时45分，小平同志在省市负责人陪同下，来到仙湖植物园。随同来的有他的夫人卓琳，女儿邓林、邓榕和小孙子。随后，邓朴方同志也来了。

先到这里的国家主席杨尚昆,同小平同志热烈握手。接着步入展览厅,观看仙湖植物园模型。小平同志听了关于植物园的情况介绍后,高兴地说:"植物园大有可为。"

杨尚昆主席是 1 月 21 日到深圳视察的。小平同志和杨主席两位老战友在仙湖植物园相逢,自然高兴万分。

"我们在一起几十年啰。"小平同志深情地说。

"我们是 1932 年认识的。"杨主席说着扳起指头数起来,"42、52、62……92,六十年了!"

这时身背三部相机的杨绍明走过来,握着小平同志的手:"邓伯伯,新年好!"

邓榕说:"他是全国摄影协会副主席呀!"

小平同志幽默地说:"你们杨家有两个主席啰!"全场大笑起来。

接着,小平同志和杨主席一同步入室内观赏植物区。这是一个大温室,培育着古今中外种类繁多的珍稀植物,林林总总,使人目不暇接。

他们首先观看据说距今有一亿五千万年的恐龙时代的树种——桫椤。

小平同志说:"还有一种古代树种,叫水杉,现在全国都有了。有一棵很大的,在三峡附近。"说着,他还用手比划一下。

植物园负责人陈覃清说:"是的。水杉树种距今约 7500 万年,是在三峡附近湖北省境内发现的。"在场的人都很佩服小平同志丰富的知识和记忆力。

小平同志说的那棵很大的水杉,是 1946 年薛纪茹先生发现的,他采集了标本。1948 年,由胡先(马肃)、郑万钧先生定名为水杉,公开发表,轰动了当时国际植物界。人们称此树种为活化石。这棵树胸径 2.4 米,高 35 米,在三峡附近湖北省利川县谋道这个地方。

接着,小平同志和杨主席仔细观赏其他植物,兴味极浓。

看到一种叫"发财树"的植物,邓榕风趣地对小平同志说:"以后咱们家也种一棵。"

小平同志指着"光棍树"问:"为什么叫光棍树?"植物园负责人回答:"因为它不长叶子。"

在湘妃竹、人面竹、方竹前,小平同志伫立观赏。植物园负责人介绍说,毛主席的诗句"斑竹一枝千滴泪"中的斑竹,就是指这种湘妃竹。相传很久以前，一个妃子逃难到九嶷山，哭得很伤心，一滴滴泪水滴在竹子上，就成为现在的湘妃竹。

小平同志说："成都竹子很多，有红的、黑的、紫的、黄的，也有方的。"植物园负责人说："成都的望江公园各种竹子都有。"在场有人说：这里有的竹子就是悄悄地从成都"弄"来的。小平同志开玩笑说："这也属知识产权问题啊，我是四川人，要你们赔偿啊。"周围的人全都笑起来。观赏植物区里笑语声喧。

小平同志被这些珍稀植物吸引住了，他观赏得很仔细，注意听介绍，还不断提问。他指着一棵天鹅绒竹芋问："它长不长芋头？"植物园负责人答："不长，只供观赏。"邓榕接着说："爸爸很喜欢吃芋头。"植物园的同志说，这种竹芋的叶子，摸上去像绒布。小平同志听了，好奇地摸了一下。杨主席随手捡起一片叶子，风趣地说："带着留个纪念。"

杨主席也在以极大的兴趣，观赏着各种奇花异草。他观看猪笼草、鸟巢蕨时，鸟巢蕨那活像鸟巢的模样令他十分开心。他问这植物开不开花？靠什么繁殖？植物园负责人一一作了回答。

这里有一种兰花，很奇特，叫"跳舞兰"。植物园负责人指着一朵兰花给小平同志介绍："这兰花样子像个姑娘。这是头、身子、裙、腿。它在跳迪斯科哩。"小平同志笑着说："是，很像个姑娘在跳舞。"

从观赏植物区出来，小平同志和杨主席等人向大草坪走去。置身于美丽的大自然中，满眼是青山绿水，茂林修竹，小平同志感到心旷神怡。他高兴地同家人在这里合影留念。

这里，绿色主宰了大自然的风光，使人流连忘返。小平同志说："这里的环境真优美。"杨主席赞叹道："真是天上人间，世外桃源。"

10时10分，小平同志和杨主席在一片开阔的草地上，种下一棵常青树——高山榕。小平同志和杨主席挥锹培土。接着，小平同志的家人也拿起铁锹，使劲地将土铲到树根上。邓朴方在旁人的帮助下，也培了几锹土。然后，小平同志和小孙子一齐端起个红色的小水桶浇水。

杨主席同小平同志一家栽好树后，又领着自己一家在不远处种下另一棵高山榕。杨主席和家人一道培土、浇水，动作非常敏捷。

高山榕是一种亚热带植物，桑科榕属，是广东省的代表树种之一。生长快，树冠大，四季常青。

小平同志和杨尚昆主席在这里种下常青树，给深圳增添了无边春色，也将为子孙后代造福遮阴。深圳人民一定会记住这个日子，记住他们为建立新中国、为改革开放所作的卓越贡献，记住他们对深圳特区的关怀和支持，记住他们那长久而深厚的情谊。

种完树后，小平同志和家人在湖边散步，一家人乐也融融，尽情享受这温暖的阳光和清新的空气，欣赏这如诗如画的湖光山色。

小平同志精神奕奕地迈着步，表现出他对祖国的未来充满信心。摄影记者们纷纷按下快门，拍下这令人高兴的镜头。

（六）

1月22日下午3时10分，小平同志和杨尚昆主席在市迎宾馆接见了深圳市委、市政府、市人大、市政协、市纪委的负责人，亲切地同他们一一握手。

接着，小平同志和杨主席同深圳市五套班子的负责人合影。合影时，坐在前排的有：小平同志、国家主席杨尚昆、中央军委副主席刘华清、广州军区司令员朱敦法、广东省委书记谢非、新华社香港分社社长周南、广东省委副书记郭荣昌、深圳市委书记李灏、市长郑良玉、市委副书记厉有为。

合影后，人们都围拢过来，同小平同志握手，小平同志亲切地和大家交谈。

新华社香港分社社长周南握着小平同志的手，向他问好，并邀请他1997年访问香港。小平同志连声说：好，好。

广州军区司令员朱敦法中将向小平同志敬礼、问好。中央军委副主席刘华清上将向小平同志介绍说：“朱敦法同志在淮海战役中是个连长。”小平同志笑笑说：“那时还是个娃子哩。"在淮海战役这场波澜壮阔、规模宏伟的人民战争中，负责淮海前线一切事宜、统一指挥中原野战军和华东野战军的总前委，由邓小平任书记。

今天，小平同志同省市负责人作了重要的谈话。

小平同志说，改革开放胆子要大一些，敢于试验，不能像小脚女人一样。看准了的，就大胆地试，大胆地闯。深圳的重要经验就是敢闯。没有一点闯的精神，没有一点"冒"的精神，没有一股气呀、劲呀，就走不出一条好路，走不出一条新路，就干不出新的事业。不冒风险，办什么事情都有百分之百的把握,万无一失,谁敢说这样的话?一开始就自以为是,认为百分之百正确,没那回事,我就从来没有那么认为。

李灏说,深圳特区是在您的倡导、关心、支持下才能够建设和发展起来的。我们是按您的指示去闯、去探索的。

小平同志说,工作主要是你们做的。我是帮助你们、支持你们的,在确定方向上出了一点力。

小平同志还指出,社会主义的本质,是解放生产力,发展生产力,消灭剥削,消除两极分化,最终达到共同富裕。证券、股市,这些东西究竟好不好,有没有危险,是不是资本主义独有的东西,社会主义能不能用?允许看,但要坚决地试。看对了,搞一两年对了,放开;错了,纠正,关了就是了。关,也可以快关,也可以慢关,也可以留一点尾巴。怕什么,坚持这种态度就不要紧,就不会犯大错误。

在谈话中,小平同志还谈到了:现在建设中国式的社会主义,经验一天比一天丰富;在农村改革和城市改革中,不搞争论,大胆地试,大胆地闯;我们的政策就是允许看,允许看,比强制好得多,等等。

(七)

时间过得真快,小平同志在深圳,一晃几天就过去了。1月23日,小平同志在广东省委书记谢非的陪同下去珠海特区。

上午8时30分,深圳市负责人以及警卫、服务人员,在市迎宾馆热烈欢送小平同志。人们都依依不舍,多么希望小平同志能在深圳多住几天啊。

小平同志和市负责人一一握手告别。

同车前往蛇口送行的有李灏、郑良玉、厉有为等。

车子在宽阔的笋岗路向蛇口驶去。在车上,小平同志和省市负责人亲切交谈。

李灏向小平同志简要地汇报深圳改革开放的几个措施:调整产业结构;放开一线,管好二线,把深圳特区建成第二关税区;加强法制,依法治市,加强立法执法工作;把宝安县改为深圳市的三个郊区等等。

小平同志听了后说,我都赞成,大胆地干。每年领导层要总结经验,对的就坚持,不对的赶快改,新问题出来抓紧解决。不断总结经验,至少不会犯大错误。

李灏说:"您讲的非常重要。我们要争取少犯错误,不犯大错误。"

小平同志说:"我刚才说,第一条是不要怕犯错误,第二条是发现问题赶快改正。"

谈着谈着,车子到了蛇口。李灏说,南山区管蛇口这一片,南山区发展势头非常好,南山的荔枝很有名。全世界荔枝最好是中国,中国荔枝最好是广东,广东荔枝最好是东莞、增城、深圳等地方。

这时,邓榕插话:"那么,全世界的柚子哪儿最好呢?"车子里爆发一阵哄堂大笑。

原来,小平同志平时在家里,常对孩子们夸耀四川的柚子最好。孩子们都不同意,认为沙田柚子最好。

笑声过后,小平同志说,四川柚子最好,但认识统一不起来。

邓榕说:"说沙田柚子好的人多,说四川柚子好的人少。"

车子在蛇口一个地方停了几秒钟,邓榕指着远处"海上世界"对小平同志说:"这是海上世界,是您给题的名。"

车子接着到赤湾港,缓慢地行驶。小平同志坐在车上察看赤湾港码头。

李灏介绍说,赤湾港在蛇口里面,可停 3.5 万吨的船,准备建成停 5 万吨船的码头。妈湾港在蛇口外面,可停 5 万吨的。深圳东部、西部都有港口,去年吞吐量达 1400 万吨,将来要达到上亿吨。

车子到达蛇口港码头。下车前,李灏对小平同志说:"您这次来,深圳人民非常高兴。我们希望您不久再来,明年冬天来这儿过春节。"

小平同志下车后,同前来迎接的珠海市委书记、市长梁广大握手。

然后,小平同志同深圳市负责人李灏、郑良玉、厉有为一一握别。

小平同志向码头走了几步,突然又转回来,向李灏说:"你们要搞快一点!"

把握时机,快一点将经济建设抓上去,这是小平同志对深圳的期望,也是时刻萦绕在小平同志心头的一件大事。

李灏说:"您的话很重要,我们一定搞快一点。"

上午 9 时 40 分,小平同志乘坐的轮船离开蛇口港。

1992 年 1 月 19 日到 23 日,小平同志在深圳的这段日子,是极不寻常的日子,它将永远记载在深圳建设的史册上,永远记忆在深圳人民的心坎里。

"东方风来满眼春。"小平同志来到深圳，使深圳进一步涌起改革开放的春潮。小平同志在这里发表的许多重要谈话，对深圳的改革开放和建设，对整个社会主义现代化建设事业，都有着重大而深远的意义。

敬爱的小平同志，我们衷心祝愿您健康长寿！深圳人民一定沿着您倡导的有中国特色的社会主义道路奋勇前进！

4 社会转型期的深度报道

> 那种深度的、洞察世态的严肃新闻——我称之为"亲密新闻"（intimate journalism）——记录普通人的行动和日常生活，在我们的行当里，这种记录太少了。这种故事记录人在生活里寻觅意义和目的时的行为、动机、感情、信仰、态度、不满、希望、恐惧、成就和渴望。它们帮助人理解自己在世界里的位置。
>
> ——沃尔特·哈林顿《叙事之初》

随着经济改革与社会开放，中国新闻工作者在实践层面开始探索西方媒体的报道经验和商业模式，在理论层面吸纳与学习西方新闻传播理论。在西方"新闻专业主义"与中国本土"文人论政"的相互激荡与作用下，20世纪90年代中国新闻报道方式产生了重要变化，"一元的宣传报纸和评论取向的新闻事业逐渐向多元的新闻报道模式的信息取向的新闻事业过渡，一批面向严肃读者和大众时长的报刊不得不抛弃固有的报道范式，超越传统的价值认知，引进了域外的新闻写作价值理念"[①]。

本章分为两大主题，分别是"社会问题与深度报道"和"围绕灾难事件的深度报道"。其中，"社会问题与深度报道"围绕南方报业的3篇深度报道展开。《昆明在呼喊：铲除恶霸》刊登于1998年1月9日《南方周末》头版，揭露了孙小果的暴行。2019年孙小果事件再次受到关注，此文不断被媒体同业者提及，被认为为孙小果案提供了"历史纵深"。《被收容者孙志刚之死》刊登

---

① 展江：《新闻文体范式革命的引领者》，参见杨瑞春、张捷：《〈南方周末〉特稿手册》，广州：南方日报出版社，2012年版。

于 2003 年 4 月 25 日的《南方都市报》，随后被各大媒体纷纷转载，使孙志刚案成为当时的社会焦点，最终促使政府相关职能部门深入调查"孙志刚案"，并最终废除了《收容遣送制度》，出台了相关的"救助"规定。这篇报道全篇几乎无一形容词，记者只是用笔头平直地诉说事实，站在客观的立场上叙述事实，多引用人物原话，把思考的权利更多地留给读者。李海鹏的《举重冠军之死》被认为是《南方周末》刊登的第一篇真正意义上的特稿，以小视角和生活日常切入，讲述人物的悲欢离合，秉持一切细节的客观性，揭示一个严肃的主题。全文以时间为顺序，选取这一天中最具代表性的事件着重叙述，多方位、多角度呈现举重冠军才力死亡前真实的一天。

"围绕灾难事件的深度报道"则选取了 3 篇关于汶川地震的深度报道。《直击中国军事史上最悲壮空降》为《南方周末》记者张悦的作品，带着对生命的尊重和个体价值的肯定，诠释着汶川地震后的事实。《灾后北川残酷一面》获得了 2008 年度腾讯"影响中国年度华语传媒盛典"的年度特稿奖，江艺平说："这是两名诚实的记者对一场巨大灾难作出的诚实的记录。唯其诚实，所以真实。"真实记录是这篇文章最大的特征，也是最具震撼力的地方，李海鹏在记者手记中也写到"到了现场，有文（闻）必录，看到有价值的细节就写出来，并没有做特别的信息筛选"[①]。《一个灾区农村中学校长的避险意识》是新华社记者朱玉和同事与桑枣中学校长聊天中获取的新闻线索，而之前的大多记者由于桑枣中学无人伤亡而未对其关注。"如果普遍都是灾害先行，那么灾害的包围中，无灾或者灾害很轻的情形本身，就具有新闻价值。"[②] 朱玉等人凭借新闻敏感，继续采访调查，产出了这篇具有深刻社会意义的新闻通讯，并最终推动我国防震减灾相关条款的修订工作。

---

① 杨瑞春、张捷：《〈南方周末〉特稿手册》，广州：南方日报出版社，2012 年版，第 13 页。
② 陈力丹、张晶晶：《"反差"出新闻，叙事显力量——评析〈一个灾区农村中学校长的避险意识〉》，《新闻实践》2010 年第 1 期。

主题 4-1　社会问题与深度报道

昆明在呼喊：铲除恶霸

作者：余刘文　长平

《南方周末》1998 年 1 月 9 日

令人发指的暴行

1997 年 11 月初的一天晚上，昆明市工人文化宫的一家小酒吧内，16 岁的少女张亭和男友汪某在喝酒聊天。

张亭说："孙小果以为我在外面说他的坏话，一直在找我，他要打我。"汪某说："你怕他干什么？我来帮你摆平！告诉我他在哪里？"

张亭当即用汪的手机拨通了孙小果的手机，让汪通话。汪说："听说你是昆明的老大，我想见识见识。"

电话那头，孙小果二话没说，问了姓名，当下约定 11 月 6 日晚上在白塔路台湾面馆碰面。

在娱乐场所工作、曾与孙小果有过交往的张亭深知孙小果的家庭背景和为人，就把自己亲见的一些事情给男友讲了，叫他准备充分点。

谁知汪某听了，吓得双腿发抖，直怪自己不知天高地厚，哪里还敢赴会？

孙小果却没有食言，如约来到台湾面馆，从里到外没有找到一个姓汪的人，暴怒，凡进来一个男的，他就冲上去抓住人衣领问："你是不是汪××？"吓得满店顾客皆作鸟兽散。

有人竟敢在太岁头上动土！孙小果忍不下这口气。他思来想去，认定是张亭告诉别人他的手机号的。他立即召集手下弟子，下令立即找到张亭。

张亭知道自己闯了大祸，吓得不敢出门。7 日晚，孙小果一伙遍寻昆明娱乐场所未果，正鬼火直冒，在金花宾馆的月光城迪斯科舞厅上遇上了张亭的表姐、17岁的少女张苑及其女伴、17岁的杨某。孙小果立即将两人带进一间名为"温州"的KTV包间，让杨某在外间沙发上坐着，由其同伙看押；将张苑拖进里间"审讯"。

孙小果问张苑是否把他的手机号告诉了别人，张苑说她根本不知道孙小果的手机号。孙及其手下一阵拳打脚踢，将张苑打倒在地，站不起来。

孙令其手下架住她的左右臂，吊起来，他本人则照准她的腹部轮番猛击，张苑几次痛昏过去，但孙小果仍不肯罢休，叫人找来筷子和牙签，用交叉起来的筷子猛夹张苑的十指，将牙签扎进她的指甲缝里。

少女的声声惨叫似乎让这伙人倍感快意，他们狂笑着，拿起牙签，根根刺进少女的乳房；拿起烟头，在少女的手臂、腹部烙下一块又一块的疤痕……

随后，他们又强行把张苑和杨某带到位于昆明繁华地带的豪胜娱乐城，说是找张亭，没找着。

出来时，这几个人又围着张苑一阵拳打脚踢，张苑瘫倒在地上，满脸是血，挣扎着欲爬起来，又被一人飞起几脚踢在头部。

随后，几人搂着张苑，令杨某一起走进豪胜娱乐城二楼的一间啤酒屋里，在众目睽睽之下，他们令张苑用牙齿咬住大理石桌面，然后用肘部猛击张的后脑勺，致使其牙齿破损、脱落，血沫飞溅。

然后又拉到桌子另一边，重新折磨。

少女杨某目睹这一切，早已吓得浑身发抖，站立不稳，但还是哭求孙小果不要打张苑了。孙小果走到她面前，抬手就是几拳，杨某的脸顿时青肿淤血。

这时张苑已经昏迷过去。他们叫服务员拿来一杯酒，浇在她脸上，又打了两耳光，少女醒来。

这伙人便扔下她们，各自到一边去喝啤酒。喝够啤酒，又挟持两少女下楼。来到大门口，又围上来对她们施展拳脚，张瘫倒在地，杨背上、腰上各挨了几脚之后，又被一脚踢在鼻尖上，飞了出去，鼻血长淌。

他们又拎起张苑，扔到杨的面前，让她们面对面看着，互相打耳光，必须打得响亮。

其后，将二人拽到门外。张苑又遭一阵脚踢，再次昏倒。这一伙人竟然解开裤子，用尿浇在张苑的脸上，浇醒她后欲拖起来再打，但可怜的少女已经呼吸微弱，生命垂危。他们慌了，才叫车将二人送到昆明延安医院，扔在医院后溜之大吉。

在暴行发生的整个过程当中，不少服务员、顾客、路人都眼睁睁看着。没有一人出面干涉，说是不敢。其中110警两次经过，也没有干涉，据说是没有发现异常情况。

愤怒的昆明与恐惧的昆明

11月8日，受害少女杨某偕同张苑的父亲到昆明市公安局盘龙分局珠玑派出所报案。珠玑所深感事态严重，立即向分局和市局报告。市局刑侦支队接报后，迅即与盘龙分局和珠玑所组成联合专案组投入侦查。

10日，专案组在月光城迪斯科舞厅一举抓获孙小果等8名犯罪嫌疑人。暴打张苑及杨某之后，他们照样逍遥，丝毫没有想到要逃避。而且，被抓获时，他们还开着一辆公安0A牌照的警用轿车。

采访中，昆明市公安局刑侦大队教导员多次对记者说："干公安工作这么多年，我还从未见过如此残暴的刑事案件！"

而几位办案警官当时一听到孙小果的名字就拍案而起："又是他！"很多人对他的大名耳熟能详，很多未决的案子都与他直接相关。

1997年6月1日，本案受害少女张苑就遭到孙小果强奸，张苑和孙小果素无交往，只是有一次和表妹张亭一起玩时遇见了孙小果，互相介绍后打了个招呼而已。

1997年7月3日凌晨，孙小果、党俊宏、杨昆鹏等人在昆明博佩娱乐城与人争抢一位小姐而发生冲突，对方知道他们的来历之后，吓得慌忙驾车逃跑。

孙小果等人哪肯就此罢休，开着一辆本田轿车狂追，从环城北路一直追到东风东路市中医院门口，致使对方的面包车撞在电线杆上。孙小果等人下车朝对方扑上去，用刀、棒和砖头将对方打（砍）伤。

1997年初，昆明警方破获了号称"东北帮"的流氓团伙系列案件，现已查明，孙小果参与了其中两起案件，已认定的罪行有寻衅滋事、伤害和非法拘禁。

办案警官透露，孙小果犯下的案子远不止这些，很多还在查证之中。他们说，至于孙小果参与的打架闹事，那就太多了。据了解，昆明的许多娱乐场所都要定期向孙小果交钱，名曰"保护费"。

孙小果及其弟子来玩，不仅不给钱，娱乐场所还得倒赔。对那些小姐来说，他叫谁下跪谁就下跪，叫谁拿钱谁就拿钱。

16 岁的受害人张亭 1997 年 11 月 19 日签字的一份调查笔录上写道："除了这次把我姐姐打成重伤外，还打过很多女孩子。有的我不认识。我认识的有李××、胡××、余×、廖×。其中李××（17 岁）不但被打，还被他们一伙轮奸；胡××（15 岁）也被他们轮奸了；余×（15 岁）是被杨平强奸的；廖×（18 岁）被他们打得脸都变形了。

今年 3 月份孙小果他们一伙的大哥（东哥），姓王，强奸了我的朋友周××，地点是在茶苑楼。也是今年 3 月份孙小果一伙中的一个叫李钩的，也是在茶苑楼强奸了我和赵××。后来李钩又强暴过我两次。"

屡令办案警官不解的是孙小果 1994 年的那次犯罪。1997 年 7 月 13 日凌晨那起案子发生之后，受害人报了案。盘龙区拓东路派出所接案后一查，大吃一惊：孙小果竟是一个本应在监狱里服刑的罪犯！

他们立即到盘龙看守所查询，盘龙区看守所打电话给孙小果的母亲，他母亲说：孩子回四川外婆家去了。

经查案卷得知，1994 年 10 月 16 日，当时身为武警学校学生的孙小果等二人伙同 4 名社会无业青年驾车游荡，在昆明环城南路强行将两位女青年拉上车，驶至呈贡县境内呈贡至宜良 6 公里处将其轮奸。

1995 年 12 月 20 日，盘龙区人民法院判处孙小果有期徒刑 3 年（1995 盘刑初字第 493 号判决书），刑期为 1994 年 10 月 28 日至 1997 年 10 月 28 日。然而，孙小果没有进过一天监狱。

这次判刑不但没有给孙小果半点惩罚，反而成为他以后为非作歹的资本，很多人都知道他是个判刑也不会坐牢的人。这次他被抓获，也并没有使受害人感到振奋。

1997 年 12 月 24 日，记者来到昆明某院采访受害少女张苑。经过医院抢救，张苑总算脱离了危险，但长达七八个小时的非人折磨，已使她头部重伤，脑内淤血，右额叶挫裂，胸骨骨折，手臂烧伤，乳房刺穿，大小便失禁，遍体鳞伤，体无完肤。住院治疗一月有余，双腿仍无法正常行走，记忆失常，语言逻辑不清，写字异常费力，平时熟练的字也难以写出。当记者问及她胸部的伤时，少女的屈辱感无法控制，哇的一声大哭起来。

张苑的妈妈在她很小的时候就离她而去，十多年来，她和父亲相依为命，不想竟遭此重击。老实巴交的父亲望着女儿，悲愤交加。

他首先想到的还不是告状，而是寸步不离地守着女儿，怕她再受伤害。因为，他听说那伙人太厉害了，连公安都拿他们没有办法。他是一个下岗职工，每月只有两三百元的收入，既无权，也无钱，他生命中所拥有的，只有这一个遍体鳞伤的女儿。

一个多月来，他几乎没有离开医院一步。也有人告诉他，离开医院，他自身的安全也难以保证。

12月25日晚，记者找到受害少女张亭的家中。留着短发、像个小男孩似的张亭颤颤颠颠地给记者讲述了她亲历的孙小果的种种暴行：敲诈舞女、殴打舞女、殴打路人、强奸少女、用剪刀剪开少女的指间肌肉，等等。

张母也愤怒地控诉她听来的孙小果的恶行。张父则在外间一口接一口地喝酒，不停地叹气。记者告诉他，孙小果已被捉拿归案，正直的办案警官们正在侦查他的种种罪行；还告诉他，刑侦大队的教导员已经说了："此案才刚刚开头，还有许多事要深追细查，直到水落石出！"

还告诉他，昆明市公安局副局长杜敏指示了："涉案人员一律缉拿归案！"但是，张父显得心事重重地说："进去了，他还会出来。我们这种人，对他们有什么办法？"

孙小果何许人也，竟使昆明许多百姓人人自危？为什么为什么为什么……

孙小果，男，汉族，生年未详，身高约1.70米，略显壮实。1992年12月入伍，曾是武警昆明某部的一个上等兵，后又进入武警某学校学习，直到犯罪。其母亲孙××在昆明市某区公安分局刑侦队供职，父亲（继父）李××现任昆明市某区公安分局副局长。

11月10日凌晨孙小果被警方抓获时所开的警用车即是其父的车。根据有关法规，这种行为（非警方人员驾驶警车到娱乐场所玩耍）是被严令禁止的。

像这样的家庭的孩子，其年龄是不应该有什么含糊的，但是孙小果的年龄却成为办案警官心中一个难解的谜。

谜团始于他1994年的那次犯罪。根据武警部队的档案记载，孙小果出生于1975年10月27日（1994年10月是19岁）；然而检察院的起诉书中，他却"现年16岁"；到了法院的判决书上，则变成"出生于1977年10月27日"

(1994年10月是17岁)。

据当年的办案人员、也是现在孙小果的一件案子的办案人员介绍,当时的起诉书中,孙小果被列为第二被告,因为年龄的改动(改后未满18岁),则成为5名轮奸犯中判刑最轻的一个,为3年(其余4人分别为6年、5年、5年、5年,至今尚在服刑)。

此案还有一个更大的谜团:孙小果于1994年10月28日被收审,1995年4月4日被批准逮捕,1995年6月则被取保候审,候到审判之后,也未被收监执刑(且至今未发现任何完整的合法手续;只是不久前办案警官在盘龙区看守所看见一张1997年3月27日办的保外就医手续)。到本次案发之前,一直逍遥法外。

上述两点,办案警官已作为重点问题报送给昆明市检察院法纪处。

令人不解的问题还有很多

本次案发之后,云南两家报纸作了报道,其中一家报纸在11月28日以特别的形式对案情作了详细报道,并以过人的胆识将矛头直指"孙小果的某些背景"。在该报配发的一篇短评中说:

> 应该看到,这股邪恶势力,这些十恶不赦的团伙,其头面人物往往自以为有"保护伞"庇护,虽作恶多端,罪行累累,却能逍遥于法网之外,"严打"不及其身。如果没有在一定范围内握有重权的人姑息、迁就、纵容、包庇,他们能如此这般肆无忌惮、有恃无恐吗!
>
> 残酷的是:我们一些为铲除恶势力而奋不顾身搏击了几十年的人们,却不幸发现这恶势力中竟有自己曾寄予厚望的"接班人"。

由此可见,依法治国首要的是依法治人。认认真真使人们认识到"刑不上大夫,礼不下庶人""父尊子贵""一人得道,鸡犬升天"等腐朽陈旧的观念,应该彻底清除了,代之以"法律面前人人平等",从而增强法制观念、法律意识,为依法治国扫除思想意识上的障碍。

该报仗义执言,针砭时弊,发挥了新闻舆论监督应有的作用,受到民众热烈拥护。

但是,12月9日,该报又在头版刊登了一篇题为"可怜天下父母心——孙小果父母访谈录"的文章,文章中说:孙小果的父母在痛心疾首之后表明,他们对孩子历来是严加管束、严格要求的。但鉴于目前社会风气太差，孩子年龄轻，阅历浅，加之其他种种因素，孩子仅靠家庭教育是难以达到预期目标的。

父母之心、天下人之心，有谁会纵容、包庇、支持自己的孩子去作奸犯科呢？天底下哪位父母会让自己的孩子走入歧途，成为有负社会的罪人呢？

该文刊出之后，即有读者表示不解

办案警官目前最担心的是受害少女张苑的伤情鉴定能否如实反映她的伤。法医第一次对她作出的伤情鉴定为轻伤偏重，张父表示不服，要求重新鉴定。

这是被法律所允许的正当要求，应该尽快得到满足，但据说有关方面声称要得到上级的同意，其上级又声称要得到更上级的指示（按有关规定程序，这两道"关口"纯属多余）。

但是办案警官及受害人家属都相信法律最终是公正的。

在那篇《可怜天下父母心》的报道中，孙小果的父母都表示"坚决支持有关执法部门对儿子的处理"。然而，据了解，孙的母亲多次找到有关办案人员，要求翻看有关孙小果的案情材料及索回孙小果被警方扣留的一些物件。

12月29日、30日，昆明市公安局刑侦支队有关领导在接受记者采访时均义正词严地反复声明：不该看的东西坚决不让看，不该退的东西坚决不退；对孙小果流氓恶势力团伙案，必统一思想，排除干扰。一查到底，实事求是，依法办案；不管是谁犯了罪，都要让他受到法律的惩罚。

被收容者孙志刚之死

作者：陈峰　王雷

《南方都市报》2003年4月25日

3月17日：在广州街头被带至黄村街派出所。

3月18日：被派出所送往广州收容遣送中转站。

3月18日：被收容站送往广州收容人员救治站。

3月20日：救治站宣布事主不治。

4月18日：尸检结果表明，事主死前72小时曾遭毒打。

孙志刚，男，今年27岁，刚从大学毕业两年。

2003年3月17日晚10点，他像往常一样出门去上网。在其后的3天中，他经历了此前不曾去过的3个地方：广州黄村街派出所、广州市收容遣送中转站和广州收容人员救治站。这3天，在这3个地方，孙志刚究竟遭遇了什么，他现在已经不能告诉我们了。3月20日，孙志刚死于广州收容人员救治站（广州市脑科医院的江村住院部）。

他的尸体现在尚未火化，仍然保存在殡仪馆内。

孙志刚死了。

先被带至派出所，后被送往收容站，再被送往收容人员救治站，之后不治。

孙志刚来广州才20多天。2001年，他毕业于武汉科技学院，之后在深圳一家公司工作，20多天前，他应聘来到广州一家服装公司。

因为刚来广州，孙志刚还没办理暂住证，当晚他出门时，也没随身携带身份证。

当晚11点左右，与他同住的成先生（化名）接到了一个手机打来的电话，孙志刚在电话中说，他因为没有暂住证而被带到了黄村街派出所。

在一份《城市收容"三无"人员询问登记表》中，孙志刚是这样填写的："我在东圃黄村街上逛街，被治安人员盘问后发现没有办理暂住证，后被带到黄村街派出所。"

孙志刚在电话中让成先生"带着身份证和钱"去保释他,于是,成先生和另一个同事立刻赶往黄村街派出所,到达时已接近晚12点。

出于某种现在不为人所知的原因,成先生被警方告知"孙志刚有身份证也不能保释"。在那里,成先生亲眼看到许多人被陆续保了出来,但他先后找了两名警察希望保人,但那两名警察在看到正在被讯问的孙志刚后,都说"这个人不行",但并没解释原因。

成先生说,其中一个警察还让他去看有关条例,说他们有权力收容谁。

成先生很纳闷,于是打电话给广州本地的朋友,他的朋友告诉他,之所以警方不愿保释,可能有两种情况,一是孙志刚"犯了事",二是"顶了嘴"。

成先生回忆说,他后来在派出所的一个办公窗口看到了孙志刚,于是偷偷跟过去问他"怎么被抓的,有没有不合作",孙回答说"没干什么,才出来就被抓了"。成先生说:"他(孙志刚)承认跟警察顶过嘴,但他认为自己说的话不是很严重。"

警察随后让孙志刚写材料,成先生和孙志刚从此再没见过面。第二天,孙的另一个朋友接到孙从收容站里打出的电话,据他回忆,孙在电话中"有些结巴,说话速度很快,感觉他非常恐惧"。于是,他通知孙志刚所在公司的老板去收容站保人。

之后,孙的一个同事去了一次,但被告知保人手续不全,在开好各种证明以后,公司老板亲自赶到广州市收容遣送中转站,但收容站那时要下班了,要保人得等到第二天。

3月19日,孙志刚的朋友打电话询问收容站,这才知道孙志刚已经被送到医院(广州收容人员救治站)去了。在护理记录上,医院接收的时间是18日晚11点30分。成先生说,当时他们想去医院见孙志刚,又被医生告知不能见,而且必须是孙志刚亲属才能前来保人。

20日中午,当孙的朋友再次打电话询问时,得到的回答让他们至今难以相信:孙志刚死了,死因是心脏病。

护理记录表明,入院时,孙志刚"失眠、心慌、尿频、恶心呕吐,意识清醒,表现安静",之后住院的时间,孙志刚几乎一直"睡眠":直到3月20日早上10点,护士查房时发现孙志刚"病情迅速变化,面色苍白、不语不动,呼吸微弱,血压已经测不到"。医生在10点15分采取注射肾上腺素等治疗手段，10分钟后，宣布停止一切治疗。孙志刚走完了他27年的人生路。

医院让孙志刚的朋友去殡仪馆等着。孙的朋友赶到殡仪馆后又过了两个小时，尸体运到。护理记录上，孙的死亡时间是2003年3月20日10点25分。

孙志刚是被打死的。

尸检结果表明：孙志刚死前几天内曾遭毒打并最终导致死亡。医院在护理记录中认为，孙是猝死，死因是脑血管意外，心脏病突发。

在向法医提出尸检委托时，院方的说法仍是"猝死、脑血管意外"。据3月18日的值班医生介绍，孙志刚入院时曾说自己有心脏病史，据此推断孙志刚死于心脏病。但是，这个说法遭到了孙志刚家属和同学的反驳，孙志刚父亲表示，从来不知道儿子有心脏病。

同样，法医尸检的结果也推翻了院方的诊断。在中山大学中山医学院法医鉴定中心4月18日出具的检验鉴定书中，明确指出："综合分析，孙志刚符合大面积软组织损伤致创伤性休克死亡。"

虽然孙的身体表面上看不出致命伤痕，但是在切开腰背部以后，法医发现，孙志刚的皮下组织出现了厚达3.5厘米的出血，其范围更是大到60×50厘米。孙志刚生前是一个身高一米七四、肩宽背阔的小伙子，这么大的出血范围，意味着他整个背部差不多全都是出血区了。

"翻开肌肉，到处都是一坨一坨的血块。"4月3日，中山大学中山医学院法医鉴定中心解剖孙志刚尸体，孙志刚的两个叔叔孙兵武和孙海松在现场目睹了解剖过程。"惨不忍睹！"孙兵武说，"尸体上没穿衣服，所以伤很明显。"

孙兵武说，他看到孙志刚双肩各有两个直径约1.5厘米的圆形黑印，每个膝盖上，也有五六个这样的黑印，这些黑印就像是"滴到白墙上的黑油漆那样明显"。孙兵武说，他当时听到一名参加尸体解剖的人说"这肯定是火烫的"。

孙兵武说，他看到在孙志刚的左肋部，有一团拳头大小的红肿，背部的伤甚至把负责尸检的医生"吓了一跳"，"从肩到臀部，全是暗红色，还有很多条长条状伤痕"。医生从背部切下第一刀，随着手术刀划动，一条黑线显现出来，切下第二刀的时候，显现出一坨坨的黑血块。

法医的检查还证明，死者的其他内脏器官没有出现问题，"未见致死性病理改变"。法医的尸检结果表明：孙志刚死亡的原因，就是背部大面积的内伤。

鉴定书上的"分析说明"还指出，孙的身体表面有多处挫擦伤，背部可以明显看到条形皮下出血，除了腰背部的大面积出血，肋间肌肉也可以看到大面积出血。

"从软组织大面积损伤到死亡，这个过程一般发生在72小时内。"广州市第一人民医院一名外科医生介绍："软组织损伤导致细胞坏死出血，由于出血发生在体内，所以眼睛看不见，情况严重会导致广泛性血管内融血，这一症状也被称作DIC。DIC是治疗的转折点，一旦发生，患者一般会迅速死亡，极难救治。所以类似的治疗，早期都以止血、抗休克为主，目的是阻止病情进入DIC阶段，没有发生DIC，患者生还希望极大。"

3月18日晚上11点30分，孙志刚被收容站工作人员送到医院（广州市收容人员救治站）。当天值班医生在体检病历"外科情况"一栏里的记录只有一个字："无"，"精神检查"一栏里的记录是"未见明显异常，情感适切"，初步印象判断孙志刚患有焦虑症或心脏病。

对于孙志刚背部大面积暗红色肿胀，双肩和双膝上可疑的黑点以及肋部明显的红肿，病历上没有任何记录。在采访中，当晚的值班医生承认，由于当晚天黑，没有发现孙志刚的外伤，第二天，"由于患者穿着衣服，也没有主动说有外伤"，还是没有发现孙志刚严重的外伤。

"（护理记录中）所谓的睡眠很可能其实是休克，"广州市第一人民医院的外科医生解释，"由于内脏出血，血压下降，患者会出现创伤性休克，这是发生DIC症状的前兆之一，应该立即采取抢救措施。"

但是护理记录上，还只是注明"（患者）本班睡眠"。

按法医的说法，孙志刚体内的大出血，是被钝物打击的结果，而且不止一次。"一次打击解释不了这么大面积的出血。"一名不愿意透露姓名的法医在看完尸检结果以后说。

从尸检结果看，孙志刚死前几天内被人殴打并最终导致死亡已是不争的事实。

更值得注意的是，孙身体表面的伤痕并不多，而皮下组织却有大面积软组织创伤，法医告诉记者，一般情况，在冬季穿着很厚的衣服的情况下，如果被打，就会出现这种情况。而3月17日至3月20日的有关气象资料表明，广州市温度在16℃~28℃之间，这样的天气，孙当然不可能"穿得像冬天一样"。

那3天，孙志刚在黄村街派出所、收容站和医院度过的最后生涯，看来远不像各种表格和记录中写得那么平静。

孙志刚该被收容吗？

有工作单位，有正常居所，有身份证，只缺一张暂住证。接到死者家属提供的材料以后，记者走访了孙志刚临死前3天待过的那3个地方。

黄村街派出所拒绝接受采访，称必须要有分局秘书科的批准。记者赶到天河分局，在分局门外与秘书科的同志通了电话，秘书科表示，必须要有市公安局宣传处新闻科的批准。记者随后与新闻科的同志取得了联系，被告知必须先传真采访提纲。记者随后传了采访提纲给对方，但截至发稿时，尚没有得到答复。

广州市收容遣送中转站的一位副站长同样表示，没有上级机关的批准，他无法接受采访。记者随后来到广州市民政局事务处，该处处长谢志棠接待了记者。

谢志棠说，他知道孙志刚死亡一事。"收容站的工作人员都是公务人员，打人是会被开除的，而且收容站有监控录像。"谢志棠说，孙为什么被打他不清楚，但绝对不会是在收容站里被打的。在发现孙志刚不适以后，他们就立刻把孙送进了医院。

"我有百分之九十九点八的把握可以保证，收容站里是不会打人的。"谢志棠说。谢志棠还说，孙被送到收容站的时间并不长。

与广州市收容遣送中转站一样，收治孙志刚的广州市脑科医院的医教科负责人也表示，孙的外伤绝对不是在住院期间发生的。这名负责人介绍，医院内安装有录像监控装置，有专人负责监控，一旦发现打架斗殴，会立即制止。记者要求查看录像记录，该负责人表示，将等待公安部门调查，在调查结果没出来前，他们不会提供录像资料给记者。

孙志刚是被谁打死的？

民政局认为收容站不可能打人，救治站否认孙的外伤发生在住院期间，黄村街派出所拒绝接受采访。

在离开收容站前往医院时，孙志刚曾填写了一张《离站征询意见表》，他写的是：满意！感谢！感谢！

现在已经无从知晓孙志刚当时的心情，也不知道他为什么要连写两个"感谢"，是在感谢自己被收容吗？

记者在翻阅有关管理条例并征询专业人员以后，才发现，孙志刚似乎并不属于应该被收容的对象。

在广东省人民代表大会常务委员会 2002 年 2 月 23 日通过并已于同年 4 月 1 日实施的《广东省收容遣送管理规定》中，明确规定："在本省城市中流浪乞讨、生活无着人员的收容遣送管理工作适用本规定。"

黄村街派出所的一位侦查员在填写审查人意见时写道："根据《广东省收容遣送管理规定》第九条第 6 款的规定，建议收容遣送。"

这一款是这样规定的：第九条 有下列情形之一的人员，应当予以收容："……（六）无合法证件且无正常居所、无正当生活来源而流落街头的。"

《规定》中还明确规定："有合法证件、正常居所、正当生活来源，但未随身携带证件的，经本人说明情况并查证属实，收容部门不得收容。"

孙志刚有工作单位，不能说是"无正当生活来源"；住在朋友家中，不能说是"无正常居所"；有身份证，也不能说是"无合法证件"。

在派出所的询问笔录中，很清楚记录着孙本人的身份证号码，但是在黄村街派出所填写的表格中，就变成了"无固定住所，无生活来源，无有效证件"。

孙志刚本人缺的，仅仅是一个暂住证。但是记者在任何一条法规中，都没查到"缺了暂住证就要收容"的规定。记者为此电话采访广州省人大法工委办公室，得到了明确的答复：仅缺暂住证，是不能收容的。

能够按广州市关于"三无"流浪乞讨人员管理的有关规定处理的，仅仅是不按规定申领流动人员临时登记证，或者流动人员临时登记证过期后"未就业仍在本市暂住的"人员。

但不知为什么，在黄村街派出所的询问笔录中，在"你现在有无固定住所在何处"和"你现在广州的生活来源靠什么，有何证明"这两个问题下面，也都注明是"无"。

成先生已经向记者证实孙志刚确实是住在他处的，此外，记者也看到了服装公司开出的书面证明，证明孙是在"2003 年 2 月 24 日到我公司上班，任平面设计师一职，任职期间表现良好，为人正直，确是我……服装有限公司的工作人员"。

为何在有孙志刚签名的笔录中，他却变成了无"生活来源"呢？这现在也是个未解之谜，民政局的谢处长对此也感到很困惑："他一个大学生，智商不会低，怎么会说自己没有工作呢？"

于是，按照询问笔录上的情况，孙志刚变成了"三无"人员，派出所负责人签名"同意收容遣送"，市（区）公安机关也同意收容审查，于是，孙志刚被收容了，最后，他死了。

孙志刚的意外死亡令他的家人好友、同学老师都不胜悲伤，在他们眼中：孙志刚是一个很好的人，很有才华，有些偏激，有些固执。孙的弟弟说："他社会经验不多，就是学习和干工作，比较喜欢讲大道理。"

孙志刚的同班同学李小玲说，搞艺术的人都有自己的个性，孙志刚很有自己的想法，不过遇事爱争，曾经与她因为一点小事辩论过很久。

孙志刚死亡后，他的父亲和弟弟从湖北黄冈穷困的家乡赶来，翻出了孙生前遗物让记者看，里面有很多获奖证书。"他是我们家乡出的第一个大学生。"不过，现在孙的家人有点后悔供孙志刚读大学了，"如果没有读过书，不认死理，也许他也就不会死……"

举重冠军之死

作者：李海鹏

《南方周末》2003年6月19日

编者按：由于睡眠呼吸暂停综合征，多年受困于贫穷、不良生活习惯，超过160公斤体重的才力麻木地呕吐着，毫无尊严地死了。在生前最后四年，他的工作是辽宁省体院的门卫，在他死去的当天，家里只有300元钱。

很多迹象表明，对于这位心地单纯、开朗乐观的冠军来说，退役后的5年是一生中最郁闷的时期，他不仅受困于运动生涯带来的各种痛苦的顽疾，更受困于家庭琐事、地位落差和生活压力。而更根本性的郁闷，来自两个地方、两个时代的寂寞与喧哗的对比。

母亲感到不祥的早上

这天是5月31日，早上4点，布谷鸟刚叫起来，商玉馥梦见儿子喊她："妈呀，妈呀，你给我蒸俩肉馅包子吧，给那俩人吃。"在梦中，老太太最初以为儿子又像往常一样饿了，可是一阵突如其来的心慌让她猛然害怕起来。果然，儿子马上又重复了那句让人难以理解的话，"给那俩人吃！"商玉馥惊醒了，透过没有窗帘的窗子看了看微明的天色，心里堵得难受，叫起了老伴才福仲。这天清早老两口心情压抑，在租住的郊区房附近的野地里，紧抿着嘴，一言不发地走，一走就是好几个小时。等他们回到家，吃了稀饭，就接到了儿子的电话。

早在头一天夜里，刘成菊就在担心丈夫的忍耐力。他睡眠呼吸暂停综合征的宿疾早已培养了刘成菊的警觉，像往常一样，头一天半夜她突然醒来，及时地看到才力巨大的胸膛艰难地起伏着，由于只呼不吸，憋得面色发青。她赶紧找来那台辽宁省体院付账的价值6800元的小型呼吸机，给他戴上，打开到中档刻度"10"。才力又睡着了，房间里顿时充满了突然顺畅但仍粗重的呼吸声。借助这间朝北房间里的夜色，刘成菊看到丈夫汗水涔涔的皮肤，结婚5年以来已经数不清是第几次，深刻地意识到他活得有多么辛苦。

"我想我儿子了。"在走过苞米田时，商玉馥对老伴倾诉说。才福仲没有吭声，但这个沉默的男人甚至比妻子更觉得难受。当这对夫妇打开锁，回到在长白乡的租赁屋里时，在沈阳市铁西区艳粉新村 24 楼 501 号，他们儿子一家起床了。

那是 5 月最后一天的 8 点钟，沈阳正是初夏的天气，家里人走来走去，没有谁特别注意到才力瓮声瓮气的抱怨："上不来气儿，脑袋疼。"由于忙于给全家人做饭，刘成菊也没有意识到，丈夫的烦恼已经预示了可怕的危险。在这套 75 平方米的按揭房里住着 6 口人：才力夫妇、女儿、刘成菊的父母和外甥张宝珠。8 点半，全家开饭，吃的是辣椒土豆片、炒鸡蛋、黄瓜蘸酱和米饭，刘成菊由于常年消化不良，只好吃 1 元钱 3 个的馒头。菜是才力的岳父刘敬玺昨天黄昏在菜市场临下市时买的便宜菜，一共花了 4 元 7 角。异常的是，以往食量惊人的才力这天早上什么都没吃。刘成菊觉得家里太乱，又怕才力真有什么病传染给孩子，就撵丈夫说："你到长白去吧。"长白就是才力父母赁屋居住的长白乡。

刘成菊事后对因自己的口气而与丈夫发生的一点儿口角后悔不迭。才力给商玉馥打电话说："妈，我上你那儿去。"换上鞋，走了。

"一个小时一年"

"才力要来啦，"早上梦境带来的不安一下子消散了，比儿子更为贫穷的商玉馥对丈夫宣布说，"去买 4 斤五花肉，咱们给儿子吃红烧肉和粽子。"

因为不能报销，才力打车从来不要发票，所以那天第一个载他的出租车司机已经没法找到。当天早上闲待在院子里的居民们，都看到 160 公斤的才力摇摇晃晃地上了车，车身因此剧烈地一沉。一种莫名的担忧和惆怅，使得刘成菊站在窗口，目睹了这一幕，但她没有意识到这就是永别。

商玉馥的脸上刻满了黑色的、愁苦的皱纹，但她有着乐观的天性，回忆起快乐的往事时，甚至会像一个娇小的姑娘一样挥舞双手，雀跃一下。在接电话时，她跟儿子开玩笑说："发啥烧啊，你不是得非典了吧？"

才力到达是在差 5 分钟 9 点。他穿着蓝色无袖 T 恤，白色棉短裤，趿拉着一双 37 码的廉价白胶鞋，有点儿轻咳，但看上去精神不错，像往常一样非常乐观。

父母租住的是一间非常简陋的屋子，摆了两张大床，地面是水泥的，墙壁看上去至少有 10 年没有修缮过，除了一台没接有线、没有天线的长虹电视机，没有别的家电。才力喝了一口急支糖浆，睡了半个小时，然后就跟父母一起坐在靠窗的那张床上聊天。与消瘦、体弱、外向的妻子相比，才福仲身体很结实，明显地沉默寡言，更多的是在听妻子与儿子谈话。这天他们聊了 5 个小时，主要是回忆起往日生活中的乐趣，尤其是才力退役 5 年中的事情，商玉馥后来痛苦地总结说："一个小时一年。"

时近中午，她让儿子吃饭，但是在生命中的最后一天，这个一向食量惊人的男人几乎什么都没吃，甚至连红烧肉和粽子也不能吊起他的胃口。下午两点半，商玉馥又一次催促儿子去医院，才力磨蹭着不愿意去，留恋地说："再唠唠嗑，走了就回不来了。"早在 1999 年，医生就告诉过商玉馥，她儿子随时可能死去，因此这句话让她特别敏感。她气恼地质问说："这叫啥话？"

才力意识到自己说错了话，大声地争辩说："住院就隔离了，能回来吗？又不是死！"

他揣着母亲给的 20 元和父亲给的 100 元，打车去了中国医科大学附属医院，8 个小时后真死了。

为了一笔象征性住院费

按照路程判断，前亚洲冠军应该在下午 3 点钟之前到达中国医科大学附属医院，但直到一个小时后，在医院门口经营小卖店的刘思齐才看到他，第二天，当才福仲夫妇带亲友到太平间看望儿子时，他还向他们提起了才力走下红色出租车、走进医院的情景。

为了防范 SARS，进入呼吸内科的病房需要多项程序，因此才力不得不在挂号处滞留了半个多小时。此时才力面临的最大问题是，自己的钱只够看病，不够住院。由于父母都是这所医院的退休工人，因此从 1999 年第一次住院以来，院方一直很照顾他，这一次，大夫告诉他，住院费只需要象征性地先交一点儿就行。但是才力裤兜的钱连这"一点儿"也不够。

刘成菊是在下午 5 点接到丈夫的电话的，她盘算一下了家里的钱，只有 300 元。

邵永凤今年 68 岁，住在才力家楼下的二楼，那天晚上 6 点钟刚过，她听到敲门声，开门一看是五楼的老头儿刘敬玺来借钱，"我女婿才力住院了。"邵永凤本来有 550 元钱，但儿子下午去买鞋，拿走了 200 元，只剩 350 元。刘敬玺想了想，借了 300 元。

就在岳父借钱的这个当口，像是一栋被侵蚀太久的庞大建筑物，才力的健康状况突然间开始崩塌了。刘敬玺拿着 300 块钱站在走廊里，正在考虑该再向谁开口的时候，他的女婿进了病房，在住院记录上，他当时的血氧分压值已经只有 20，血细胞却高达 17000，已经显示出呼吸衰竭的征兆。稍早前拍的 X 光片被送了过来，呼吸内科专家康健看了看，肺部已经有了明显可见的浸润阴影。

刘敬玺这时发现自己借钱很难。才力贷款购买的房子就在艾敬唱过的艳粉街上，小区由一个滑翔机场改造而成，路面残破，空地上堆积着碎石和砖头，任何人只要一望，就可知道这是个廉价街区，居民们普遍没什么钱。事实也确实如此，对于 350 块钱一平方米的补差价，回迁户们觉得已经太高。

康健教授事后回忆看到 X 光片时的感受时说："当时就知道没救了，肺部几乎没好地方，什么都晚了。"他觉得如果早一些送到医院，才力本可以避免死亡。才力一直拖延没有就医，事实上正是因为缺少医资。亲人和朋友都猜测，那天他到父母家实际上是希望能借些钱的，但始终没能开口——父母收入微薄，宁可赁屋居住也一再帮衬他，让他早已惭愧不已。

这一切家人还都不知道。刘敬玺已经又借了 100 元。七点多，天已经擦黑了，马玉芹正在艳粉新村的铺面里卖一天中的最后几个馒头，刘敬玺急匆匆地走过来请她帮忙。马玉芹跟老头儿并不熟，但觉得他很可靠，就从自己的 450 元钱里拿出 400 元借给了他，两张百元钞票，其余的是零钱。

这时，最初的药物治疗已经失效了。"上呼吸机。"康健说。护士把管子插到才力的气管里，呼吸机开始工作，暂时代替了他的肺。

七点半，才力的病情平稳下来，抢救告一段落。拿着 800 块钱的刘成菊和外甥张宝珠赶到了医院，但因严格的 SARS 预防措施而被阻挡在病房外，院方说只能进一个人。刘成菊到门口买了两瓣西瓜、一瓶纯净水和一瓶鲜橙多，让外甥送进去，嘱咐说："让他开机。"

这是才力最后的清醒时刻，他打开了手机，跟妻子通了最后一个电话。刘成菊问："力力，你怎么样啊？"才力回答说："正呼吸呢。"对于他来说，"呼吸"几乎是个医学名词，专指依靠机械的辅助进行呼吸。夫妻二人聊了会儿体己家常，刘成菊哭了，然后说，没事就好，先挂电话吧。赶在妻子挂机之前，才力说出了最后的遗言："别哭，别哭。"

第二天早上 8 点，二楼的邵永凤又听到敲门声，开门一看又是刘敬玺，脸色发黑，手里攥着 300 块钱。她问他："你着急还啥呀？"老头儿痛苦的回答把她吓了一跳："才力死了。"

沉重身心的最终解脱

在退役后的 5 年中，才力一直被各种各样的烦恼包围着。从 1998 年起，除了后来致死的呼吸疾病，腿伤和腰痛都没有停止过对这个大力士的折磨，少年时代在手掌和颈背做的肉茧手术造成了后遗症，常常疼得他汗流浃背。命中注定的，自打 1990 年在北京亚运会达到个人事业的顶峰之后，他就不由自主地滑落下来。贫穷曾使他买不起肉，偶尔吃一次，全家都因肠胃不适而呕吐。在与人聊天时，说不到 20 分钟，他就会突然睡着。他尽量不穿袜子，怕弯腰时猝死。为了省钱也为了锻炼身体，他每天都以 160 公斤以上的体重骑自行车上下班，结果自行车就压坏了十几辆。因为过胖，他在找工作时受到事实上的歧视。

邻里琐事与家庭纷争也使他烦恼。父母家他难得去一次，而自己家，由于保安工作需要值班，他待的时间也并不长。

最现实又最经常的烦恼是钱，家庭纷争常常与此有关。由于月收入只有 1200 元，工资卡又由妻子掌握，才力经常囊空如洗，养成了买东西尽量赊账的习惯。在他工作的辽宁省体育运动技术学院附近，有好几个小商店都向他赊销过日常生活用品。在他死去的第 7 天，父母两人挨店逐铺地还了 800 多块钱。

这一切烦恼，在外甥张宝珠第二次进病房时，事实上已经解脱了。

那天晚上 9 点，看到他病情平稳，父亲才福仲和妻子刘成菊就都回了家，张宝珠暂时留下陪护。才福仲刚到家坐下，就接到张宝珠的电话："快来吧，病重了。"刘成菊刚进家门脱了鞋，手机就响了："我姨夫不行了，你快回来。"

张宝珠第二次进病房是在夜里 10 点，医生告诉他才力在睡觉。他推门进去，却看见才力仰躺在床上，嘴巴里满是泡沫，枕头湿了一大片，他使劲拍才力，但是没有任何反应。从这时起，才力就再也没有醒来。由于长期低氧、睡眠呼吸暂停综合征、身体肥胖、血压高、肺高压、心血管系统比较薄弱，可能诱发了心血管系统并发症，才力先是意识丧失，随后心脏停跳。第二天是女儿的节日，一周后是结婚 5 周年纪念日，但是生命的时间表已经排定。赶在午夜之前，冠军与五月一起离去了。刘成菊赶回病房是在夜里 11 点多，看到医生们正在做胸压，心电图显示一条水平线。她愣住了，"觉得还能救回来"。

从被布谷鸟惊醒的梦中脱身出来之后 19 个小时，商玉馥看到梦境的征兆变成了现实，她走进病房，第一眼就看见才力只穿着一条内裤，姿势僵硬地仰面躺在病床上。一种不祥的预感让她本能地尖叫起来："哎呀！快给他穿上裤子！"

这时病房里所有的家属都看见，一直俯身做胸压的护士停止了动作，转过身来对他们说："你们准备后事吧。"他们在最初的一段时间里都没有听懂这句话，就像被截断了一条肢体之后以为它还在那里，很难相信自己已经失去了什么。

学习思考题

1. 随着经济改革与社会开放,"新闻专业主义"与"文人论政"相互激荡,当代新闻人如何重新理解和定义新闻事业?舆论监督的兴起有何理论渊源?舆论监督的主要形式深度报道有何特点?

2. 分析《昆明在呼喊:铲除恶霸》的写作风格。

3. 分析作品《被收容者孙志刚之死》的报道结构与语言特色,同时结合附录 4 中《谁为一个公民的非正常死亡负责?》,浅谈深度报道与新闻评论的区别。

4. 分析《举重冠军之死》的报道结构,作者如何还原了新闻现场及当事人一天的生活,采访了哪些人,描述了哪些事凸显了新闻当事人的现状?结合附录 4 文章《永不抵达的列车》,分析两篇作品的异同。

主题4－2　围绕灾难事件的深度报道

直击中国军事史上最悲壮空降

作者：张悦

《南方周末》2008年5月22日

"我们一路摸着尸体爬过来，惨不忍睹，砸坏的车辆驾驶员就死在里面，城区和周边的几个乡镇580多人是有名有姓的，还有更多的无名尸体。死亡之路不堪回首，52岁的人了，89公里，真是可怕啊。"

空降兵罗美华："他们都双手合十，跪在那个地方。"

空军司令许其亮："快！快！快！"

"秋收起义团"突击队员："我们师红军时期就从那里经过。"

汶川前线总指挥李亚洲："52岁的人了，89公里，真是可怕啊。"

天　神

5月14日，汶川大地震的第三天，中午11点，汶川县城东北面山脊海拔2300米的最高处，牛脑寨的村民正在用羌人的仪式为地震中的逝者释怀安魂。

像那些高半山区的其他寨子一样，牛脑寨成了一片废墟，死了8个村民。倏地，葬礼中静默的人群跃动起来，手舞足蹈。

羌人尚舞。屈原在《九歌》中对此有过记述："羌声色兮娱人，观者憺兮忘归。"《汶川县志》说，羌民"丧葬有丧葬曲，相互舞蹈，以示悲欢，盖古风尚存也"。

然而这次他们不是为死者而舞。"我们正在埋5个死去的村民时，飞机下来了。"52岁的村民马康年说这是大家在劫难后第一次看到希望，直升机犹如天神一般，生机从天而降。

直升机缓缓降落，在螺旋桨舞起的漫天飓尘中，所有村民齐刷刷地跪下迎接"天神"。

19岁的佘健也是其中的一员,地震中,他在房屋倒下之前从二楼跳下,死里逃生。如果不是当时大多数村民都在田里,寨子里死亡的恐怕远远不止8人。

罗美华从直升机上跳到跪倒的人群中,看到"他们都双手合十,跪在那个地方"。他是成都军区应急救灾小分队的一员,他们的任务是"必须要在军队开进汶川之前,建立起应急通信枢纽"。此前,大地震已经让震中汶川通信全断,成为"孤岛"。

为了直升机能够在此前没有任何机降场的汶川降落,成都军区的陆航团已经试探飞行了8架次,终于这次在空中盘旋了20分钟后,冒险在这块汶川最高的地点降落。

明白来意后,佘健和其他二十多名壮年村民搬起通信器材就往山下赶。平时一个小时的下山路走了两个多小时。"解放军要给我们钱,我们一个都不要,我们都是义务的。"佘健说,在此之前,飞机第一次给汶川空投救援物资也是掉在牛脑寨,受灾的村民们没有占为己有,而是汗流浃背地背到山下的县城交给政府。

他们小心翼翼搬下去的才是真正的"天神"——在汶川四周地面道路短时间内不能完全打通的情况下,空中的通信信号才是拯救汶川的关键。

在通信完全中断之后,交通也彻底断绝,向外求救和逃出汶川都没有了可能,汶川成为一座濒死之城,天兵天将天神的传说在这块大禹故里代代相传,在姜维城半山腰的安置点中,在余震中无助的受困者携手相跪,将希望寄托在了这些传说中的人物上。

另外被灾区百姓称为"天神"的是成都军区某陆航团的飞行员。

陆航团团长余志荣的家乡正是汶川县龙溪羌族乡。12日中午汶川地震过后不到两小时,有着五千多小时飞行经验的羌族特级飞行员,就和战友们紧急飞往灾区救援。

温总理等几乎所有赴汶川震区视察的国家和军队领导人的专机都是他亲自驾驶。然而不为人知的是,他的家人至今都未联系上。

将南方周末记者机降在汶川的黑鹰直升机LH92213的机长李霍建说他们是灾后最先见到灾区概貌的人,陆航团每天二十多架飞机、四十余飞行员都是超负荷飞行，每人平均飞行时间达 8 小时。

与大家想象的不同，直升机在灾区异常恶劣的地质和天气条件下，比如岷江峡口常有的紊乱的风流，每次飞行都是要冒着很大风险的。5 月 15 日下午天气恶劣，使得直升机都飞不到汶川县城和理县、茂县几个重灾区，下午 3 点的时候有三架已经飞出去没回来也没消息，军区指挥部很担心，虽然最后均安然返回，但这样的风险每天都在发生。

李霍建说，余震时风流干扰特别大，飞行不平稳，磁场亦可能发生变化，导致电子设备失灵，遇到这种情况，必须及时调整高度。

5 月 19 日，坐直升机飞抵汶川县城视察的空军司令员许其亮说，这是空军史上同时出动飞机最多、飞行强度最大、反应速度最快的非作战空运行动。

许其亮走的时候，破例将 2 名伤员和 4 名受困美国公民带上专机。

天 兵

天神终乃虚幻，天兵却真的下来了。中国军事史上最为悲壮的一次空降在岷江峡谷的高空发生。

与 32 年前发生在唐山的那场等级相同的大地震相比，汶川的救援显得极其艰难。地处山区、平均海拔 1300 多米的汶川，道路一旦损毁，空中通道就成为唯一的生命线。在汶川、茂县、理县这 3 个地震后与外界的通信、交通完全中断的重灾区，"孤岛"里的情况如何，谁也说不清楚，唯一的选择就是依靠空降兵伞降勘查灾情，建立联系。

12 日晚上，空降兵某部接到上级命令后，迅速组建空降特种侦查小分队。连夜叠伞，13 日早上即飞到茂县上空。

空军司令许其亮的指示只是短短的三个字："快！快！快！"

盲投和盲降在空中救援历史上极为罕见，风险极大，救援部队接连实施盲投和盲降，救援形势之急与救援部队之险可见一斑。

"之前没给家里人打电话，你一说家里还能让你去吗？" 5 月 15 日，已经带队到达汶川县城的李振波大校回忆起 14 日生死一瞬间的伞降，每个战士都写好了遗书，"飞机测风测雨雷达上显示的回波也越来越强烈。机组权衡下选择了放弃。当时下雨，飞机结冰，门打不开，空降不成，所以先降到成都，在成都待命了一天。由于降雨，积雨云层低厚，不具备空降条件，我们真要跳下去不是活活送死吗？"

死不可怕。可怕的是寸功未立，无谓送死。小分队成员、32岁的雷志胜在请战书中悲壮地写道："我郑重向党组织提出请求，加入抗震救灾的队伍。我愿付出自己的一切，去挽救灾区人民的生命，实现我们军人的价值！"

此次震区所在的川西高原，地形复杂，天气变化更是无常，"蜀犬吠日"指的就是很少见到太阳。

次日，气象预报说天气稍有好转，空降特种侦察小分队抓住短暂时机，从云层缝隙中成功实施了复杂气象条件下首次高空无地面引导的空降行动。尽管15人侦察小分队都是空降技术骨干，有100次以上跳伞经验，但由于茂县为高山峡谷地形，峡谷山峰多在海拔4000米左右，对于世界上任何一支空降部队来说都是绝望的渊薮。

在四川震中地区山区悬崖临河地带跳伞的风险最大，加上当地下雨天气不稳定，空降兵在空中被风吹撞上悬崖必死无疑。执行这样的特种空降侦察任务，在世界空降史上绝无仅有。

飞机5月14日11：30起飞，这次空降是高空跳伞，最高高度是从4999米的高空跳伞，已经超出了人在正常条件下的极限，而他们平时训练中只需在数百米高度跳伞。最为惊心动魄的是，由于高空气压过低，两架主伞不能打开，两位空降兵最后是使用副伞降落。

12：25，最后一名空降兵成功着陆。

空降兵分两个拨次跳伞。一个拨次7人，另一个拨次8人。李振波大校说，空降场地地形异常复杂，峭壁林立，两边高山，一座海拔3000多米，另一座海拔4000米以上，降落的地点最高1688米，最低876米，但每一个拨次人员都分散水平500米范围内，下面都是森林，谁都看不见谁。下山集结之后就马上搜集当地的灾情。

"着陆用了10多分钟，有1分多钟非常煎熬，直到海拔4600以内有氧层会稍微好点。"空降兵王君伟少校说。

12：30，他们第一次汇报空中指挥，"茂县受灾面积百分之百，房屋倒塌80%左右，急需解决的问题是物资匮乏，缺帐篷、医药、饮用水和食物，最大的困难是与外界隔绝了一切联系，成了死城。"

李振波说，茂县县长高加军已经被巨大的压力压得喘不过气来，见到这些"天兵"激动异常："哎呀，救星来了！"

空降兵们在茂县开辟了一个机降场，停留一天之后，第二天早上9点离开茂县，徒步前往目的地汶川，翻越3座3000米以上的大山，走的时候余震不断，他们刚走过水磨村时，正翻过最大的一座山，山体抖得厉害，他们刚过，就发生了滑坡，"我们差点就在那里被包了饺子。"

在汶川和茂县的交界处，他们又开辟了一个机降场，为当时还没有任何救援队伍到达的灾民，开辟了希望之所。

"开辟机降场之后，我们向空指报告了准确经纬度，铺上红十字和白石灰作为地标，明天就把重伤员和孕妇拉出去，灾民见到我们就掉泪啊。"李振波说。

他们依靠携带的两部海事卫星电话和其他先进装备，每半小时与指挥部联系一次。一路上被困的游客还借用他们的海事卫星电话给家里人报平安。

接受本报记者采访时，这15个空降兵就睡在草坪上，李振波说，头发硬得不行，都是土，但他们来不及休整，"我们准备再从这里走到都江堰，从这头走到那头，把整个情况都了解清楚。"

铁　军

5月16日，午夜1点多，车外下雪，车窗里面有雾气，"我们把车窗打开，居然这么冻。"余传高说。

余传高是济南军区铁军突击队员，往震中汶川县机动的先遣部队100人中的一员。这支"红军师"先遣指挥所带所属"秋收起义团"红一营三百三十余名官兵组成的抗震救灾先遣支队，以摩托化行军方式星夜驰援四川汶川地震灾区。与此同时，该师其他部队采取铁路输送方式，分头向受灾地区集结，万人千车投入救灾。

用时髦的话来说，这对他们来说是一次"复古之旅"，从都江堰出发，经芦山、宝兴、夹金山到理县后奔袭十八公里到汶县。全程八百多公里，途中翻过海拔5231米的正在下雪的夹金山，"我们师红军时期就从那里经过"。

作战参谋王超宏说，战士翻过夹金山顶的时候，嘴唇全部发乌，可谓一天穿越四季。出发时底下二十多度，而在山顶，战士冻得没有办法，只有裹着雨衣避寒。"毫不夸张地说是鹅毛大雪，我的两个耳朵都听不见了，好像给人塞住了一样，胸闷。"

铁军抢险突击队由"红军师"挑选出来的100名党员组成，从洛阳空运到成都双流机场，先到彭州待了一个晚上，然后到都江堰，从 13 日凌晨开始机动，三天三夜休息了不到 5 小时。15 日下午 6 点赶到汶川。

"12 日上午我们都在野外训练，午休，床在晃，下午领导电话通知进入战事应备状态。12 点通知连夜返回，5 点到驻地，准备物资。根本没时间休息。"余传高说。

突击队队员陶明勇，都江堰市紫坪铺镇勇敢村人，弟弟从聚源中学爬出来，而家人还没有消息，当时没有确定他来，但是他找团长要求必须来，陶明勇说："我是铁军的一员，我也是灾区那个地方的人，地形气候都比较了解，可以引路。"团长问："你想不想回家？"他说："我肯定想，但我是铁军的一员，肯定会有其他部队的战友去救我的父母，如果我的父母真的去世了，他们知道他们的儿子也在灾区的土地上救灾，他们肯定不会埋怨我。"

这支铁军突击队到达汶川县城以后，很多士兵都往家里挂平安电话，一人限时 3 分钟，然而陶明勇却只有一个几天来从未能够拨通的电话号码。

长　路

5 月 16 日，阿坝州迎宾馆院子里临时搭起的指挥部里，李亚洲正在往脚上抹双氧水。在 13 日挺进汶川的 89 公里徒步中，李亚洲的双脚和腰部都被飞石砸伤，撩起裤管，他的两条小腿都伤痕累累。

5 月 13 日，四川省军区副司令员李亚洲率领一支解放军小分队开进汶川县城，并担任了汶川震区抗震救灾前线指挥部总指挥。

地震发生时，李亚洲正在阿坝军分区检查工作。短短半个小时后，他立即启动应急预案，组织阿坝军分区官兵 85 人、医疗小分队 10 余人，集结民兵 200 余人，从马尔康向着震中汶川挺进。

晚 9 时，当乘车行进至距理县县城 32 公里的古尔沟镇时，道路严重阻塞损毁。

得知道路短时间内难以打通后，这位身材有些发胖的平时笑眯眯的曾经的后勤部长李亚洲做出了一个他从军 36 年来最为果敢也是最为对自己不利的决定：步行。"州里的领导非常佩服，他们不愿意我走，我说必须走，不能停留，要把人民群众生命放在首位，这是职责所在，在古尔沟守驻之后开了个会，他们说打通不了，要一个月之后才能打通，我说这怎么行，必须徒步走过去。"

"飞石乱滚，我们遇到了三四百次的余震。"李亚洲说，从古尔沟到汶川是

89 公里的死亡之路。"我只带了十几个人,大多数战士在我们先头部队走两小时之后开拔,我们开始用手电照明,手电用完了,就用手机照明,这么连夜摸过来的,13 日凌晨 3 点 30 分到达理县的。"

两个半小时后继续出发,剩下的路程还有 58 公里。他到达汶川的时间是近 9 个小时后,13 日 14 时 50 分。

"终于不辱使命。成都军区的司令员和政委,知道我赶到了汶川,高兴得很。"李亚洲是第一个赶到县城的军级干部。

"我们一路摸着尸体爬过来,惨不忍睹,砸坏的车辆驾驶员就死在里面,城区和周边的几个乡镇 580 多人是有名有姓的,还有更多的无名尸体。死亡之路不堪回首,52 岁的人了,89 公里,真是可怕啊。"

灾后北川残酷一面

作者：李海鹏　陈江

《南方周末》2008 年 5 月 22 日

一场猝不及防的灾难，一场与时间赛跑的救援，一个被废墟埋葬的县城。大灾大难后面，显示的是复杂的人心与人性。

1. 声音在消失

两个男孩被压在北川中学的废墟的同一个空隙里，一个消极地等待着，另一个则不断鼓动人们先救他。"先救我吧，叔叔，我是班上的第一名，"他说，"我以后一定考军校。"

死亡的气味是在 5 月 15 日下午开始在北川县城里弥漫开来的。那是一种甜、臭和焦煳的味道。地震在北川为害最烈，由于缺少尸袋，仍有大量遗体被摆放在街道上废墟的空隙间等待处理。废墟下面可能仍埋有上万人之多，而且正在不断死去。几千名军警和消防队员已经又饿又累。傍晚，成都军区某集团军坦克团的士兵们在河边广场上集结，开始吃这一天的第一顿饭：火腿肠，瓶装水。他们置身于真实的灾难现场，克制着挫败感。一个接受采访的士兵说："这里有好事，也有坏事。"这句概括在此后被一再验证，直到 5 月 19 日哀悼日的下午。

北川县城处在一个几乎封闭的山谷之中，救援所需的人力、机械和物资都必须通过南方的山口进入。至 15 日下午，山口公路仍未打通，而官兵们修建的一条临时通道又在当日上午被山体滑坡阻塞，旁边树林中的"之"字形的小道也一度无法通行，士兵们只能用绳子把入城者吊下山坡。不断有躺在担架上的伤者被抬出。

解放军战士们再现了他们的优良传统，背着白发苍苍的老人爬上泥泞的山坡。在大片的灰白色的废墟间，士兵们列队行进，稍长的队伍就有旗手引路。

地震瞬间发生的一切都固化了。在禹龙干道上，时间停滞在一家三口骑着摩托车出城的时刻，他们被滚石打死。一辆桑塔纳汽车正在过桥，桥塌了，它保持着最初跌落在河床上的样子。大多数楼房倒塌了，甚至粉碎了，到处都是背包大小的瓦砾。没倒塌的楼房以怪异的角度矗立着，楼顶上的广告牌上标示着"距奥运会开幕还有 88 天"。汽车大小的石头冲进了居民楼。

在山口外，人们更多地获知北川创造了多少奇迹，并不能真切地感受到这里的一切是多么艰难。事实上大多数寻亲者得不到回音，大多数救援也只能以失败告终。15 日，寻找亲人的队伍络绎不绝，可是从老城到新城，很少有人得偿所愿。来自德阳的 6 个建筑工人待在一处居民区，他们中的一个在曾经是荣生酒店的废墟下面呼喊，可是没有人应答。寻找妹妹的刘晓琳同样无功而返。前一天她曾听到呼救声，呼救者在一幢还有形状的楼里告诉她这个楼是华星超市，"快救救我。"当天，这个呼救声一直在传出，可是一个晚上过去，声音消失了。

6 个建筑工人不再呼叫，但也不离开。他们站立在倒塌的楼房上，可以从一个沥青屋顶跳到另一个沥青屋顶。在他们头顶 10 米处，赫然挂着一具男尸，好像跳水似的把上半身直插进废墟。

次日中午，赵剑平也在呼救。几个寻亲者发现了他，立刻高喊："这里有活人！"可是沈阳消防救援队不能确定他的方位。仅仅两个小时后，寻亲者们再次呼叫赵剑平，已经没有了应答。需要救援的目标太多了，呼救者必须抓住救援者靠近的很短的时间。当宜兴消防队员从一个地方下撤时，寻亲者们愤怒地质问："你们又要换防？"消防队员们回答说，山上发现了幸存者。

消防队员是专业的救援者。相比之下，"解放军和武警战士既缺乏专业救援培训，也没有专业器械。"武警某部的一位参谋说，"我们没有工具救不出人，看着人死去，心里很难受。"他们更多地承担了转运伤员、掩埋尸体和搜寻幸存者的任务，每当发现生命迹象，往往要去请消防队处置。

即便在北川中学的救援行动刚刚开始之时，浅埋伤员很多，救援还相当有成效——武警成都指挥学院的学员们一天之内就抬出了 87 具尸体，救出了 31 个活人——救援队伍就已经深感没有大型设备和专业技能的痛苦。

从 13 日早晨 8 时开始，武警战士们援救一个半边身体被压住的男生，当时他甚至可以伸出右臂接受点滴。县城内仅有 2 辆起吊设备，先后调来，始终无法吊起压在他身上的重物。当地施工人员猜测，孩子是被支撑整个教学楼的最重的那根十字梁压住了。下午开始下雨，男孩的母亲站在废墟上，给儿子撑着伞。另一个男孩被卡住了，多次营救不成之后，他主动要求截肢逃生。可是医生们没有必要的药物和设备，无法实施手术。下午，男孩开始休克，伏下头和双臂，在武警战士们面前死掉了。

晚上7时，医生诊断说，第一个男孩已经失去了生命体征，救援宣告放弃。他的母亲坐在那儿，扔掉了伞。"也没哭，就是坐在那，看着她儿子。"武警成都指挥学院的贺一民大校说。倒是该部队的何政委受不了，哭了。

救援者们在废墟下看到了人们的截然不同的反应。两个男孩被压在北川中学的废墟的同一个空隙里，一个消极地等待着，另一个则不断鼓动人们先救他。"先救我吧，叔叔，我是班上的第一名，"他说，"我以后一定考军校。"当他弄清楚站在外面的是武警之后，他改口说："我以后考警校。"

这个男孩得救了。可是这是第一天的故事，却不是第三天的。当这支部队救出第一个孩子时，所有人都使劲鼓掌，非常激动，可是死伤枕藉的场面在其后几天中不断削弱着他们的敏感。悲剧太多了。13日，他们救出来的人因医疗队跟不上，伤者就那么躺在街上逐渐死去了。

"开始时看得心疼，现在麻木了。"士兵们说。疲劳也是一个严重问题。他们对自己的安危的关注也在下降。第一天，余震时每个人都会跑开，到了第三天，"震就震吧，也不跑，太累了。"

15日入夜后，部队撤离到城外的营地。发电机仍然不能运进山口，夜里无法救援，只有少数几支消防队留下来，凭借手电筒光继续工作。圆月当空，满城漆黑。这是72小时生命时间窗关闭后的第一个夜晚。

2. 木头人

只是在类似的少数瞬间，悲伤才在废墟间汹涌起来。更多时候，人们只是像木头人一样站着，平静地寻找着，就像丢了点儿东西。

16日有薄雾，天气更热，楼顶的沥青都融化了。有些亲人被埋的寻亲者已经完全不顾自己的安危。他们从弯折的塔吊下钻过去，登上最高的废墟，四处呼喊，又钻进他们认为有他们亲人的空隙。在14日，山里突然打出信号弹，表示上游水库即将决堤，一时间城中军民皆飞奔出城，来不及出城的则向山上转移，被阻挡在山口外的寻亲者们听说了消息，却想在洪水到来之前抢救出自己的亲人，像疯了似的往县城里跑，形成一道汹涌的人潮。15日上午，决堤消息又一次传来，相同的场面再次上演。可是到了16日，这些最不甘心的人也开始绝望了。

北川老城有一片高高的废墟，他们就从屋顶到屋顶，在钢筋之间攀缘而上。四处都是奇异的场面。一栋楼嵌进了另一栋楼。一辆警车出现在7层楼的楼顶上。它从山间公路上被甩了下来。废墟下面在燃烧。几个废墟口在向外冒烟，火已经连续燃烧4天。

他们没有表现出悲伤。人们只是面无表情地在七八层楼高的废墟上攀爬着。有人跟他们说话的时候，他们逻辑清楚，语气正常，就像什么事都没有发生。当他们找到亲人所在的位置时，就停下来，一动不动地等待着。其实几十幢建筑完全混在了一起，根本没有人能分清哪里是哪里。

交通大学的一个学生的父亲在北川县文教局上班，被埋在了废墟下。有人建议他去下面找找，可是他不抱任何希望。"哪个是文教局？"他指着脚下的方圆一公里左右的一片废墟反问。

这里曾经是北川县城最繁华的地段，除了大量政府部门，还有电影院、文化站、百货公司、两个小学和一个幼儿园。"孩子死的最多，从婴儿到18岁。"总装备部的石卫波说。他的家就在北川。

交通大学的男生向我们要了三支香烟，点燃后插在废墟上，祭奠他的父亲。在危楼顶端的"悬崖"边上，他号啕大哭。他的母亲也在他身后哭起来。只是在类似的少数瞬间，悲伤才在废墟间汹涌起来。更多时候，人们只是像木头人一样站着，平静地寻找着，就像丢了点儿东西。

这位母亲可以很平静地回忆地震发生时的情形。她走在上班路上，地面突然开始摇晃，她就被摔到了很远的草坪上，听到"轰"的一声，灰烟腾起，就什么都看不见了。"一下子天就黑了。"几分钟后才看得到周围。她抱着一棵树，一个认识的人走过来告诉她，"财政局的楼飞了起来！"

13日上午，部队开始转运难民到绵阳的九洲体育馆。到19日，有父母的孩子开始在体育馆外给人们分发一些关于心理健康的小传单，孤儿们则被聚集到了体育馆内。大巴车一到绵阳，一些孩子就"变傻了"。下了车，他们一动不动，也不说话。"看着真是难受。"武警某部的一位少尉说。

在老城的废墟上，水泥是疏松的，在一个地方，我们可以像掰饼干一样把水泥预制板掰出任意形状。钢筋也是如此。有的水泥板中只有3根细小的钢筋，只需稍微用力就可以折断。

在地面上，山里乡镇的灾民们正在逃出来。李奋强（音）来自漩坪乡的一个村。他本来是去乡上求援的，发现漩坪已经被堰塞湖淹没，又跑到了县里，结果县城也没了。他失声痛哭，提醒几个解放军战士，大水湾峡谷已经壅塞，水憋住了，随时可能山洪暴发，"准备好逃命吧！"

这并不是一个谣言制造者，恰恰相反，是一个仗义的中年人。他并不准备往绵阳方向逃生。已经两天没吃饭了，他跟士兵们要了点食物。吃完饼干喝完水，他说："回去！"又返回村子里报信。

由于交通管制，县城外也有大量的寻亲者。12日中午，杨先明因为喜欢上网不愿意做饭而和母亲吵嘴，跑出家，到附近空地发呆，地震发生后，他逃命到县城外的加油站露宿。他的父母在县城的菜市场卖菜为生，至16日仍未找到。他瘫在车辆进出的土路上，车辆都绕他而行，他光着脚，鞋子挂在脖子上，两脚已经血肉模糊，自称是走路走的。"进去三次了没找到人。"

寻亲者们不断地发现幸存者，"活人！活人！"的喊声不时从废墟上传来。不过死亡正在取得胜利。在13日，很多人都曾靠近过北川幼儿园，武警成都指挥学院副院长李俊国说，"一片小孩的哭声"，另一个幸存者则说，"里面都在喊'婆婆'"。到了16日，幼儿园已经沉寂了。

3. "你们赶上了好时代"

在这里，特警已经抓了二十多个涉嫌趁火打劫者，用军用皮带捆着，在公路护栏下蹲了一溜儿。看上去他们都是附近居民。

在北川中学的最初的营救行动中，华西建工派来的4台吊车和山下一个水泥厂派来的4个工人起到了重要作用。武警战士们不懂建筑，此前进展缓慢。李俊国说："我们有心无力，没有工具。"水泥厂的工人们则带来了他们的专业技能，先是对表层废墟进行支撑加固，之后开始挖掘下层废墟。一个空洞打开后，一名工人钻了进去，将尸体和活的学生拖了出来。询问他们怎么来的，4人说是厂长派他们来的，"厂长不派，我们自己也会来。"

当时，在县城里，效率最高的也是消防等专业队伍。"可惜的是，当时交通阻塞，消防车进不来。我们没有电钻、电锤、切割机，只有力气。如果道路先修通情况就不一样了。"张强说。

士兵们几乎完全是依靠人力完成了最初两天的救援工作。13日和14日，县城内堆积着大量的伤员，但要运输出去却无路可走，只能往山坡上拉。运送一个伤员需要至少20个士兵，没有担架，常常是用门板，或者在两根木棍间捆上绳子来负担，在山下的用力推，在山上的用绳子拉，需要在六十多度的泥泞山坡上爬行一百多米的高度，"像拔河一样拔。"老城和新城之间有一座桥，断掉了，距河床三米高，要过河，需要 80 个人组成一座人工桥。他们用铁管去撬水泥预制板，铁管全拧成了麻花。

13 日到 14 日中午，伤者很多，各部队没有分工，"都扑在面上"，没有区域责任，"全凭良心救人"。14 日下午各部队开始"分片"，试行了一个下午，效果不好，解放军和武警部队的战士们不擅长废墟救援。15 日开始，"科学施救"的紧迫性越来越强，"分片"改为分组，大多数的组都由作战部队、消防队员和医生三方面联合组成。

实际上，早在救援刚刚开始之时，事实上的合作就已经开始了，尤其在建筑非常坚固的时候。

14 日，贺一民带着人到县委勘察，爬上县委倾斜下陷到地面的屋顶，隐约听到里面有人呼救。他要求呼救者大点儿声，于是从下面传来了一个清晰的声音，"救救我，我是张书记！"这个人是北川县政法委书记张同凯。这里是县委大楼。

"你不要跟我说你是哪个，你就说你有多少人！"贺一民说。他喊来了沈阳消防队。消防人员拿来生命探测仪，把摄像头插进废墟，直到从屏幕上看到一只巨大的眼睛。救援随即开始。

武警战士一共 20 个人，轮流用铁锤砸楼顶，每人 15 锤，几轮下来，他们发现这种做法不可行。"钢筋又多，水泥标号又高，砸不开。"江西消防队的 10 个人赶了过来，带着气锤，不过沈阳消防队拒绝了他们的帮忙。他们花了比较长的时间，用电钻解决了问题。有 3 名官员获救。

15 日下午，一个当地居民模样的男子拿着两个包出城，在山口处被特警队员截下。特警问："一个学生书包，一个女包，哪个是你的？"男子说都是自己的。特警在女包中找出一个存折，问他账户名字是谁，他回答错误，立刻被拘捕。在这里，特警已经抓了二十多个涉嫌趁火打劫者，用军用皮带捆着，在公路护栏下蹲了一溜儿。看上去他们都是附近居民。一个被拘捕者偶然回头与记者对视，眼神中充满了耻辱和恐惧。

前一天，中国农业银行北川县支行曲山所的一位女员工嚷嚷说要自杀，贺一民等人询问后得知，她的家人被埋在了废墟下，而银行又遭到了洗劫。武警成都指挥学院的一个纵队保护并清理了银行，找出了一些金融凭证和将近100万元现金。同一天，有人在贺一民巡视时提示有人在洗劫商店。贺一民过去询问，这些人说自己遭了地震，回来把自己东西抢出去。贺一民让他们打开包，发现里面全是女性衣物。这些人想要逃，贺一民说："你们赶上了好时代，唐山大地震时可以直接枪毙你们。"武警没权力抓人，他让他们滚，后又叫住，让这些人掏口袋，发现里面很多都是不知真假的首饰。在另外8个人身上，他们则找到了真的首饰。

只有置身其间，才会意识到这不只是一个灾难之地，还是一个拥有大量财富的县城。其实只要在废墟上走一走，就可以看到不少存折。瓦砾间也有各种记忆：卷宗，文件，照片，课本。

贺一民之后去找前线指挥部，提醒他们注意偷抢行为。据他称，后来见到海南特警当天就"抓了几个蟊贼"。16日，在废墟上，记者看到一个人走进了一家通信器材店，出来时拿着一只手机。他边走边拆掉包装，从各个角度查看它。一个男人对我们辩解说："现在拿点儿东西不叫抢劫，叫自救。"

4. 士兵们尽力了

他们的身体是青色的和白色的，散发出呛人的气味，只有漂亮的头颅和柔软的身体仍旧是优雅的。

老城废墟的最顶点就是北川县幼儿园。地震发生时园中有五百多名孩子，被滑坡气浪推行二十多米，全部被埋，只有二十多人生还。16日下午，又有人在这里喊，"有人！"宜兴消防队的队员们走过来，开始挖掘。

队员们不停地挖出小花被、小花枕头，然后一个队员伸手下去，拎出了第一个孩子，紧接着是第二个。地震发生时孩子们正在午睡，死去后也保持着睡觉的姿势，小小的拳头握在胸前。

他们的身体是青色的和白色的，散发出呛人的气味，只有漂亮的头颅和柔软的身体仍旧是优雅的。那些小花被子被用来包裹童尸。半小时后，3具尸体被拉了上来，两个女孩和一个男孩，两个女孩都编着小辫，每个辫子上都扎着五颜六色的彩带。救援人员把他们放到下面的草地上。围在废墟边上的两个男人突然张开嘴巴，随后跑下了废墟。他们就是两个女孩的父亲。

一个年轻的母亲走过去看了一眼，大哭起来："我的孩子啊！"另外两个母亲也跟着她哭起来。但是那并不是她们的孩子。"这些孩子都是我的孩子，"那个年轻的母亲哭着说,"我看着难受!"

她拿出手机,给我们看她女儿的照片。是个扎着两只辫子的胖嘟嘟的小姑娘,赵媛媛,3岁。手机里还有一段录像,小女孩在旋转木马上起伏着,转过脸看着镜头,一上一下,还在唱歌。

这是12点半,空气中是闪亮的雾气。空军开始空投物资。18只降落伞打开了,看上去非常高。顺着微风,4只降到了旁边的山坡上,剩下的都飘到了山外。这时,那两个男人开始在山坡上挖坑,他们的孩子的尸首就放在一边。一个男人挖了一半放弃了,他把尸首运到高处,重新开始挖掘。另一男子仍旧在原地挖着,那是一个斜坡,他又好像也不太会挖,每挖一铲,斜坡上的土都会垮下来一些。走过去跟他说话,他沉默不语。这个男人不停地挖着,但总也挖不好。

有一些人是没救上来的,不过大多数寻亲者也承认,士兵们尽力了。

武警某部的参谋张强(化名)谨慎地犹豫着,试图写一篇文章来表达自己的看法:"这次救灾的主要经验教训,一是指挥协调,救援不仅要有人数,还要有效率;二是修路为先,先让大型机械进入;三是重视专业性,救援质量可以提高;四是空军作用应该发挥得更多更大。"

3天后,北川县城沉寂了好多。城中的救援队伍已经没有那么庞大,更多的部队在城外的营地中活动。到处都是消毒粉的气味。一些进城的士兵们戴上了防毒面具,至少戴着大号的防护眼镜。穿着橡胶防护服的防化兵正在四处消毒。空气中充满了飘动的白色粉末。再次烈日当空。

中国地震救援队也转移到了这里,19日上午,他们还救了一个人。下午2点20分,他们在一处集结,准备哀悼日的默哀。一个队员站着值勤。他有礼貌又坚决地阻止人们通过。他个子是最矮小的,没有被击败。

老城的废墟仍然在燃烧,袅袅青烟萦绕在北川上空。几个乡民逡巡着,想从一处关卡通过,临时担任守卫的消防队员不搭理他们。我们问他们住哪里,回答是附近乡镇。再问做什么,回答却是:"到里边儿取点儿东西,很重要的东西。"稍早前,又有一拨人带着毛毯离开了县城。我们提醒他们中的一个:"小心一点儿。"他局促不安地避开了眼神。这已经是最后的、也许还遗留有生命的北川了。其后几日,因为山体渗水和余震的原因,北川的救援已经基本放弃。

中国地震救援队的队员们立正,帽交左手。哀悼日的汽车喇叭鸣响了,执着地响了10分钟。

一个灾区农村中学校长的避险意识

作者：朱玉　万一　刘红灿

新华社　2008年5月14日

四川汶川大地震发生后，24名从事建筑行业的洛阳籍农民工组成一支抢险救灾队，带着公司租来的10多台挖掘机、翻斗车、推土机等机械设备，于14日晚到达都江堰，在当地抗震救灾指挥部的指挥下开始抢险救灾工作。

他矮，胖胖的。

他所在的中学，是四川安县桑枣中学，是一所初级中学，在绵阳周边非常有名。学校因教学质量高，连续13年都是全县中考第一名，周围家长都拼命把孩子往里送。学生最多的班，有80多名学生，最前排的学生几乎坐在老师下巴前。

地震来临时，他正在绵阳办事。大地震动，他站不稳，只好与学校的总务长互相抱着。

手机打不通，电话断了，第一波震荡过去后，他立即驱车往地处重灾区的学校赶。

车开得飞快，路上他一句话也不说。

他惦记着学校那栋没有通过验收的实验教学楼，心里最怕的是那栋楼出事。

上世纪80年代中，那栋楼建设时，学校没有找正规的建筑公司，断断续续地盖了两年多。到后来，没有人敢为这栋楼验收。

新的实验教学楼盖好了，老师和学生谁也不愿意搬进去，哪个都知道没有人敢验收的楼，建筑质量是什么样的成色。

当时，他还是普通教师，是学校为数不多的党员之一，别人不敢搬，他只好带头搬。

搬进新楼时，新楼的楼梯栏杆都是摇摇晃晃的。灯泡各式各样，参差不齐，教室本应雪白的墙上，只有底灰，什么都没有。

后来，他当领导了，下决心一定要修这栋楼。

1997年，他把与这栋新楼相连的一栋厕所楼拆除了。因为他发现，厕所楼的建筑质量很差，污水锈蚀了钢筋。他怕建筑质量不高的厕所楼牵连同样质量可疑的新楼，要求施工队重新在一楼的安全处搭建了厕所，这样，虽然高层教室上课的同学上厕所不太方便，但是，孩子们安全。

1998年，他发现新楼的楼板缝中填的不是水泥，而是水泥纸袋。他生气，找正规建筑公司，重新在板缝中老老实实地灌注了混凝土。

1999年，他又花钱，将已经不太新的楼原来华而不实、却又很沉重的砖栏杆拆掉，换上轻巧美观结实的钢管栏杆。接着，他又对这栋楼动了大手术，将整栋楼的22根承重柱子，按正规的要求，从37厘米直径的三七柱，重新灌水泥，加粗为50厘米以上的五零柱，他动手测量，每根柱子直径加粗了15厘米。

这栋实验教学楼，建筑时才花了17万元，光加固就花了40多万元。

学校没有钱，他一点点向教育局要，领导支持，他修楼的钱就这样左一个5万元、右一个5万元的化缘而来。

教学楼时刻要用，他就与施工单位协调，利用寒暑假和周末，蚂蚁啃骨头般，一点点将这栋有16个教室的楼修好。

对新建的楼，他的要求更是严。楼外立面贴的大理石面，只贴一下不行，他不放心，怕掉下来砸到学生，他让施工者每块大理石板都打四个孔，然后用四个金属钉挂在外墙上，再粘好。建筑外檐装修的术语讲，这叫"干挂"。

因此，即使是如前些天的大地震，教学楼的大理石面，没有一块掉下来。

他知道，教学楼不建结实，早晚会出事，出了事，没法向娃娃家长交代。

不是没有见过出事的学校，有的学校墙没弄结实倒塌砸到学生，有的学校组织不好，造成学生踩踏事故。

他不能让这样的危险降临在自己学生的身上。于是，他从2005年开始，每学期要在全校组织一次紧急疏散的演习。

会事先告知学生，本周有演习，但娃娃们具体不知道是哪一天。等到特定的一天，课间操或者学生休息时，学校会突然用高音喇叭喊：全校紧急疏散！

每个班的疏散路线都是固定的，学校早已规划好。两个班疏散时合用一个楼梯，每班必须排成单行。每个班级疏散到操场上的位置也是固定的，每次各班级都站在自己的地方，不会错。

教室里面一般是9列8行，前4行从前门撤离，后4行从后门撤离，每列走哪条通道，娃娃们早已被事先教育好。孩子们事先还被告知的有，在2楼、3楼教室里的学生要跑得快些，以免堵塞逃生通道；在4楼、5楼的学生要跑得慢些，否则会在楼道中造成人流积压。

学校紧急疏散时，他让人记时，不比速度，只讲评各班级存在的问题。

刚搞紧急疏散时，学生当是娱乐，半大孩子除了觉得好玩外，还认为多此一举，有反对意见，但他坚持。

后来，学生老师都习惯了，每次疏散都井然有序。

他对老师的站位都有要求。老师不是上完课甩手就走，而是在适当的时候要站在适当的位置，他认为适当的时候是：下课后、课间操、午饭晚饭，放晚自习和紧急疏散时——都是教学楼中人流量最大的时候；他认为适当的位置是：各层的楼梯拐弯处。

老师之所以被要求站在那里的原因是，拐弯处最容易摔，孩子如果在这里摔了，老师毕竟是成人，力气大些，可以一把把孩子从人流中抓住提起来，不至于让别人踩到娃娃。

每周二都是学校规定的安全教育时间，让老师专门讲交通安全和饮食卫生等。他管得严，集体开会时，他不允许学生拖着自己的椅子走，要求大家必须平端椅子——因为拖着的椅子会绊倒人，后面的学生看不到前面倒的人，还会往前涌，所有的踩踏都是这样出现的。

那天地震，他不在。学生们正是按着平时学校要求、他们也练熟了的方式疏散的。地震波一来，老师喊：所有人趴在桌子下！学生们立即趴下去。

老师们把教室的前后门都打开了，怕地震扭曲了房门。

震波一过，学生们立即冲出了教室，老师站在楼梯上，喊："快一点，慢一点！"

老师们说，喊出的话自己事后想想，都觉得矛盾和可笑。但当时的心情，既怕学生跑得太慢，再遇到地震，又怕学生跑得太快，摔倒了——关键时候的摔倒，可不是玩的。

那天，连怀孕的老师都按照平时的学校要求行事。地震强烈得使挺着大肚子的女老师站不住，抓紧黑板跪在讲台上，但也没有先于学生逃走。唯一不合学校要求的是，几个男生护送着怀孕的老师同时下了楼。

由于平时的多次演习，地震发生后，全校师生，2200多名学生，上百名老师，从不同的教学楼和不同的教室中，全部冲到操场，以班级为组织站好，用时1分36秒。

学校所在的安县紧临着地震最为惨烈的北川，学校外的房子百分之百受损，90多位教师的房子都垮塌了，其中70多位老师，家里砸得什么都没有了。

他从绵阳疯了似的冲回来，冲进学校，看到的是这样的情景：8栋教学楼部分坍塌，全部成为危楼。他的学生，11岁到15岁的娃娃们，都挨得紧紧地站在操场上，老师们站在最外圈，四周是教学楼。

他最为担心的那栋他主持修理了多年的实验教学楼，没有塌，那座楼上的教室里，地震时坐着700多名学生和他们的老师。

老师们迎着他报告：学生没事，老师们都没事。

他后来说，那时，他浑身都软了。55岁的他，哭了。

通信恢复后，老师们接到家长的电话，会扯着大声骄傲地告诉家长：我们学校，学生无一伤亡，老师无一伤亡——说话时眼中噙着泪。

他的老师们收入都不高，教师平均月收入1126.78元。学校的墙上写着："责任高于一切，成就源于付出。"

那时，在大震时分布四处的学生家长们的伤亡数尚在统计中，学校墙外的镇子上，也是房倒屋塌，求救声一片。但是一个镇里的农村初中，却在大震之后，把孩子们带到了家长面前，告诉家长，娃娃连汗毛也没有伤一根。

他叫叶志平，是安县桑枣中学校长，四川省优秀校长。

学习思考题

1. 从"客观、立体、全面讲好中国故事"的视角分析《直击中国军事史上最悲壮空降》《灾后北川残酷一面》的报道视角,以及思考作为当代媒体人如何客观、立体、全面地报道灾难。

2. 分析《一个灾区农村中学校长的避险意识》的叙事特点及语言特色。

附录 4

谁为一个公民的非正常死亡负责？

作者：孟波

《南方都市报》2003 年 4 月 25 日

一个 27 岁的大学毕业生之死引起了我们的关注。

今年 3 月 17 日晚 10 点，在广州工作的孙志刚上街找网吧，没有暂住证也没带身份证的他被带进派出所，后被送到收容所，最后被转到医院。20 日晚 10 点，他死了。这一刻，距这位湖北小伙子来到广州整整 20 天。他 2001 年毕业于武汉科技学院，事发前在广州一家服装公司工作。

这是一起典型的非正常死亡案例，但死亡原因十分明确。根据中山大学医学院法医鉴定中心 4 月 18 日出具的检验鉴定书可以基本判定，孙志刚系被反复击打出血致死。虽然有关部门说孙志刚死于心脏病，但法医鉴定则说，孙志刚死亡之前内脏诸多重要器官未见致死性病理变化。

现在，一个显而易见的结论是，孙志刚要么是在派出所、收容所、医院被打的，要么就是在送往这三处途中被打的。现在，收容所的上级民政部门及相关医院在接受记者采访时明确表示，他们那里没有打孙志刚。警方则没有接受记者采访。

我们目前尚无法断定孙志刚到底是在哪一个环节被打的。但是，这并不妨碍我们追问这样一个问题：谁该为一个公民的非正常死亡负责？

具体而言，有两个问题。一个是孙志刚该不该被收容？目前收容制度受到了一些质疑甚至人大代表的批评，但是，其作为一项正在实施的制度仍然具有效力。我们的有关部门在执法时必须依法办事。根据《广东省收容遣送管理规定》，拥有有效证件、固定住所和生活来源的孙志刚根本不属于收容对象。

第二个问题是，即使孙志刚属于收容对象，谁有权力对他实施暴力？

当然，现在事实远没有水落石出。在事实没有调查清楚之前，我们对谁都无法指责，对谁的指责都是不负责任的。但是，总应该有人对孙志刚的非正常死亡负责。

令人庆幸的是，这样的个案，在我们这个依法治国的社会里毕竟属于极少数，但其恶劣的性质却不能不引起我们的警惕。一个风华正茂的年轻人这就这样被剥夺了生命，令人扼腕叹息。但是我们在关注此事的时候，不应过分关注孙志刚的身份——一个大学毕业生，一个风华正茂的年轻人，一个拥有美好前途的年轻人，还要还原出孙志刚的普通公民身份。否则，我们就可能因为对特殊身份的义勇而淹没了对"小人物"的关怀。

永不抵达的列车

作者：赵涵漠

《中国青年报》2011 年 7 月 27 日

7 月 23 日 7 时 50 分

在北京这个晴朗的早晨，梳着马尾辫的朱平和成千上万名旅客一样，前往北京南站。如果一切顺利的话，这个中国传媒大学动画学院的大一女生，将在当天晚上 19 时 42 分回到她的故乡温州。

对于在离家将近 2000 公里外上学的朱平来说，"回家"也许就是她 7 月份的关键词。不久前，父亲因骨折住院，所以这次朱平特意买了动车车票，以前她是坐 28 个小时的普快回家的。

12 个小时后，她就该到家了。在新浪微博上，她曾经羡慕过早就放假回家的中学同学，而她自己"还有两周啊"，写到这儿，她干脆一口气用了 5 个感叹号。

"你就在温州好好吃好好睡好好玩吹空调等我吧。"她对同学这样说。

就在出发前一天，这个"超级爱睡觉电话绝对叫不醒"的姑娘生怕自己误了火车。在调好闹钟后，她还特意拜托一个朋友"明早 6 点打电话叫醒我"。

23 日一早，20 岁的朱平穿上浅色的 T 恤，背上红色书包，兴冲冲地踏上了回家的路。临行前，这个在同学看来"风格有点小清新"的女孩更新了自己在人人网上的状态："近乡情更怯是否只是不知即将所见之景是否还是记忆中的模样。"

就在同一个清晨，中国传媒大学信息工程学院的 2009 级学生陆海天也向着同样的目的地出发了。在这个大二的暑假里，他并不打算回安徽老家，而是要去温州电视台实习。在他的朋友们看来，这个决定并不奇怪，他喜欢"剪片子"，梦想着成为一名优秀的电视记者，并为此修读了"广播电视编导"双学位，"天天忙得不行"。

据朋友们回忆，实际上陆海天并不知道自己将去温州电视台实习哪些工作，但他还是热切地企盼着这次机会。开始他只是买了一张普快的卧铺票，并且心满意足地表示,"订到票了,社会进步就是好"。可为了更快开始实习,他在出发的前几天又将这张普快票换成了一张动车的二等座票。

23日6时12分,陆海天与同学在北京地铁八通线的传媒大学站挥手告别。

7时50分,由北京南站开往福州、途经温州南站的D301次列车启动。朱平和陆海天开始了他们的旅程。

后来,人们知道陆海天坐在D301次的3号车厢。可有关朱平确切的座位信息,却始终没有人知道。有人说她在5号车厢,有人并不同意,这一点至今也没人能说得清。

几乎就在开车后的1分钟,那个调皮的大男孩拿起手机,在人人网上更新了自己的最新信息:"这二等座还是拿卧铺改的,好玩儿。"朱平也给室友发了条"炫耀"短信:马上就要"飞驰"回家了,在动车上,就连笔记本电脑的速度也变快了,这次开机仅仅用了38秒。

D301上,陆海天和朱平的人生轨迹靠近了。在学校里,尽管他们都曾参加过青年志愿者协会,但彼此并不认识。

朱平真正的人生几乎才刚刚开始。大一上学期,她经历了第一次恋爱,第一次分手,然后"抛开了少女情怀,寄情于工作",加入了校学生会的技术部。在这个负责转播各个校级晚会、比赛的部门里,剪片是她的主要任务。

室友们还记得,她常常为此熬夜,有时24个小时里也只能睡上两个钟头。一个师兄也回忆起,这个小小的女孩出现在校园里的时候,不是肩上扛着一个大摄像机在工作,就是捧着一台笔记本电脑做视频剪辑。

就像那些刚刚进入大学的新生们一样,这个长着"苹果脸"的女孩子活跃在各种各样的课外活动上,她甚至参加了象棋比赛,并让对手"输得很惨"。

有时,这个"90后"女孩也会向朋友抱怨,自己怎么就这样"丧失了少女情怀"。随后,她去商场里买了一双楔形跟的彩带凉鞋,又配上了一条素色的褶皱连衣裙。

黄一宁是朱平的同乡,也是大学校友,直到今天,他眼前似乎总蹦出朱平第一次穿上高跟鞋的瞬间。"那就是我觉得她最漂亮的样子。"一边回忆着,这个男孩笑了出来。

可更多时候,朱平穿的总是在街边"淘来的,很便宜的衣服"。当毕业的时节来临，朱平又冲到毕业生经营的二手货摊上买了一堆"好东西"，"那几天，她都开心极了"。

她平日花钱一贯节俭，甚至每个月的饭钱不到 200 元。这或许与她的家庭有关，邻居们知道，朱平的父亲已经 80 多岁，母亲 60 多岁，这个乖巧的女儿总是不希望多花掉家里一元钱。

就连这趟归心似箭的回家旅程，她也没舍得买飞机票，而是登上了 D301 次列车。

"车上特别无聊，座位也不舒服，也睡不痛快，我都看了 3 部电影了。"朱平在发给黄一宁的短信里这样抱怨，"我都头晕死了。"

在这个漫长而烦闷的旅途里，陆海天也用手机上网打发着时间。中午时分，朋友在网上给他留言，"一切安好？"

他十分简短地回答了一句，"好，谢。"

在陆海天生活的校园里，能找到很多他的朋友。这个身高 1.7 米的男孩是个篮球迷，最崇拜的球星是被评为"NBA 历史十大控球后卫"之一的贾森·基德，因为基德在 38 岁的高龄还能帮助球队夺取总冠军。

师兄谢锐想起，去年的工科生篮球赛上，陆海天的任务就是防守自己。那时，谢锐还不认识这个"像基德一样有韧性"的男孩，被他追得满场跑，"我当时心里想，这师弟是傻么，不会打球就知道到处追人。"

其实，在篮球场上，这个身穿 24 号球衣的男孩远不如基德那样重要，甚至"没有过什么固定的位置"。可在赛场内外，他都是不知疲倦的男生。他曾担任过中国网球公开赛的志愿者，"对讲机里总是传出呼叫陆海天的声音"。志愿者们在高近 10 米的报告厅里举办论坛时，也是这个男孩主动架起梯子，爬上顶棚去挂条幅。

学姐吴雪妮翻出了一年前陆海天报考青年志愿者协会时的面试记录。在这个男孩的备注里，吴雪妮写着："善良，任务一定能够完成。"

甚至就在离开学校的前一个晚上，他还在饭桌上和同学聊了一会儿人生规划。据他的朋友说："陆海天最讨厌愤青，平时从来不骂政府。"如果不出意外，他可能会成为一个记者，冲到新闻现场的最前线。而第二天到达温州，本应该是这份规划中事业的起点。

在这辆高速行驶的列车上，有关陆海天和朱平的信息并没有留存太多。人们只能依靠想象和猜测，去试图弄清他们究竟如何度过了整个白天。"希望"也许是7月23日的主题，毕竟，在钢轨的那一端，等待着这两个年轻人的，是事业，是家庭。

7月23日20时01分

人们平静地坐在时速约为200公里的D301次列车里。夜晚已经来临，有人买了一份包括油焖大虾和番茄炒蛋的盒饭，有人正在用iPad玩"斗地主"，还有人喝下了一罐冰镇的喜力啤酒。

据乘客事后回忆，当时广播已经通知过，这辆列车进入了温州境内。没有人知道陆海天当时的状况，但黄一宁在20时01分收到了来自朱平的短信："你在哪，我在车上看到闪电了。"

当时还没有人意识到，朱平看到的闪电，可能预示着一场巨大的灾难。

根据新华社的报道，D301前方的另一辆动车D3115，遭雷击后失去动力。一位D3115上的乘客还记得，20时05分，动车没有开。20时15分，女列车长通过列车广播发布消息："各位乘客，由于天气原因，前面雷电很大，动车不能正常运行，我们正在接受上级的调度，希望大家谅解。"

有人抱怨着还要去温州乘飞机，这下恐怕要晚点了。但一分钟后，D3115再次开动。有乘客纳闷，"狂风暴雨后的动车这是怎么了？爬得比蜗牛还慢"。将要在温州下车的旅客，开始起身收拾行李，毕竟，这里离家只有20分钟了。

20时24分，朱平又给黄一宁发来了一条短信，除了发愁自己满脸长痘外，她也责怪自己"今年的成绩，真是无颜见爹娘"。可黄一宁知道，朱平学习很用功，成绩也不错，"但她对自己要求太严了，每门考试都打算冲刺奖学金"。

已经抵达温州境内的朱平同时也给室友发了一条短信："我终于到家了！好开心！"

这或许是她年轻生命中的最后一条短信。

10分钟后，就在温州方向双屿路段下岙路的一座高架桥上，随着一声巨响，朱平和陆海天所乘坐的、载有558名乘客的D301，撞向了载有1072名乘客的D3115。

两辆洁白的"和谐号"就像是被发脾气的孩子拧坏的玩具：D301次列车的第1到4位车厢脱线，第1、2节车厢从高架上坠落后叠在一起，第4节车厢直直插入地面，列车表面的铁皮像是被撕烂的纸片。

雷电和大雨仍在继续，黑暗死死地扼住了整个车厢。一个母亲怀里的女儿被甩到了对面座位底下；一个中年人紧紧地抓住了扶手，可是很快就被重物撞击，失去意识……

附近赶来救援的人们用石头砸碎双层玻璃，幸存者从破裂的地方一个接一个地爬出来，人们用广告牌当作担架。救护车还没来，但为了运送伤员，路上所有的汽车都已经自发停下。摩托车不能载人，就打开车灯，帮忙照明。

车厢已经被挤压变形，乘客被座位和行李紧紧压住，只能发出微弱的呼救声。消防员用斧头砸碎了车窗。现场的记者看到，23 时 15 分，救援人员抬出一名短发女子，但看不清生死；23 时 25 分，一名身穿黑白条纹衫的男子被抬出，身上满是血迹；然后，更多伤者被抬出列车。

有关这场灾难的信息在网络上迅速地传播，人们惊恐地发现，"悲剧没有旁观者，在高速飞奔的中国列车上，我们每一位都是乘客"。

同时，这个世界失去了朱平和陆海天的消息。

在中国传媒大学温州籍学生的 QQ 群里，人们焦急地寻找着可能搭乘这辆列车回家的同学。大二年级的小陈，乘坐当晚的飞机，于凌晨到达温州。在不断更新着最新讯息的电脑前，小陈想起了今早出发的朱平。他反复拨打朱平的手机，可始终无人接听。

黄一宁也再没有收到朱平的短信回复。当他从网上得知 D301 发生事故后，用毫不客气的口吻给朱平发出了一条短信："看到短信立即回复汇报情况！"

仍旧没有回复。

因为担心朱平的手机会没电，黄一宁只敢每隔 5 分钟拨打一次。大部分时候无人接听，有时，也会有"正在通话中"的声音传出。"每次听到正在通话，我心就会怦怦跳，心想可能是朱平正在往外打电话呢。"

可事实上，那只是因为还有其他人也在焦急地拨打着这个号码。

同学罗亚则在寻找陆海天。这个学期将近结束，分配专业时，陆海天和罗亚一起，凭着拔尖的成绩进入了整个学院最好的广播电视工程系。这是陆海天最喜欢的专业，可他们只开过一次班会，甚至连专业课也还没开始。

朋友们想起，在学期的最后一天，这个"很文艺的青年"代表小组进行实验答辩，结束时，他冒出了一句："好的，over！"

"本来，他不是应该说'thank you'吗？"

陆海天的电话最终也没能接通，先是"暂时无法接通"，不久后变为"已关机"。也就在那天夜里10时多，朱平的手机也关机了。

在这个雨夜，在温州，黄一宁和小陈像疯了一样寻找着失去消息的朱平。

约200名伤者被送往这座城市的各个医院，安置点则更多，就连小陈曾经就读的高中也成了安置点之一。

寻找陆海天的微博被几千次地转发，照片里，他穿着蓝色球衣，吹着一个金属哨子，冲着镜头微笑。但在那个夜晚，没有人见到这个"1.7米左右，戴眼镜，脸上有一些青春痘"的男孩。

那时，陆海天就在D301上的消息已经被传开。朋友们自我安慰：陆海天在D301，这是追尾车，状况应该稍好于D3115。另悉，同乘D301的王安曼同学已到家。

人们同时也在寻找朱平，"女，1.6米左右，中等身材，着浅色短袖，长裤，红色书包，乘坐D301次车"。

人们还在寻找30岁、怀孕7个月的陈碧，有点微胖、背黑色包包的周爱芳，短发、大门牙的小姑娘黄雨淳，以及至少70名在这场灾难中与亲友失去联系的乘客。

一个被行李砸晕的8岁小男孩，醒来后扒开了身上的行李和铁片，在黑暗中爬了十几分钟后，找到了车门。周围没有受伤的乘客都跑来救援，但他只想要找到自己的妈妈。后来在救护车上，他看到了妈妈，"我拼命摇妈妈，可妈妈就是醒不来。"

追尾事故发生后，朱平的高中和大学同学小潘也听说了朱平失踪的消息。她翻出高中的校友录，在信息栏里找到朱家的电话。24日0时33分，她告诉QQ群里的同学，她已经拨通了这部电话，可是"只有她妈妈在家，朱平没有回去过"。

这位年过六旬的母亲并不知道女儿搭乘的列车刚刚驶入了一场震惊整个国家的灾难。"她妈妈根本不知道这个消息。"小潘回忆通话时的情景。朱妈妈认为，女儿还没到家可能只是由于常见的列车晚点，她已经准备好了一桌饭菜，继续等待女儿的归来。

凌晨 3 时许,黄一宁和小陈分头去医院寻找已经失踪了 7 个小时的朱平。他们先是在急诊部翻名单,接着又去住院部的各个楼层询问值班护士。

广播仍然在继续,夜班主持人告诉焦急的人们,只有极个别重伤者才会被送往温州医学院附属第三医院和附属第一医院。而在那时,黄一宁根本不相信朱平就是这"极个别人中的一个"。在医院里,死亡时刻都在发生。

当黄一宁看到,一位老医师拿着身份证对家属说,这个人已经死了,他的心里紧了一下。有的死者已经无法从容貌上被辨识,一个丈夫最终认出了妻子,是凭借她手指上的一枚卡地亚戒指。

可朱平却像是从这个世界上消失了,谁也不知道她的下落。

当小陈最终找进附一院时,他向护士比划着一个"20 多岁,1.6 米高的女孩"时,护士的表情十分震惊,"你是她的家属吗?"

那时,小陈突然意识到,自己之前抱有的一丝希望也已经成为泡沫。他从护士那里看到了一张抢救时的照片,又随管理太平间的师傅去认遗体。女孩的脸上只有一些轻微的剐蹭,头发还是散开的,"表情并不痛苦,就好像睡觉睡到了一半,连嘴也是微微嘟着的"。

他不敢相信这就是自己的"包子妹妹"。但是,没错。他随后打电话给另外几位同学,"找到朱平了,在附一院。"

黄一宁冲进医院大门时看见了小陈,"朱平在哪里?"

小陈没说话,搂着黄一宁的肩膀,过了好一会才说,"朱平去世了。"

两个男孩坐在花坛边上,眼泪不停地往下掉。小陈又说,"可能是我王八蛋看错了,所以让你们来看一下。"

黄一宁终于在冰柜里看到了那个女孩,她的脸上长了几颗青春痘,脖子上的项链坠子是一个黄铜的小相机,那正是他陪着朱平在北京南锣鼓巷的小店里买的,被朱平当成了宝贝。

那一天,他们一起看了这条巷子里的"神兽大白","就是一只叫得很难听的鹅"。那一天,朱平炫耀了自己手机里用 3 元钱下载的"摇签"软件,还为自己摇了一个"上签"。

"你知道吗?我们俩都计划好了回温州要一块玩,一起去吃海鲜。可是看着她就躺在太平间里,我接受不了。"回忆到这里,黄一宁已经不能再说出一句话,大哭起来。

7月23日22时

朱平是在23日22时44分被送到医院的，23时左右经抢救无效后身亡。

21时50分，被从坠落的车厢里挖出的陆海天，被送到了温州市鹿城区人民医院。据主治医生回忆，那时，他已经因受强烈撞击，颅脑损伤，骨盆骨折，腹腔出血，几分钟后，心跳停止，瞳孔放大；在持续了整整一个小时的心肺复苏后，仍然没有恢复生命的迹象，宣告死亡。

在D301次列车发生的惨烈碰撞中，两个年轻人的人生轨迹终于相逢，并齐齐折断。这辆列车在将他们带向目的地之前，把一切都撞毁了。

天亮了，新闻里已经确认了陆海天遇难的消息，但没人相信。有人在微博上写道："我不敢相信也不愿相信！希望有更确切的消息！"

陆海天才刚刚离开学校，他的照片还留在这个世界上。这个总是穿着运动装的男孩有时对着镜头耍帅，有时拿起手机对着镜子自拍，也有时被偷拍到拿着麦克风深情款款。

直到24日中午，仍有人焦急地发问："你在哪？打你电话打不通。"也有人在网络日志里向他大喊："陆海天你在哪里？你能应一句么！！！"那个曾与他在地铁站挥手道别的朋友，如今只能对他说一句："晚安，兄弟。"

朱平失踪的微博也仍在被转发，寻人时留下的号码收到了"无数的电话和短信"，一些甚至远自云南、贵州而来，他们说，只是"想给朱平加油"。

可那时，朱平的哥哥已经在医院确认了妹妹的身份。他恳求朱平的同学，自己父母年岁已高，为了不让老人受刺激，晚点再发布朱平的死讯。那几个已经知道朱平死讯的年轻人，不得不将真相憋在心里，然后不停地告诉焦急的人们，"还在找，不要听信传言"。

这个圆脸女孩的死讯，直到24日中午通知她父母后才被公开。悲伤的母亲再也说不出什么话来，整日只是哭着念叨："我的小朱平会回来的，会回来的。"

黄一宁也总觉得朱平还活着。就在学期结束前，她买了一枚"便宜又好用"的镜头，并且洋洋得意地告诉朋友们，"回家要给爸妈多拍几张好照片。"

黄一宁还记得，朱平说过要回来和他一起吃"泡泡"（温州小吃），说要借给他新买的镜头，答应他来新家画墙壁画。"朱平，我很想你……可是，希望我的思念没有让你停下脚步，请你大步向前。"黄一宁在26日凌晨的日志里写道。

他也曾想过，如果这趟列车能够抵达，"会不会哪一天我突然爱上了你。"

阳光下花草、树木的倒影还留在这个姑娘的相机里；草稿本里还满是这个姑娘随手涂画的大眼睛女孩；她最喜欢的日剧《龙樱》仍在上演；这个夏天的重要任务还没完成，她在微博上调侃自己"没减肥徒伤悲"……

但朱平已经走了。

新华社发布的消息称，截至 25 日 23 时许，这起动车追尾事故已经造成 39 人死亡。死者包括 D301 次列车的司机潘一恒。在事故发生时，这位安全行驶已达 18 年的司机采取了紧急制动措施，在严重变形的司机室里，他的胸口被闸把穿透。死者还包括，刚刚 20 岁的朱平和陆海天。

23 日晚上，22 时左右，朱平家的电话铃声曾经响起。朱妈妈连忙从厨房跑去接电话，来电显示是朱平的手机。"你到了？"母亲兴奋地问。

电话里没有听到女儿的回答，听筒里只传来一点极其轻微的声响。这个以为马上就能见到女儿的母亲以为，那只是手机信号出了问题。

似乎不会再有别的可能了——那是在那辆永不能抵达的列车上，重伤的朱平用尽力气留给等待她的母亲的最后一点信息。

5 融媒体时代的经典报道

具备全媒体思维方式的好处在信息的加工过程中尤其能体现。记者能更好地处理现代新闻编辑室中潮水般的信息流,并通过动用各种资源,增加新闻报道的深度并补充新闻观点,将最初的新闻素材丰满起来。

——史蒂芬·奎恩《融合新闻报道》

2013年,习近平总书记在全国宣传思想工作会议上首次提出媒体融合发展,要求加快主流媒体和新兴媒体的融合发展。2014年,习近平总书记又提出以"先进技术为支撑、内容建设为根本",推动传统媒体和新兴媒体深度融合的创新发展思路。2016年,习近平总书记在党的新闻舆论工作座谈会上提出了媒体融合新的阶段目标——从相"加"迈向相"融"。顶层设计有力推动了我国媒介融合发展的历程,同时加速推进融合报道形式的创新。2017年,国内融合创新类报道层出不穷,以技术进步拓展报道途径,以内容创新赢得用户关注,一批具有影响力的优秀报道破茧而出。2018年,第二十八届中国新闻奖评选中首次设立"融合创新"奖项,评选出了中国新闻奖"融合创新"类获奖作品,进一步推动媒体创新。随着传播技术发展和由此引发的新闻传播观念和业态的变革,"融合报道"所产生的影响和发生的变革涉及新闻报道的具体业务、思维、理念,并由此延伸至舆情、舆论、新闻传播理论、技术哲学等深层次领域。①

本章共选取6篇作品。其中,《天渠:遵义老村支书黄大发36年引水修渠

---

① 雷跃捷、何晓菡、古丽尼歌尔·伊力哈木:《"融合报道"的概念、内涵、特征及发展趋势——基于中国新闻奖与普利策新闻奖"融合报道"作品的比较分析》,《新闻战线》2019年第13期。

记》是澎湃新闻制作的长幅互动连环画,是一部优秀的 H5 新闻作品。作品融合了下拉式长幅连环画、渐进式动画、360 度全景照片、图集、音频、视频、交互式体验等多种报道形式,全景地展现了新闻故事。

《习近平:我将无我,不负人民》2019 年 3 月 24 日发布于人民网官方微信公众号,虽为文字消息,但凸显了融媒体时代新闻的特征,在"微"场景中见大道,在"微"话题中见大义,生动呈现了总书记情系人民、不负人民的忘我精神。

《新中国密码:15665,611612!》和《2021,送你一张船票》均是新华社集体创作的融媒体作品,采用多种形式融合呈现,并最终引爆网络。

《新千里江山图,来了!》是《人民日报》在党的二十大胜利召开前夕精心策划的融媒体产品,阐释了"江山就是人民,人民就是江山"的深刻意涵。

最后一篇作品是 2023 年 11 月中美两国元首会晤期间,新华社发表的新闻特写《您认识这个年轻人吗?》,文字短小精悍,呈现了中美两国"共叙友情、共话美好"的生动细节。

天渠：遵义老村支书黄大发 36 年引水修渠记

作者：黄杨　王辰　李媛　官雪晖　姜昊珏　季国亮　蔺涛　顾一帆

澎湃新闻　2017 年 4 月 23 日

作品系 H5 新闻作品，采用长幅互动连环画的形式，展示了贵州遵义的一位村支书跨 36 年"过三个村子，绕三重大山，穿三处绝壁，越三道险崖"，带领村民修筑万米水渠，脱贫致富的故事。《天渠：遵义老村支书黄大发 36 年引水修渠记》以村支书黄大发引水修渠的故事为核心，采用连环插画、视频、音频、图片、文字、交互式体验等多种方式，插入黄大发与其他采访对象的照片、声音、录像等，真实还原了 36 年的修渠路。

作品共有 7 个主题章节，每个章节大约 2 页，讲述一个主题。"渠水"作为主，给读者一种如"水"一般自上而下流淌式的阅读体验，从开始的渠水到裂纹、树枝，再到马路等，都是向下晕染，无缝衔接的。交互式插画作为弥补现实影像资料不足的缺陷的重要方式，以一种更平易近人的方式进行传播，激发受众的阅读兴趣。

《天渠：遵义老村支书黄大发 36 年引水修渠记》在视觉体验上，既保证了新闻报道的真实性、严谨性，还借助运动式的动画效果，使其更加形象、生动；在听觉体验上，音乐的使用及过渡让受众沉浸其中。该报道一经刊发，被全网转载。

扫码阅读原文

习近平：我将无我，不负人民

作者：杜尚泽

人民网　2019年3月24日

"最后，我有一个很好奇的问题，不知能不能问一下？"

22日下午，意大利众议院，习近平主席同众议长菲科举行会见。临近结束时，"70后"的菲科突然抛出了这句话。

全场目光注视着他。

"您当选中国国家主席的时候，是一种什么样的心情？"听到众人的笑声，菲科补充道："因为我本人当选众议长已经很激动了，而中国这么大，您作为世界上如此重要国家的一位领袖，您是怎么想的？"

习近平主席的目光沉静而充满力量，他说，这么大一个国家，责任非常重、工作非常艰巨。我将无我，不负人民。我愿意做到一个"无我"的状态，为中国的发展奉献自己。

稍作停顿，他继续讲道，一个举重运动员，最开始只能举起50公斤的杠铃，经过训练，最后可以举起250公斤。我相信可以通过我的努力、通过全中国13亿多人民勠力同心来担起这副重担，把国家建设好。我有这份自信，中国人民有这份自信。

"欢迎你到中国去！看看一个古老而现代的中国，看一看勤劳智慧的中国人民。"

收到习近平主席的邀请，菲科朗声答道："我一定会去的！"

扫码阅读原文

新中国密码：15665，611612！

新华社　2019 年 9 月 27 日

《新中国密码：15665，611612！》是新华社为新中国成立 70 周年推出的微纪录片作品，属集体制作，主创人员有徐壮志、姚竣译、卜多门、魏董华、熊琦、杨依军、彭卓、陈子夏、徐润南、贾远琨，编辑主要有何平、白林、孙承斌、汪金福。这部作品时长 13 分 14 秒，寓意"一生一世"，以歌曲《没有共产党就没有新中国》为主线，以歌曲作者女儿的视角开始，讲述了从 1949 年到 2019 年中国共产党人的奋斗与拼搏。

创作团队通过歌曲《没有共产党就没有新中国》串联故事，将曲谱设计成为贯通全片的视觉线索，从情感高度、思想高度、政治高度上讲述了一个"有温度、有深度、有情感、有品质"，"具有直抵人心的力量"的故事。①

该作品被认为在内容创新上突出大主题的小微切口，大历史的个人表达，历史影像和现实报道交错使用，内容表达注重节奏，报道形式凸显视觉冲击，技术应用巧妙柔和特效，传播渠道注重社交话题，在媒体融合报道方面具有示范性。

扫码阅读原文

---

① 彭卓、熊琦：《探索重大主题报道融合之道——〈新中国密码：15665，611612〉是怎样诞生的》，《新闻战线》2022 年第 24 期。

2021，送你一张船票

新华社　2019年1月2日

《2021，送你一张船票》是新华社庆祝建党百年的融媒体报道作品，全网浏览量超过5亿次。该部作品以南湖红船为线索，综合运用手绘H5、游戏、音视频等形式，再现了中国共产党波澜壮阔的百年历程，实现了重大主题和创新表达的统一。作品在精准表达主题的同时，注重用户互动参与，通过答题闯关生成专属纪念海报，形成裂变传播。

作品从策划到上线历时三个多月，更新了400多个文件版本。策划团队查询相关文献材料上百万字，多次实地走访南湖革命纪念馆、中共一大会址等地了解"红船文化"，同时查找新华社稿库、中国照片档案馆、各地博物馆馆藏作为画面参考，并请教军事专家，展示建党百年历史。[①]

作品在技术上实现了"适配全网"，"用户无论在手机用微信、微博打开，还是在电脑上各种浏览器打开，或是在博物馆大屏上观看，产品都能获得很好的适配"[②]，这为作品的全网传播提供了关键支持，使其取得很好的传播效果。

扫码阅读原文

[①] 焦旭锋、马发展：《2021，送你一张船票》，《中国记者》2022年第11期。
[②] 焦旭锋：《融媒互动报道"送你一张船票"用数据解读爆款产品》，《中国记者》2021年第8期。

新千里江山图,来了!

《人民日报》客户端　2022年10月15日

党的二十大召开之际,《人民日报》新媒体精心策划,推出了融媒体产品《新千里江山图,来了!》。该作品以《千里江山图》为创作背景,以"江山就是人民,人民就是江山"为创作理念,采用传统国画技法,综合运用多种新媒体技术,将新时代十年的发展成就和奋斗故事融入名画之中。跟随画卷,我们不仅看到了袁隆平、黄文秀、张桂梅等典型人物,也在时代长卷中找到了自己的身影。整个视频中没有一句旁白,但每一处场景、每一个细节又都紧扣"江山就是人民,人民就是江山"的主题,通过立体可感的画面和沉浸式的视觉体验,让网友深刻感受到新时代的伟大成就是党和人民一道拼出来、干出来、奋斗出来的。

这部作品通过新技术结合多种中华优秀传统文化元素,描绘新时代壮美画卷,"江山"一景生出的家国情怀意象,赓续绵延。① 有评论认为,作品的成功在于"活",即通过第一视角让用户沉浸体验传统与现代之美,在3D技术的加持下,有了"身在此山中"的体验感。②

扫码阅读原文

---

① 林小溪:《"新千里江山图"铺开时代画卷》,《人民日报》2023年9月21日。
② 夏康健、连惠颖:《一针一秒展时代芳华,一心一情抒山河豪情——人民日报〈新千里江山图〉作品赏析》,《传媒评论》2022年第11期。

您认识这位年轻人吗？

作者：李学仁　刘华

《光明日报》2023 年 11 月 17 日

当地时间 11 月 15 日中午，美国旧金山郊外的斐洛里庄园，习近平主席结束同美国总统拜登的晤谈，出席拜登总统举行的宴会。

宴会厅里，灯光璀璨，装饰典雅。作为东道主，拜登总统在宴会厅门口迎候。只见他掏出一部手机，用手指在屏幕上轻轻滑动，像是在寻找什么。

当习近平主席走到他跟前时，拜登总统举起手机请习近平看，问道："您认识这位年轻人吗？"

"认识啊，这是我 38 年前。"习近平主席说。

原来，拜登在手机上展示的是 1985 年习近平在担任正定县委书记时访问旧金山的一张照片。

"您一点都没变！"拜登总统说。

现场顿时响起一阵欢笑声。

在轻松友好的气氛中，两位领导人一起步入宴会厅。

扫码阅读原文

学习思考题

1. 请采用传统文字报道的形式重写《天渠：遵义老村支书黄大发36年引水修渠记》，同时思考融合新闻报道的特征及当下可能存在的问题。

2. 分析作品《习近平：我将无我，不负人民》与《您认识这个年轻人吗?》的报道特征。

3. 分析作品《新中国密码：15665，611612!》融入了哪些新媒体技术，思考融媒体时代对新闻人有哪些新的要求。

4. 分析《2021，送你一张船票》的报道特征，依据消息提供的内容及资料，请撰写一篇相关的文字报道。

5. 分析作品《新千里江山图，来了!》如何在细节上体现"江山就是人民，人民就是江山"的基本理念。

参考文献

白庆祥. 中外新闻名著赏析大辞典［M］. 北京：新华出版社，2001.
白润生. 中国少数民族新闻传播史［M］. 北京：民族出版社，2008.
常江. 中国电视史（1958—2008）［M］. 北京：北京大学出版社，2018.
陈昌凤. 中国新闻传播史：传媒社会学的视角［M］. 北京：清华大学出版社，2009.
陈建云. 中外新闻学名著导读［M］. 杭州：浙江大学出版社，2005.
陈菊红. 哈佛乱翻书［M］. 广州：花城出版社，2005.
陈力丹，张晶晶. "反差"出新闻，叙事显力量——评析《一个灾区农村中学校长的避险意识》［J］. 新闻实践，2010（1）.
陈力丹. 新中国成立60年来典型报道演变的环境与理念［J］. 当代传播，2009（5）.
陈信凌. 新闻作品评析［M］. 北京：北京师范大学出版社，2017.
崔浩月. 论H5新闻作品《天渠》的"沉浸式传播"［J］. 今传媒，2008（7）.
杜涌涛. 思想的表情：旧闻依然鲜活［M］. 福州：福建教育出版社，2009.
方汉奇. 中国新闻传播史（第三版）［M］. 北京：中国人民大学出版社，2002.
方汉奇. 中国新闻事业通史［M］. 北京：中国人民大学出版社，1992.
戈公振. 中国报学史［M］. 长沙：岳麓书社，2011.
顾勇华，陈杰. 中国新闻评论名片选析［M］. 南京：河海大学出版社，1990.
黄成炬. 借鉴要这么写［J］. 新闻界，1994（6）.
黄楚新. 媒介融合背景下的新闻报道［M］. 杭州：浙江大学出版社，2010.
黄瑚. 中国新闻事业发展史［M］. 上海：复旦大学出版社，2009.
黄杨，李媛. 典型人物报道的融媒体探索——以澎湃新闻"天渠"报道为例

[J]．青年记者，2018（12）．

焦旭锋，马发展．2021，送你一张船票［J］．中国记者，2022（11）．

焦旭锋．融媒互动报道"送你一张船票"用数据解读爆款产品［J］．中国记者，2021（8）．

雷跃捷，何晓菡，古丽尼歌尔·伊力哈木．"融合报道"的概念、内涵、特征及发展趋势——基于中国新闻奖与普利策新闻奖"融合报道"作品的比较分析［J］．新闻战线，2019（13）．

李彬．中国新闻社会史［M］．北京：清华大学出版社，2009．

李海鹏．大地孤独闪光［M］．广州：南方日报出版社，2011．

李海鹏．佛祖在一号线［M］．北京：文化艺术出版社，2010．

李立峰，萧苹，吴浩铭．媒体系统变迁下中国新闻报道：美国、台湾和香港的比较研究［J］．新闻学研究，2023（3）．

李媛．如何以 H5 形式报道典型人物——澎湃《长幅互动连环画｜天渠：遵义老村支书黄大发 36 年引水修渠记》策划笔记［J］．传媒评论，2018（12）．

理查德·克雷格．网络新闻学：新媒体的报道、写作与编辑［M］．北京：中国时代经济出版社，2010．

林小溪．"新千里江山图"铺开时代画卷［J］．人民日报，2023-09-21（6）．

刘根生．新闻评论范文评析［M］．北京：新华出版社，2001．

马克·克雷默．哈佛的非虚构写作课——怎样讲好一个故事［M］．长沙：湖南文艺出版社，2013．

尼葛洛庞帝．数字化生存［M］．海口：海南出版社，1996．

宁娜，刘庆华．新疆棉花污名化事件背后的多重传播机制研究［J］．现代传播，2022（9）．

宁树藩．中国地区比较新闻史［M］．上海：复旦大学出版社，2018．

彭卓，熊琦．探索重大主题报道融合之道——《新中国密码：15665，611612》是怎样诞生的［J］．新闻战线，2022（24）．

史蒂芬·奎恩．融合新闻报道［M］．北京：北京大学出版社，2015．

孙德宏．新闻经典（消息卷）［M］．北京：人民出版社，2016．

王爱民．毛主席审改的第一篇《人民日报》元旦社论［J］．百年潮，2015（2）．

王灿发. 新闻作品评析教程［M］. 北京：中国传媒大学出版社，2014.

王笛. 历史的微声［M］. 北京：人民文学出版社，2022.

王润泽. 中国新闻媒介史（1949年前）［M］. 北京：北京大学出版社，2011.

王文科. 中外名记者的梦想于追寻［M］. 杭州：浙江大学出版社，2010.

吴廷俊. 中国新闻史新修［M］. 上海：复旦大学出版社，2008.

夏康健，连惠颖. 一针一秒展时代芳华，一心一情抒山河豪情——人民日报《新千里江山图》作品赏析［J］. 传媒评论，2022（11）.

新华社《新闻业务》编辑部. 新华文丛［M］. 北京：新华出版社，1979.

新闻战线编辑部. 人民日报得奖新闻作品［M］. 北京：人民日报出版社，1981.

徐润南，魏董华. 新中国密码：15665，611612［J］. 中国记者，2020（12）.

严三九. 中国新闻精品导读［M］. 杭州：浙江大学出版社，2005.

颜雄. 百年新闻经典（上册）［M］. 长沙：湖南大学出版社，2000.

颜雄. 百年新闻经典（下册）［M］. 长沙：湖南大学出版社，2000.

杨瑞春，张捷编. 南方周末特稿手册［M］. 广州：南方日报出版社，2012.

余荣华，熊捷. 挖掘传统，艺术表达，情感带动，恭请传播——《新千里江山图》海量传播的内在逻辑［J］. 中国记者，2022（11）.

张耀宁，郑化改. 新闻经典（漫画卷）［M］. 北京：人民出版社，2016.

张瑷. 20世纪纪实文学导读［M］. 北京：文化艺术出版社，2005.

赵永华. 在华俄文新闻传播活动史（1898—1956）［M］. 北京：中国人民大学出版社，2006.

郑保卫. 新闻经典（通讯卷）［M］. 北京：人民出版社，2013.

朱清河，林燕. 典型人物报道的历史迁延与发展逻辑［J］. 当代传播，2011（4）.